MOEWIG
SCIENCE FICTION

Robert Silverberg

ÖFFNET DEN HIMMEL

Herausgegeben und mit einem Nachwort
von Hans Joachim Alpers

MOEWIG

Titel der Originalausgabe: To Open the Sky
Aus dem Amerikanischen von Marcel Bieger

Umschlagillustration: Utoprop
Umschlagentwurf und -gestaltung: Franz Wöllzenmüller, München
Redaktion: Hans Joachim Alpers
Verkaufspreis inkl. gesetzl. Mehrwertsteuer
Auslieferung in Österreich:
Pressegroßvertrieb Salzburg, Niederalm 300, A-5081 Anif
Printed in Germany 1981
Druck und Bindung: Mohndruck Graphische Betriebe GmbH, Gütersloh
ISBN 3-8118-3537-8

Für Frederik Pohl

Einführung

Fast jeder Science Fiction-Autor bastelt zu irgendeinem Zeitpunkt seiner Karriere an einer Tabelle der „zukünftigen Geschichte“ herum. Soweit mir bekannt ist, hat Robert A. Heinlein damit angefangen. Er hat die Entwicklung der nächsten sechs- oder siebenhundert Jahre aufgelistet und die meisten seiner in den vierziger Jahren geschriebenen Geschichten danach ausgerichtet. Heinleins Geschichtsplan ist im Anhang vieler seiner Bücher abgedruckt worden. Poul Anderson hat für *seine* Zukunftsvision ein ähnliches Schema ausgearbeitet. Und ich glaube, auch Larry Niven hat seinem Werk so etwas zugrunde gelegt, und . . . nun, ich habe so etwas nie getan; hauptsächlich deshalb nicht, weil ich ein rastloser Mensch bin, dem es rasch zuviel wird, all jenes zu er- und überarbeiten, was nötig ist, um eine lange Serie mit einem Background zu versehen, der in sich schlüssig ist.

Damals, 1957, habe ich aber doch kurzzeitig an dieser Sache herumgebastelt. Auf einen abgegriffenen linierten Notizblock kritzelte ich ein chronologisches Szenario, das die etliche hundert Jahre andauernde Entwicklung eines pseudowissenschaftlichen Religionskults umfaßte. Ich habe keine Ahnung, was aus diesem Blatt heute geworden ist. Meine Unterlagen aus dieser Zeit sind durch den Brand, der 1968 in meinem Haus ausbrach, fast vollständig vernichtet worden. Und mein Umzug von New York nach Kalifornien, der ein paar Jahre danach stattfand, erwies sich auch nicht als ausgesprochene Pflege für jenes Material, das den Brand überlebt hatte. Ich glaube, irgendwo habe ich dieses Blatt immer noch; und wenn ich es finden könnte, würde ich es gern hier zitieren; als geschichtlichen Rahmen, der die Genesis von Ideen in der Science Fiction vorführt. Aber da das nicht möglich ist, kann ich mich nur noch an einen Satz davon erinnern. Und der lautete so:

„2150 – Aufstieg des abgefallenen Erzhäretikers."

Na, das hört sich vielleicht herrlich geschmacklos knackig an! Der abgefallene Erzhäretiker! Ich denke mir, daß mein ganzer Zeitplan aus solchen Phrasen bestand. Damals hatte ich vor, diese Geschichten als Bündel von Kurzromanen für *Infinity* zu schreiben, jenes exzellente Science Fiction-Magazin unter der Herausgeberschaft von Larry T. Shaw, das eine Eintagsfliege war. Leider war somit *Infinitys* Lebensdauer für mich zu kurz. Das Magazin starb 1958, noch bevor ich überhaupt eine Gelegenheit hatte, mich mit dem abgefallenen Erzhäretiker und seinen Kollegen zu befassen. Also legte ich das Blatt in eine Schublade, wo ich alle möglichen Notizen für potentielle Storyprojekte aufbewahre.

Und dort lag es nun sechs Jahre lang herum. In dieser Zeit gab ich das SF-Schreiben ganz auf; teils, weil ich mich für den Abfall schämte, den ich bislang (meistens) geschrieben hatte, und teils aus Enttäuschung über die Schwierigkeiten, die ich bei der Suche nach einem Herausgeber hatte, der mir nicht nur für Abfallstories Honorar zahlen wollte. 1962 führte mich Frederik Pohl, der damals der Herausgeber des SF-Magazins *Galaxy* war, in Versuchung, zur SF zurückzukehren; er versprach mir, meinem Material keine aus der „Herausgeberpolitik" entstehenden Grenzen aufzuerlegen. In den nächsten paar Jahren schrieb ich gelegentlich Kurzgeschichten für ihn. Und sowohl zu meiner wie auch zu seiner großen Befriedigung schrieb ich zum ersten Mal seit Jahren Science Fiction aus Liebe zum Genre und nicht bloß, um Geld zu verdienen. Im Sommer 1964 besuchte ich den Welt-Con*) in Oakland, Kalifornien. Ich habe mich dort sehr viel mit Frederik Pohl, Philip K. Dick, Jack Vance und

*) Jährliches, meistens in Amerika stattfindendes Treffen von Science Fiction-Fans (Anm. des Herausgebers).

anderen Autoren unterhalten, deren Werk ich bewunderte. Wie ich Pohl in einem Brief am 19. September 1964 schrieb, kehrte ich nach Hause zurück „mit irgendeiner geheimnisvollen Alchimie, die in mir arbeitet. Plötzlich spüre ich einen Drang, der SF mehr zu geben, als ich das bisher getan habe – jedenfalls viel mehr als diese unregelmäßigen Kurzgeschichten, die ich für Sie geschrieben habe. Ich möchte jetzt lieber zu den Kurzromanen zurückkehren, die ja auch in Magazinen veröffentlicht werden."

Ich hatte meinen aus dem Jahre 1957 stammenden Plan einer zukünftigen Geschichte wieder ausgegraben. „Was mir da im besonderen im Kopf herumspukt", schrieb ich daher weiter, „ist eine Serie aus fünf Kurzromanen, die jeweils so um die neun- bis zehntausend Worte lang sind. Das Gerüst für diese Serie habe ich schon auf Papier gebannt und die Plots für die einzelnen Geschichten skizziert; alle fünf sollen sich wie bei einer Chronik kontinuierlich mit einem Thema befassen, das über ein Jahrhundert oder mehr verfolgt wird – also eine Serie, in der eine Entwicklung stattfindet, und nicht eine, wo schon alles festgelegt ist. Dahinter steckt natürlich der Wunsch, sie zu einem lose zusammenhängenden ‚Roman' zu verweben, der später als Buch veröffentlicht werden kann." Ich schickte Pohl kein Exposé, sondern nur noch die folgende, geheimnisvolle Ankündigung: „Die Serie soll eine Auffrischung von Neil R. Jones' *Durna Rangue*-Serie werden – versehen mit Obertönen von Cordwainer Smith und Poul Anderson. Alles klar?"

Ich wollte von Pohl nur die Zusage, daß er die erste Story dieser Serie kaufen würde. Wenn sie ihm gefiel, wollte ich auch die vier restlichen schreiben; wenn nicht, würde ich den Scheck einstecken und keine Zeile mehr an diese Sache verschwenden. Pohl akzeptierte die Sache nicht nur, er bot auch an, mir dabei zu helfen, die Buchrechte an der Serie an einen Verlag zu verkaufen. Er arbeitete damals als inoffizieller Talentsucher für den Buchverlag, bei dem er gerade selbst unter Vertrag stand, nämlich Ballantine Books. Er war sich ziemlich sicher, Ballantine für diesen Roman gewinnen zu können. Das begeisterte mich natürlich, denn Ballantine war einer der führenden Verlage von Science Fiction. Und wenn ich wirklich vorhaben sollte, zur SF zurückzukehren, dann konnte ich einen wohlwollenden Verlag nur allzu gut gebrauchen.

Mitte November 1964 schickte ich den ersten Kurzroman, „Blue Fire" („Blaues Feuer"), ein. Pohl meinte, er sei teilweise zu unvollständig – ich hatte eine zu große Menge an Backgroundinformationen für spätere Geschichten zurückgehalten – und verlangte zusätzliche Einfügungen. Aber ansonsten war er über die Geschichte sehr erfreut, und er erklärte mir, ich solle weitermachen und die Serie zu Ende schreiben. Ich fügte weitere Informationen hinzu (die ich aber in der Buch-Ausgabe wieder herausnahm) und schickte Mitte Dezember den zweiten Teil, „The Warriors of Light" („Die Streiter des Lichts"), ein. Wiederum war ich ein wenig zu geizig mit den Hintergrundinformationen verfahren, um den Spannungsbogen und die Kontinuität des Ganzen zu erhalten. Diesmal schrieb Pohl selbst den Zusatz; einen ganzen Abschnitt, den er mir zur Überprüfung schickte. Ich stimmte dem zu, und Pohls Abschnitt ist bis heute im Text geblieben. Wenige Tage nachdem der zweite Beitrag fertig war, wartete Pohl mit einem anderen Vorschlag auf: ob ich nicht den kompletten Text der Litanei der Stationen des Spektrums verfassen wollte, den er dann abgesetzt mit der Geschichte veröffentlichen konnte? Das tat ich, und als Honorar lud Pohl mich zum Essen ein. Einige Jahre später wurde die Litanei allein für den Nachdruck in irgendeiner Textsammlung angekauft, die mir aber völlig unbekannt geblieben ist (ich erhielt nur den Scheck, aber niemals ein Belegexemplar).

Probleme tauchten erst bei der nächsten Geschichte, „Where the Changed Ones Go" („Wohin die Veränderten gehen"), auf. Ich lieferte sie im März 1965 ab, und Pohl gefiel sie nicht. Nach unserer Vereinbarung mußte er sie kaufen, ob sie ihm nun gefiel oder nicht. Aber er hoffte, ich würde nicht auf dieser Abmachung bestehen. Statt dessen schlug er vor, ich möge ihm zuliebe die Geschichte um die Hälfte kürzen, damit er sie dann an unauffälliger Stelle im Magazin unterbringen könnte, oder ich sollte sie ganz vergessen und erst bei der Buchausgabe wiederauferstehen lassen – oder aber ich sollte einen ganz neuen dritten Teil schreiben. Keine von diesen Möglichkeiten wollte mir sonderlich gefallen. Was Pohl als unverdaulicher Kloß vorkam, war in meinen Augen das Kernstück des ganzen Romans, der Dreh- und Angelpunkt meiner ganzen Serie. (Man muß sich ja daran erinnern, daß ich nach einer acht Jahre alten Grundlage arbeitete, die sich schon vor langer Zeit in meinem Hirn unverrückbar festgesetzt hatte.) Ich wollte Pohl nicht dazu zwingen, eine Geschichte zu kaufen, die ihm nicht gefiel. Aber ich sah auch keine Möglichkeit, diese Sache aus der Magazin-Serie auszumerzen; und mein Formgefühl rebellierte gegen die Vorstellung, daß in einer Serie eine Geschichte um so viel kürzer sein sollte als ihre Vorgänger und Nachfolger. Also machte ich genau das, was Pohl *nicht* gewollt hatte: Ich ging daran, die vorliegende Geschichte gründlich zu überarbeiten. Im April schrieb ich sie fast völlig neu. Pohl antwortete darauf nur: „Wenn ich Ihnen auch nicht die Möglichkeit vorgeschlagen habe, ‚Where the Changed Ones Go‘ in eine passable Form umzumodeln, so muß ich andererseits doch auch zugeben, daß Sie Ihre Arbeit gut gemacht haben . . . Ich werde mich also Ihrer Verblendung anschließen, diesen Text als lesbare Geschichte anzusehen, und sie abdrucken.“ Zu dieser Zeit hatte er auch den Ankauf der ganzen Serie durch Ballantine in die Wege geleitet (plus den einer Sammlung meiner Kurzgeschichten, *Needle in a Timestack**). Damit etablierte er für mich eine der lohnenswertesten Autor-Verlags-Beziehungen, die ich je erleben sollte.

Geschichte Nummer vier, „Lazarus Come Fourth“ („Lazarus steht wieder auf“), erreichte Pohl im August, und die Nummer fünf, „To Open the Sky“ („Öffnet den Himmel“) im Oktober. Bei keiner verlangte er größere Korrekturen. Im Dezember konnte ich dann auch das Romanmanuskript (ich hatte eine

*) *Visum für den Sirius*; Goldmann-SF 212 (Anmerkung des Übersetzers).

ganze Menge von den Wiederholungen gestrichen, die beim mehrteiligen Abdruck in einem Magazin nun einmal unvermeidbar sind) unter dem Titel *To Open the Sky* abschicken. Die Magazinabdrucke erschienen zwischen dem Frühjahr 1965 und dem Frühjahr 1966. Und die Buchausgabe – mein erster veröffentlichter Roman, der ernsthaft zu diesem Zweck ersonnen worden war – erschien im Mai 1967.

Und ich konnte mir keine Vorstellung davon machen, wie ernst der Roman genommen wurde. Wie ich bereits vorher erwähnte, wollte ich die eingerostete alte *Durna Rangue*-Serie auffrischen, die Neil R. Jones in den dreißiger Jahren in den Pulp-Magazinen veröffentlicht hatte, und ihr mit Aufgelesenem von Cordwainer Smith und Poul Anderson etwas Pep verleihen. (Im nachhinein entdecke ich allerdings recht wenig Beeinflussung von den beiden letzteren Autoren im Endprodukt.) Jedenfalls erhielt Pohl, nachdem die Serie im Magazin ausgelaufen war, einen Brief vom Leiter eines buddhistischen Zirkels in (so glaube ich) Mexiko. Unterschrieben war das Ganze mit seinem hingeschmetterten, wohlklingenden Mantaspruch „Om tat sat Om". In dem Schreiben hieß es:

„Erlauben Sie mir, meine Wertschätzung und meinen Dank an *Galaxy* dafür auszusprechen, daß Sie die Serie von Robert Silverberg veröffentlicht haben. Viele meiner Freunde haben sich nach dem Erscheinen jedes einzelnen Teils untereinander getroffen und dessen Bedeutung und Bestreben auf den verschiedenen Bewußtseinsebenen diskutiert ... Ich selbst war auch bemüht, meine Korrespondenz-Studenten und meine Klienten für diese Literaturgattung zu interessieren. Und ich habe diese Geschichten bei der Einführung in die Lehre als Hilfsmittel benutzt."

Heutzutage ist es für die Science Fiction etwas Alltägliches geworden, in den Schulen durchgenommen zu werden; und zwar mit der gleichen Ernsthaftigkeit, wie sie den Werken von Marcel Proust oder James Joyce zuteil wird. Aber damals, 1966, war mir diese Vorstellung noch fremd. Und es machte mich ganz kribbelig, wenn ich daran dachte, daß Leute sich feierlich zu geheimen Sitzungen versammelten, bloß um die Wichtigkeit und Bedeutung meiner Geschichten über Kulte und Häresien im einundzwanzigsten Jahrhundert zu beraten.

Darauf ein herzliches „Om tat sat Om“!

Robert Silverberg
Oakland, Kalifornien

Blaues Feuer 2077

DIE ELEKTROMAGNETISCHE LITANEI
Stationen des Spektrums

Und es existiert Licht, vor und hinter unserem Horizont, und dafür danken wir.

Und es existiert die Hitze, vor der wir demütig stehen.

Und es existiert die Energie, für die wir uns glücklich preisen.

Gepriesen sei Balmer, der uns die Wellenlängen gab. Gepriesen sei Bohr, der uns das Verstehen brachte. Gepriesen sei Lyman, der weiter als die Sicht sehen konnte.

Sag uns nun die Stationen des Spektrums.

Gesegnet seien die Langwellen, die langsam schwingen.

Gesegnet seien die Mittelwellen, für die wir Hertz danken.

Gesegnet seien die Kurzwellen, die die Menschheit zusammenhalten, und gesegnet seien die Mikrowellen.

Gesegnet seien die Infrarotstrahlen, die die nährende Wärme bringen.

Gesegnet seien die sichtbaren Lichtwellen, verherrlicht in Angström. (*Nur an hohen Feiertagen*: Gesegnet sei das Rot, geheiligt von Doppler. Gesegnet sei das Orange. Gesegnet sei das Gelb, geweiht von Fraunhofers Blick. Gesegnet sei das Grün. Gesegnet sei das Blau für seine Wasserstofflinie. Gesegnet sei das Indigo. Gesegnet sei das Violett, das in der Energie gedeiht.)

Gesegnet sei das Ultraviolett mit der Reichhaltigkeit der Sonne.

Gesegnet seien die Röntgenstrahlen, geheiligt Röntgen, der sein Inneres sondierte.

Gesegnet seien die Gammastrahlen mit all ihrer Macht; gesegnet sei die höchste aller Frequenzen.

Wir danken Planck tausendmal. Wir danken Einstein tausendmal. Zehntausendmal danken wir Maxwell.

Mit der Kraft des Spektrums, der Quanten und des heiligen Angström, Friede sei mit euch!

1

Chaos bedeckte das Antlitz der Erde, aber den Mann in der Nichts-Kammer kümmerte das nicht.

Zehn Milliarden Menschen – oder waren es mittlerweile zwölf Milliarden? – kämpften um ihren Platz an der Sonne. Wolkenkratzer schossen wie aufsprießende Bohnenranken in den Himmel. Die Marsianer machten Witze darüber. Die Venusier spuckten davor aus. Scharlatan-Kulte gediehen, und in tausend Zellen verbeugten sich die Vorster tief vor ihrem teuflischen blauen Leuchten. Aber all dies hatte im Moment wenig Bedeutung für Reynolds Kirby. Er hatte abgeschaltet. Er war der Mann in der Nichts-Kammer.

Der Ort seines inneren Friedens befand sich zwölfhundert Meter über den blauen Wassern der Karibik, lag in einem Apartment im hundertsten Stock in Tortola auf den Virgin Islands. Kirby hatte als hoher UN-Beamter das Recht auf Behaglichkeit und Schlummer. Ein recht beachtlicher Batzen seines Gehalts ermöglichte ihm diese oberirdische Fluchtburg. Das Gebäude war ein Turm aus glänzendem Glas, dessen Fundamente sich tief in das Herz der Insel hineinbohrten. Man konnte nicht auf jeder karibischen Insel einen solchen Wolkenkratzer errichten; die meisten von ihnen waren nur flache Scheiben aus abgestorbenen Korallen. Ihnen mangelte es an Substanz, um eine halbe Million Tonnen Gewicht tragen zu können. Bei Tortola war es anders: ein erloschener Vulkan, ein versunkener Berg. Hier konnte man bauen, und hier hatte man gebaut.

Reynolds Kirby schlief einen erholsamen Schlaf.

Eine halbe Stunde in der Nichts-Kammer brachte einem die Vitalität wieder. Sie zog das Gift der Erschöpfung aus Körper und Geist. Drei Stunden in der Kammer machten einen schlaff und willenlos. Ein vierundzwanzigstündiger Aufenthalt konnte aus einem Menschen eine seelenlose Puppe machen. Kirby lag in einem warmen Nährbad, mit Stöpseln in den Ohren und Klappen auf den Augen. Transportleitungen versorgten seine Lunge mit Luft. Dieses Zurückkriechen in den Mutterschoß auf Zeit ließ sich mit nichts anderem vergleichen, wenn einem die Welt wieder einmal über war.

Zehn Minuten vertickten. Kirby dachte nicht an die Vorster. Kirby dachte auch nicht an Nat Weiner, den Marsianer. Und Kirby dachte auch nicht an das Esper-Mädchen, das sich auf der Folterbank gewunden hatte und das er letzte Woche in Kioto gesehen hatte. Kirby dachte überhaupt nicht.

Eine Stimme schnurrte: „Sind Sie soweit, Freier Bürger Kirby?“

Kirby war noch nicht soweit. Wer war das schon? Jeder mußte von einem Engel mit flammendem Schwert aus der Nichts-Kammer getrieben werden. Das Nährbad floß blubbernd aus dem Tank. Gummiüberzogene Metallfinger schälten die Klappen von den Augäpfeln. Die Ohren wurden von den Stöpseln befreit. Zitternd lag Kirby einen Moment lang da, ausgestoßen vom Mutterschoß wehrte er sich dagegen, in die Wirklichkeit zurückzukehren. Der Zyklus der Kammer war abgeschlossen; vor Ablauf von vierundzwanzig Stunden konnte sie nicht mehr angestellt werden; und das war auch gut so.

„Haben Sie gut geruht, Freier Bürger Kirby?“

Kirby räusperte sich kräftig und rappelte sich auf. Er schwankte und hätte fast das Gleichgewicht verloren. Aber der Robotdiener stand schon bereit, ihn zu stützen. Kirby griff nach einem polierten Arm und hielt sich daran fest, bis der Schwindelanfall vorüber war.

„Ich habe ganz ausgezeichnet geruht“, erklärte er dem Metallwesen. „Die Rückkehr ist jedesmal ein Jammer.“

„Das können Sie nicht ernsthaft meinen, Freier Bürger. Sie wissen, daß das einzige wirkliche Vergnügen in einer Begegnung mit dem Leben besteht. Das haben Sie mir selbst gesagt, Freier Bürger Kirby.“

„Wahrscheinlich habe ich das“, gab Kirby herb zu. Die ganze fromme Philosophie des Roboters setzte sich aus Aussprüchen Kirbys zusammen. Er nahm von dem quadratischen, flachgesichtigen Ding eine Robe entgegen und zog sie sich über die Schultern. Wieder zitterte er. Kirby war ein dürrer Mann, zu aufgeschossen für sein Gewicht. Arme und Beine waren faserig und wie Stricke, das graue Haar war sehr kurz geschnitten, die grünen Augen lagen tief in den Höhlen. Er war vierzig, sah aus wie fünfzig, und bevor er heute in die Nichts-Kammer gestiegen war, hatte er sich wie siebzig gefühlt.

„Wann kommt der Marsianer an?" fragte er.

„Um siebzehn Uhr. Augenblicklich hält er sich auf einem Bankett in San Juan auf, aber er wird bald hier sein."

„Ich habe nicht genügend Zeit, um lange zu warten", sagte Kirby. Mürrisch ging er zum nächsten Fenster und depolorisierte es. Er blickte hinunter, den ganzen Weg hinab, wo das träge Wasser an den Strand schlug. Er konnte die dunkle Linie des Korallenriffs sehen: diesseits grünes Wasser, jenseits blaues. Das Riff war natürlich tot. Die empfindlichen Korallentierchen, die es gebaut hatten, konnten nur eine bestimmte Menge Benzin in ihrem Lebensraum ertragen – und die Toleranzschwelle war schon vor einiger Zeit überschritten worden. Die Wasserfahrzeuge zogen brummend von Insel zu Insel und ließen eine tödliche Schmutzspur hinter sich zurück.

Der UN-Beamte schloß die Augen. Rasch öffnete er sie wieder, denn als er sie gesenkt hatte, war vor seinem geistigen Auge wieder das Bild von dem Esper-Mädchen erschienen, wie es sich wand, schrie und sich in die Knöchel biß; die gelbe Haut war mit glänzenden Schweißperlen gesprenkelt. Der Vorster-Mann stand daneben, verbreitete den verfluchten blauen Schein und murmelte: „Friede, mein Kind, Friede, bald stehst du in Harmonie mit dem Kosmos."

Das war letzten Donnerstag geschehen. Heute war der darauffolgende Mittwoch. Mittlerweile stand sie bestimmt in Harmonie mit dem Kosmos, dachte Kirby, und eine unersetzliche Ansammlung von Genen war in alle vier Winde zerstreut worden. Oder in alle sieben Winde. Kirby hatte in diesen Tagen Schwierigkeiten, seine Phrasen in die Reihe zu bekommen.

Sieben Meere, dachte er, und *vier Winde*.

Der Schatten eines Hubschraubers streifte sein Sichtfeld.

„Ihr Gast kommt", erklärte der Robot.

„Großartig", sagte Kirby säuerlich.

Die Nachricht von der bevorstehenden Ankunft des Marsianers ließ Kirby sich verkrampfen. Er war ausgewählt worden, dem Besucher aus der Mars-Kolonie als Fremdenführer, Berater und Wachhund zur Seite zu stehen. Dem Erhalt der freundschaftlichen Beziehungen zum Mars wurde eine enorme Bedeutung zugemessen, denn dort befanden sich lebenswichtige Märkte für die irdische Wirtschaft. Außerdem repräsentierten die Marsianer Tatkraft und Entschlossenheit, Eigenschaften, die momentan auf der Erde immer seltener wurden.

Es war alles andere als einfach, mit den Kolonisten zu verkehren; sie waren schnell beleidigt, unbeständig und unberechenbar. Kirby wußte, daß er eine äußerst delikate Aufgabe übernommen hatte. Er mußte den Marsianer vor allen Unbilden bewahren, ihn umgarnen und ihn verhätscheln; dabei durfte er jedoch nie den Eindruck erwecken, allzu beschützend oder besorgt zu sein. Und wenn Kirby Mist baute – nun, dann würde das die Erde teuer zu stehen kommen und fatal für Kirbys weitere Karriere sein.

Er verdunkelte das Fenster wieder und eilte ins Schlafzimmer, um dort seine Staatsrobe anzuziehen: eine eng anliegende, graue Tunika, ein grüner Gürtel, Stiefel aus blauem Leder und glänzend goldene Netzhandschuhe – von Kopf bis Fuß wirkte er wie ein wichtiger irdischer Beamter, als der Anmelder ihn blechern darüber informierte, daß Nathaniel Weiner vom Mars ihn aufsuchen wolle.

„Führe ihn herein", sagte Kirby.

Die Tür tat sich auf, und der Marsianer trat behende hindurch. Er war ein kleiner, kompakt gebauter Mann in den frühen Dreißigern, mit unnatürlich breiten Schultern, schmalen Lippen, hervorstehenden Wangenknochen und dunklen, kleinen Augen. Er wirkte körperlich sehr kräftig, so als hätte er sein

Leben damit verbracht, in der mörderischen Schwerkraft des Jupiters zu überleben und nicht in der luftigen Leichtigkeit des Mars herumzutollen. Seine Haut war tief gebräunt, und ein feines Faltennetzwerk breitete sich von den Augenwinkeln aus. Er sah aggressiv und arrogant aus, dachte Kirby.

„Freier Bürger Kirby – schön, Sie zu ehen", sagte der Marsianer mit einer tiefen, raspelnden Stimme.

„Die Ehre liegt ganz auf meiner Seite, Freier Bürger Weiner".

„Gestatten Sie", sagte Weiner. Er zog seine Laserpistole. Kirbys Roboter rauschte mit einem Samtkissen auf ihn zu. Der Marsianer legte die Waffe vorsichtig auf den Plüschhaufen. Der Roboter glitt über den Boden, um Kirby die Pistole zu bringen.

„Nennen Sie mich Nat", sagte der Marsianer.

Kirby lächelte dünn. Er nahm die Waffe und widerstand der widersinnigen Versuchung, den Marsianer auf der Stelle in ein Aschehäufchen zu verwandeln. Kirby betrachtete die Pistole kurz. Dann legte er sie auf das Kissen zurück und schnipste mit den Fingern dem Robot zu, der die Waffe zu ihrem Eigentümer zurücktrug.

„Meine Freunde nennen mich Ron", sagte Kirby. „Reynolds ist ja wirklich ein zu furchtbarer Vorname."

„Schön Sie kennenzulernen, Ron. Was gibt's zu trinken?"

Kirby wurde unangenehm von diesem Etikettebruch berührt, aber er behielt den gleichbleibenden diplomatischen Gesichtsausdruck bei. Der Marsianer hatte sich schon mit seinem Waffenritual steif genug benommen, aber das erwartete man ja von Kolonisten; damit war aber nicht gesagt, daß seine Manieren nicht über dieses Niveau hinausragen konnten. Freundlich sagte Kirby: „Was immer Sie möchten, Nat. Synthetisches, Echtes – Sie brauchen es nur auszusprechen, und schon ist es da. Wie wär's mit einem gefilterten Rum?"

„Ich habe schon so viel Rum getrunken, daß er mir zu den Nasenlöchern hinausquillt, Ron. Diese Karibs in San Juan kippen ihn wie Wasser. Wie wär's mit einem anständigen Whisky?"

„Tippen Sie's ein", sagte Kirby mit einer einladenden Handbewegung. Der Roboter nahm die Konsole von der Bar und brachte sie dem Marsianer. Weiner starrte die Knöpfe erst suchend an und drückte dann zweimal auf zwei randnahe Knöpfe.

„Ich bestelle Ihnen einen doppelten Rye“, kündigte Weiner an. „Und für mich einen doppelten Bourbon.“

Kirby fand das amüsant. Der grobe Kolonist suchte sich nicht nur den eigenen Drink aus, sondern auch einen für seinen Gastgeber. Einen doppelten Rye, na bitte! Kirby verbarg sein Augenzwinkern vor Nat und trank. Weiner machte es sich in einem Webschaum-Sitzkorb bequem. Kirby ließ sich ebenfalls nieder.

„Wie gefällt Ihnen Ihr Besuch auf der Erde?“ fragte Kirby.

„Nicht schlecht, nicht übel. Es ist nur zum Kotzen, wie Ihre Leute hier zusammengepfercht sind.“

„So ist nun einmal das Leben.“

„Auf dem Mars nicht. Und auch nicht auf der Venus.“

„Warten Sie's ab“, sagte Kirby.

„Das bezweifle ich. Wir wissen dort oben, wie wir die Bevölkerungszahl unter Kontrolle halten können.“

„Das wissen wir auch. Es hat nur seine Zeit gedauert, das jedermann klarzumachen, und bis dahin waren wir auf zehn Milliarden angewachsen. Wir hoffen, die Zuwachsrate möglichst niedrig zu halten.“

„Wissen Sie was?“ sagte Weiner. „Sie sollten einfach jeden Zehnten packen und ihn in die Konverter stecken. Aus all dem Fleisch können Sie eine hübsche Menge Energie gewinnen. Und über Nacht hätten Sie eine Milliarde weniger.“ Er kicherte. „War natürlich nicht ernst gemeint. Es wäre unmoralisch. War halt nur'n flauer Scherz.“

Kirby lächelte. „Sie sind nicht der erste, der so etwas vorgeschlagen hat, Nat. Und einige haben es ziemlich ernst gemeint.“

„Disziplin – das ist die Antwort auf alle menschlichen Probleme. Disziplin und noch mehr Selbstdisziplin. Verzicht. Planung. – Der Whisky ist verdammt gut, Ron. Wie steht's mit einem weiteren Gläschen?“

„Bedienen Sie sich."

Weiner kam der Aufforderung nach – sehr großzügig sogar.

„Verdammt gutes Gesöff", murmelte er. „Auf dem Mars kriegen wir solche tollen Sachen nicht. Das muß ich schon zugeben, Ron. So zusammengepreßt und stinkig dieser Planet auch sein mag, er hat auch seine Vorteile. Leben möchte ich hier nicht, das sage ich Ihnen, aber ich bin doch froh, hierhergekommen zu sein. Die Frauen – hmm! Die Drinks! Und all die Aufregungen!"

„Sie sind seit zwei Tagen hier?" fragte Kirby.

„Ganz genau. Eine Nacht in New York – Zeremonien, ein Bankett, all der Krampf eben; die Kolonialgesellschaft hat alles finanziert. Dann runter nach Washington, um den Präsidenten zu treffen. Liebenswürdiger alter Knabe. Allerdings mit etwas Bauchansatz. Könnte wohl etwas Bewegung vertragen. Dann diese idiotische Veranstaltung in San Juan, den ganzen Tag lang von einer Festlichkeit zur nächsten, hab' dort die Kollegen aus Puerto Rico getroffen und all so 'nen Käse. Und jetzt bin ich hier. Was steht hier auf dem Programm, Ron?"

„Nun, wir könnten zuerst unten schwimmen gehen . . ."

„Ich kann auf dem Mars soviel schwimmen, wie ich Lust habe. Ich will die Zivilisation sehen, nicht das Waser. Die ganze Verflochtenheit." Weiners Augen leuchteten. Kirby begriff urplötzlich, daß der Mann schon betrunken gewesen war, noch bevor er durch die Tür getreten war, und die zwei mehrstöckigen Bourbons hatten ihn endgültig volltrunken gemacht. „Wissen Sie, was ich will, Kirby? Ich möchte raus und etwas im Dreck wühlen. Ich will in die Opiumhöhlen. Ich möchte Esper im ekstatischen Zustand sehen. Ich will an einer Vorster-Sitzung teilnehmen. Ich möchte mein Leben leben, Ron. Ich will die Erde kennenlernen – mit ihrem Schmutz und allem anderen!"

2

Die Vorster-Halle war ein heruntergekommenes, fast unerträglich schäbiges Gebäude in Zentral-Manhattan. Es lag einen Steinwurf vom UN-Komplex entfernt. Kirby fühlte sich unbehaglich, er hatte nie wirklich seinen Ekel vor Schmutz überwinden können, auch heutzutage nicht, wo fast die ganze Welt ein riesiges, wucherndes Slum-Gebiet war. Aber Nat Weiner wollte es so. Kirby hatte ihn hierhergeführt, weil dies die einzige Vorster-Stätte war, die er vorher schon einmal besucht hatte. Daher kam er sich hier zwischen den Gläubigen auch nicht völlig fehl am Platz vor.

Ein Schild über der Tür verkündete mit glänzenden, aber fleckigen Buchstaben:

BRUDERSCHAFT DER IMMANENTEN STRAHLUNG
JEDERMANN IST WILLKOMMEN
TÄGLICH ANDACHTEN
GESUNDEN SIE IHR HERZ
ERLANGEN SIE HARMONIE MIT DEM KOSMOS

Weiner mußte über das Schild kichern. „Seh'n Sie sich das an! Gesunden Sie Ihr Herz! Wie steht's denn mit Ihrem Herzen, Kirby?"

„Ist an etlichen Stellen punktiert. Sollen wir hineingehen?"

„Da können Sie einen drauf lassen", sagte Weiner.

Der Marsianer war völlig betrunken. Aber er hielt sich noch wacker, mußte Kirby zugeben. Obwohl Kirby an diesem langen Abend gar nicht erst versucht hatte, es mit dem marsianischen Gesandten aufzunehmen, der einen Drink nach dem anderen in sich hineingeschüttet hatte, fühlte er sich jetzt benebelt und zu warm. Seine Nasenspitze prickelte. Er sehnte sich danach, den Marsianer abzuschütteln und in seine Nichts-Kammer zu kriechen, um all das Gift in seinem Körper loszuwerden.

Aber Weiner wollte über die Stränge schlagen, und man

konnte ihm daraus kaum einen Vorwurf machen. Der Mars war ein rauhes Fleckchen, wo es wenig Gelegenheit gab, um sich mal richtig gehenzulassen. Die Terranisierung eines Planeten bedeutete immer eine außerordentliche Anstrengung. Jetzt war diese Aufgabe nahezu bewältigt, nachdem zwei Generationen hart daran gearbeitet hatten. Die Luft des Mars war jetzt gut und sauber, aber Zeit zum Ausruhen hatte man dort noch immer nicht. Weiner war gekommen, um ein Handelsabkommen abzuschließen, gleichzeitig war es seine erste Chance, den Härten des Marslebens zu entfliehen. Das Sparta des Weltraums wurde der Mars genannt. Und jetzt befand er sich in Athen.

Sie betraten die Vorster-Halle.

Sie war ein langgezogener, enger, rechtwinkliger und kistenartiger Raum. Ein Dutzend Reihen von unlackierten Holzbänken breitete sich von einer Seite zur anderen aus. Eine schmale Schneise befand sich an einer Seite. Am anderen Ende stand der Altar und glühte in der unvermeidlichen blauen Strahlung. Dahinter befand sich ein großer, spindeldürrer Mann mit Glatze und einem Bart.

„Ist das der Priester?“ flüsterte Weiner rauh.

„Ich glaube nicht, daß sie Priester genannt werden“, sagte Kirby. „Aber er tut hier Dienst.“

„Gibt es hier keine Kommunion?“

„Lassen Sie uns einfach erst mal zusehen“, schlug Kirby vor.

„Sehen Sie sich bloß all diese verdammten Schwachsinnigen an“, sagte der Marsianer.

„Diese Religion ist sehr populär.“

„Das kapier' ich nicht.“

„Schauen Sie einfach hin und hören Sie zu.“

„Die knien nieder – und kriechen vor diesem Schmalspur-Reaktor . . .“

Einige Köpfe wandten sich in ihre Richtung. Kirby seufzte. Er brachte für die Vorster oder ihre Religion keine Sympathie auf, aber er war empört über diese ungestüme Entweihung ihres Heiligtums. Höchst undiplomatisch packte er Weiners Arm, führte den Marsianer in die nächste Bank und zog ihn hinunter, damit er sich hinkniete. Kirby ließ sich neben ihm nieder. Der Marsianer warf ihm einen bösen Blick zu. Kolonisten mochten es nicht, wenn ihr Körper von Fremden berührt wurde. Ein Venusier hätte Kirby für eine solche Tat mit seinem Dolch niedergestochen. Aber andererseits wäre ein Venusier auch gar nicht erst auf die Erde gekommen, um sich in eine Vorster-Halle zu verirren und dort Unfug anzustellen.

Dumpf hielt sich Weiner an der Leiste fest, lehnte sich nach vorne und beobachtete den Ablauf der Andacht. Kirby blinzelte durch das Halbdunkel nach dem Mann hinter dem Altar.

Der Reaktor war eingeschaltet und glühte – ein Würfel aus Kobalt-60, von Wasser umgeben, um die gefährlichen Strahlen abzufangen, bevor sie das menschliche Fleisch durchdringen konnten. Im Halbdunkel bemerkte Kirby ein schwaches blaues Leuchten, das langsam immer heller und intensiver wurde. Jetzt war das ganze Gitterwerk des kleinen Reaktors in weißblaues Licht getaucht, und darum herum wirbelte ein unheimliches, grünblaues Leuchten, das in seinem Kern nahezu purpurn war. Es war das Blaue Feuer, das unheimliche kalte Licht der Zerenkow-Strahlung; es breitete sich immer weiter nach draußen aus, bis es den ganzen Raum umschlossen hatte.

Darin lag nichts Metaphysisches, das wußte Kirby. Elektronen brandeten gegen den Wassertank und drangen schneller als mit Lichtgeschwindigkeit in dieses Medium ein. Und während sie sich bewegten, schleuderten sie einen Photonenstrom aus. Es gab einige hübsche Gleichungen, um die Quelle des Blauen Lichts zu erklären. Eines mußte man den Vorstern zugute halten: Sie behaupteten nie, es handle sich dabei um etwas Übernatürliches. Dennoch war das blaue Licht ein hübsches Symbolinstrument, ein Fokus für religiöse Empfindungen, der weit farbiger war als das Kreuz, weit spannender als die Zehn Gebote.

Ruhig sagte vorn der Vorster: „Es gibt eine Harmonie, von der alles Leben abstammt. Die Bewegungen der Elektronen haben uns die grenzenlose Vielfalt des Universums geschenkt.

Die Atome treffen sich; ihre Partikel umschlingen sich. Elektronen springen von Orbit zu Orbit, und chemische Prozesse entstehen."

„Hör sich einer mal dieses fromme Arschloch an", schnaubte Weiner. „Mehr als einen Chemiekurs für Anfänger hat er nicht zu bieten!"

Wütend biß sich Kirby auf die Lippen. Ein Mädchen in der Reihe vor ihnen drehte sich herum und sagte mit leiser, eindringlicher Stimme: „Bitte. Bitte hören Sie doch erst einmal zu."

Sie war so ein lähmender Anblick, daß selbst Weiner zum ersten Mal die Worte fehlten. Schockiert keuchte der Marsianer. Kirby, obwohl schon früher mit chirurgisch veränderten Frauen konfrontiert gewesen, war ebenfalls zu kaum einer Bewegung fähig. Schillernde Schalen bedeckten die Öffnungen, an denen sich einst die Ohren befunden hatten. Ein Opal war in ihre Stirnplatte eingelassen, und ihre Lider bestanden aus glänzenden Metallplättchen. Die Chirurgen hatten auch mit ihren Nasenlöchern und Lippen etwas angestellt. Vielleicht war sie Opfer eines schrecklichen Unfalls gewesen. Aber höchstwahrscheinlich hatte sie sich freiwillig, aus kosmetischen Gründen, „behandeln" lassen. Wahnsinn. Der blanke Wahnsinn.

Der Vorster sagte: „Die Energie der Sonne . . . das grüne Leben, das in den Pflanzen aufwallt . . . das ständig neue Wunder des Wachstums – das alles verdanken wir dem Elektron. Die Fermente unseres Körpers . . . die blitzenden Synapsen unseres Gehirns . . . das Schlagen unseres Herzens – das alles verdanken wir dem Elektron. Treibstoff und Lebensmittel, Licht und Hitze, Wärme und Nahrung, jedes und alles entsteht aus der Harmonie, die aus der Immanenten Strahlung kommt . . ."

Eine Litanei, bemerkte Kirby. Überall um ihn herum wiegten sich die Leute im Rhythmus der halb gesungenen Worte, nickten und weinten sogar teilweise. Das Blaue Feuer loderte immer weiter auf und erreichte schließlich die herabhängende Decke. Der Mann am Altar hob seine langen, spinnenartigen Arme wie zur Segnung hoch.

„Kommt her“, rief er. „Kniet nieder und vereinigt euch im Gebet! Verschließt die Arme, senkt die Köpfe und dankt der fundamentalen Einheit aller Dinge!“

Die Vorster begannen auf den Altar zuzuströmen. In Kirby erwachten dadurch Erinnerungen an seine anglikanische Kindheit: Man ging nach vorn, um die heilige Kommunion entgegenzunehmen, die Hostie auf der Zunge, der kurze Schluck Meßwein, der Geruch von Weihrauch, das Rascheln der Priestersoutane. Seit fünfundzwanzig Jahren war Kirby nicht mehr in einer Messe gewesen. Viel mußte geschehen sein, um von der gewölbten Großartigkeit der Dome zu der schäbigen Häßlichkeit dieser improvisierten Monstranz zu gelangen. Doch einen kurzen Moment lang fühlte Kirby ein religiöses Bedürfnis aufflackern; ganz schwach spürte er den Drang, mit den anderen nach vorn zu strömen und vor dem glühenden Reaktor niederzuknien.

Der Gedanke betäubte und erschreckte ihn.

Wie hatte es ihn übermannen können? Das hier war doch keine Religion. Dies war ein Kult, eine Bewegung, die wie ein Buschfeuer aufflackerte, die neueste Marotte, heute in aller Munde und morgen vergessen. Zehn Millionen Konvertierungen über Nacht? Na und? Morgen oder übermorgen würde der nächste Prophet auf den Plan treten, der die Gläubigen dazu ermahnte, die Hände gemeinsam in das funkelnde Bad eines Springbrunnens zu stecken; dann würde die Vorster-Halle vergessen und verlassen sein. Dies hier war nicht der Fels, auf den die Kirche gebaut werden sollte, dies hier war Treibsand.

Und dennoch hatte ihn kurz dieser Drang gefesselt –

Kirby preßte die Lippen zusammen. Es lag sicher an dem Streß, dachte er, diesen ungezügelten Marsianer den ganzen Abend lang herumzuführen. Diese erhabene Harmonie war ihm schnurzegal. Die fundamentale Einheit aller Dinge tangierte ihn wenig. Dies war ein Ort für die Müden, die Neurotiker, die Süchtigen nach allem Neuen, für die Typen, die mit Freuden gutes Geld dafür bezahlten, die Ohren ab- und die Nasenlöcher aufgeschnitten zu bekommen. Und es war nur ein allzu deutliches Zeichen seiner eigenen Erschöpfung, wenn er fast dazu bereit gewesen war, sich mit den Kommunizierenden am Altar zusammenzutun.

Er entspannte sich.

Und im gleichen Moment sprang Nat Weiner auf die Füße und stürmte blindlings den Seitengang hinunter.

„Knie mit uns nieder, Bruder“, sagte der Vorster-Priester sanft.

„Ich bin ein Sünder!“ heulte Weiner. „Ich stecke voller Schnaps und Korruption! Ich muß errettet werden! Ich verehre das Elektron! Ich will mich ihm schenken!“

Kirby eilte ihm auf dem Seitengang nach. Meinte Weiner das ernst? Die Marsianer waren sprichwörtlich dafür bekannt, sich gegen jede Art von Religion zur Wehr zu setzen, selbst gegen die etablierten und gesetzlich anerkannten Kirchen. War er irgendwie vor diesem teuflischen blauen Glühen weich geworden?

„Ergreift die Hände eurer Brüder“, murmelte der Priester. „Senkt den Kopf und laßt euch vom Glühen umschließen.“

Weiner sah nach links. Das Mädchen mit den chirurgischen Veränderungen kniete neben ihm. Sie streckte ihre Hand aus. Vier Finger waren aus Fleisch, einer bestand aus einem türkisfarbenen Metall.

„Ein Monster!“ kreischte Weiner. „Nehmt es weg! Ich will nicht, daß es mich aufschlitzt!“

„Beruhige dich, Bruder . . .“

„Ihr seid ein Haufen Irrer! Irre! Irre! Irre! Nichts als ein Pack von . . .“

Kirby erreichte ihn. Er preßte eine Fingerspitzen so in die hervortretenden Muskeln auf Weiners Rücken, daß der Marsianer ihn bemerken mußte, selbst in seinem volltrunkenen Zustand.

Mit leiser, intensiver Stimme sagte Kirby. „Lassen Sie uns gehen, Nat. Wir müssen hier raus.“

„Nimm deine stinkigen Flossen von mir, Erdling!“

„Nat, bitte – dies ist ein Haus der Andacht . . .“

„Dies ist ein Irrenhaus! Verrückt! Übergeschnappt! Plemmplemm! Sehen Sie sich die bloß mal an! Liegen auf den Knien wie gottserbärmliche Mondsüchtige!“ Weiner rappelte sich auf. Seine brüllende Stimme schien die Wände zerschmettern zu wollen. „Ich bin ein freier Bürger des Mars! Mit diesen Händen wühle ich die Wüste um! Ich habe gesehen, wie die Ozeane sich mit Wasser füllten! Was habt ihr schon getan? Ihr schneidet euch die Lider ab und wälzt euch im Dreck! Und du – du scheinheiliger Priester, du knöpfst ihnen ihr Geld ab und hast deinen Spaß daran!“

Der Marsianer stützte sich auf die Altarabsperrung und schwang sich hinüber. Er kam dem glühenden Reaktor gefährlich nahe und verkrallte sich in dem emporragenden, bärtigen Vorster.

Ganz ruhig streckte der Priester einen langen Arm in das wirbelnde Chaos von Weiners aufgebrachten Gliedern hinein. Für den Bruchteil einer Sekunde berührten seine Fingerspitzen die Kehle des Marsianers.

Weiner stürzte wie tot zu Boden.

3

„Geht es Ihnen jetzt wieder besser?“ fragte Kirby mit trockener Kehle.

Weiner rührte sich. „Wo ist das Mädchen?“

„Die mit den chirurgischen Veränderungen?“

„Nein“, krächzte er. „Die Esperin. Ich möchte sie gerne wieder in meiner Nähe haben.“

Kirby warf dem schlanken, blauhaarigen Mädchen einen Blick zu. Sie nickte fest und ergriff Weiners Hand. Das Gesicht des Marsianers glänzte vor Schweiß, und seine Augen waren noch immer wirr. Er lag auf dem Rücken. Der Kopf ruhte auf Kissen, und die Wangen waren eingefallen.

Auf der anderen Straßenseite, gegenüber der Vorster-Halle, lag ein Sniffer-Laden. Kirby hatte den Marsianer allein aus der Kultstätte hinaustragen müssen; er hatte ihn sich über die Schulter geworfen. Die Vorster erlaubten keinen Sanitätsrobotern den Eintritt. Der Sniffer-Laden war ihm genausogut wie jeder andere Ort erschienen.

Das Esper-Mädchen war zu den beiden gekommen, als Kirby schwankend den Laden betreten hatte. Sie war ebenfalls ein Vorster – das blaue Haar wies darauf hin – aber anscheinend hatte sie für diesen Tag ihre Andacht beendet und beschloß nun ihren Tag mit einer schnellen Sniff-Inhalation. Sofort war ihr Mitleid erwacht, und sie hatte sich hinabgebeugt, um Weiners errötetes, schweißbedecktes Gesicht zu begutachten. Sie hatte Kirby gefragt, ob sein Freund einen Schlaganfall erlitten habe.

„Ich weiß auch nicht genau, was mit ihm geschehen ist", sagte Kirby. „Er war betrunken und hat in der Vorster-Halle randaliert. Der Andachtsleiter hat seine Kehle berührt."

Das Mädchen lächelte. Sie wirkte verwahrlost und zerbrechlich und schien höchstens achtzehn oder neunzehn zu sein. Ihre Begabung hatte allzu deutliche Spuren hinterlassen. Sie schloß die Augen, ergriff Weiners Hand und preßte so lange auf das Gelenk, bis der Marsianer wieder zum Leben erwachte. Kirby konnte sich nicht erklären, wie sie das angestellt hatte. Das alles war ein Mysterium für ihn.

Und jetzt strömte zusehends die Kraft in seinen Körper zurück. Weiner versuchte, sich aufzurichten. Er suchte die Hand des Mädchens und hielt sie. Die Esperin machte keinen Versuch, sich davon zu befreien.

Er sagte: „Womit haben sie mich geschlagen?"

„Es war eine momentane Veränderung ihres elektrischen Ladungszustands", erklärte ihm das Mädchen. „Für eine tausendstel Sekunde hat er Ihr Herz und Ihr Gehirn abgeschaltet. Aber daraus erwächst kein dauerhafter Schaden."

„Wie hat er das gemacht? Er hat mich doch nur mit den Fingern berührt."

„Es gibt da eine bestimmte Technik. Aber mit Ihnen ist nun alles in Ordnung.“

Weiner starrte das Mädchen fest an. „Sind Sie ein Esper? Lesen Sie gerade meine Gedanken?“

„Ich bin eine Esperin, aber ich lese keine Gedanken. Ich bin lediglich ein Empath. Sie stecken voller Haß. Warum gehen Sie nicht zurück auf die andere Straßenseite? Und bitten ihn um Verzeihung? Ich weiß genau, daß er Ihnen vergeben wird. Lassen Sie sich von ihm unterrichten. Haben Sie Vorsts Buch gelesen?“

„Warum scheren Sie sich nicht zur Hölle?“ sagte Weiner beiläufig. „Nein, tun Sie das nicht. Sie sind zu süß. Wir haben auch auf dem Mars ein paar süße Esperinnen. Haben Sie Lust, sich heute einen schönen Abend zu machen? Ich heiße Nat Weiner, und das ist mein Freund, Ron Kirby. *Reynolds* Kirby. Er ist ein richtig steifes Hemd, aber wir können ihn ja abhängen.“ Der Griff des Marsianers auf dem schlanken Arm des Mädchens wurde fester. „Na, was meinen Sie?“

Das Mädchen sagte gar nichts. Sie runzelte lediglich die Stirn. Weiner blickte ganz merkwürdig drein und ließ den Arm los. Kirby, der die ganze Szene mitbekommen hatte, mußte ein Grinsen unterdrücken. Weiner zog Ärger und Mißverständnisse wie magisch an. Dies war wahrscheinlich eine vertrackte Welt für ihn.

„Gehen Sie auf die andere Straßenseite“, flüsterte das Mädchen. „Dort wird man Ihnen helfen.“

Sie drehte sich um und verschwand im Halbdunkel, ohne auf eine Antwort zu warten. Weiner fuhr sich mit der Hand über die Stirn, als wolle er Spinnweben von seinem Gehirn fegen. Er rappelte sich auf und ignorierte Kirbys ausgestreckten Arm.

„Wo sind wir hier eigentlich?“ fragte er.

„In einem Sniffer-Laden.“

„Wird man mich hier auch mit Gebeten belästigen?“

„Man wird Ihnen nur ein wenig das Gehirn vernebeln“, sagte Kirby. „Wollen Sie es mal versuchen?“

„Klar, ich habe Ihnen doch gesagt, daß ich alles ausprobieren möchte. Schließlich komme ich nicht jeden Tag auf die Erde."

Weiner grinste, aber das Grinsen fiel reichlich trübe aus. Er schien nicht mehr über seinen vollen Unternehmungsgeist zu verfügen wie das noch vor einer Stunde der Fall war. Natürlich hatte ihn der K.-o.-Schlag des Vorsters etwas ernüchtert. Aber er verspürte immer noch eine ziemlich unbändige Lust, alle Sünden kennenzulernen, mit denen dieser verderbte Planet aufwarten konnte.

Kirby fragte sich, ob er seine Aufgabe wirklich so vermasselt hatte, wie das im Augenblick den Anschein hatte. Aber das konnte er noch nicht entscheiden – jetzt noch nicht. Später könnte Weiner natürlich Protest gegen die ihm widerfahrene Behandlung einlegen; und Kirby würde sich möglicherweise urplötzlich auf einem Posten wiederfinden, wo er weit nebensächlichere Tätigkeiten zu erledigen hatte. Diese Vorstellung war nicht eben erheiternd. Kirby sah seine Karriere als etwas sehr Wichtiges an, vielleicht sogar als das einzig Wichtige in seinem Leben, und diese Karriere wollte er nicht in einer Nacht zu Scherben machen.

Die beiden Männer gingen zu den Sniffer-Zellen.

„Sagen Sie mal", meinte Weiner, „glauben diese Leute wirklich an all den Quatsch mit dem Elektron?"

„Das weiß ich leider ganz und gar nicht. Ich habe mich noch nicht allzu intensiv damit beschäftigt, Nat."

„Sie konnten doch das Anwachsen dieser Bewegung verfolgen. Wie viele Mitglieder hat sie jetzt eigentlich?"

„Ein paar Millionen, schätze ich."

„Eine ganz schöne Menge. Auf dem ganzen Mars haben wir nur sieben Millionen Menschen. Und wenn bei Ihnen so viele zu diesem Bekloppten-Kult übertreten . . ."

„Heutzutage gibt es eine ganze Menge religiöser Sekten auf der Erde", sagte Kirby. „Es ist eben eine apokalyptische Zeit. Die Leute dürsten nach der Gewißheit. Sie spüren, daß die Erde im Verlauf der Ereignisse ins Hintertreffen geraten ist. Deshalb suchen sie nach Einheit, nach einem Weg, der sie aus all der Verwirrung und Zerstückelung hinausführt."

„Sollen sie doch auf den Mars kommen, wenn sie Einheit suchen. Wir haben Arbeit für jedermann und keine Zeit, uns in irgendwelche Spitzfindigkeiten über die Harmonie der Schöpfung zu verlieren." Weiner brach in schallendes Gelächter aus. „Ach, zur Hölle damit. Erzählen Sie mir etwas über dieses Sniffer-Zeugs."

„Opium ist nicht mehr in Mode. Wir inhalieren exotischere Sachen, Mercaptane. Man sagt, die Halluzinationen seien sehr unterhaltend."

„*Man sagt es?* Wissen Sie es denn nicht? Kirby, wissen Sie denn überhaupt nicht aus eigener Erfahrung über *irgend etwas* Bescheid? Sie sind ja schon tot, Sie sind ein Zombie. Ein Mann braucht seine Laster, Kirby."

Der UN-Beamte dachte an die Nichts-Kammer, die in dem hochaufragenden Turm auf der tröstlichen Insel Tortola auf ihn wartete. Sein Gesicht war eine steinerne Maske. Er sagte: „Einige von uns haben zuviel am Hals, um sich auch noch ein Laster leisten zu können. Aber dieser Besuch von Ihnen, Nat, scheint zu einer großen Bildungsreise für mich zu werden. Kommen Sie, sniffen wir."

Ein Robot rollte auf sie zu. Kirby legte den rechten Daumen auf die leuchtende gelbe Platte auf der Brust des Automaten. Das Licht leuchtete auf, als Kirbys Daumenabdruck registriert wurde.

„Wir schicken die Rechnung an Ihre Zentrale", sagte der Roboter. Er hatte einen absurd tiefen Tonfall; Klangschwierigkeiten auf dem Programmierungsband, vermutete Kirby. Als das Metallwesen wieder wegrollte, zeigte es einen leichten Rechtsdrall. Rost im Bauch, sagte sich Kirby. Die Chancen standen fünfzig zu fünfzig, daß die Rechnung gar nicht abgeschickt wurde. Kirby nahm eine Sniffer-Maske und reichte sie Weiner, der es sich auf einer Couch an der Wand der Zelle bequem gemacht hatte. Der Marsianer setzte die Maske auf.

Kirby nahm eine andere und streifte sie über Nase und Mund. Er schloß die Augen und ließ sich auf dem Webschaum-Korbstuhl am Zelleneingang nieder. Ein Moment verstrich, dann roch er das Gas, wie es in seine Nase kroch; ein übelkeiterregender süß-saurer Geruch, wie Schwefel.

Kirby wartete auf die Halluzinationen.

Er wußte, daß es Leute gab, die täglich mehrere Stunden in solchen Zellen verbrachten. Die Regierung hob immer wieder von neuem die Vergnügungssteuer darauf an, um die Sniffer von ihrem Laster abzubringen. Aber sie kamen trotzdem, selbst für zehn, zwanzig oder dreißig Dollar pro Sniff. Das Gas selbst machte nicht süchtig; zumindest nicht physisch süchtig wie zum Beispiel Heroin. Es war eher eine psychologische Abhängigkeit, etwas, das man beenden konnte, wenn man es wirklich vorhatte; aber niemand verspürte Lust, damit aufzuhören – wie beim Sexualtrieb oder beim leichten Alkoholismus. Manche sahen im Sniff sogar so etwas wie eine Religion. Nun, jedermann nach seinem Gusto. Dies war eine überfüllte Welt, die unzählige Glaubensrichtungen beherbergte.

Ein Mädchen, ganz aus Diamanten und Smaragden gemacht, spazierte durch Kirbys Bewußtsein.

Die Chirurgen hatten auch das kleinste Stückchen lebenden Fleischs von ihrem Körper weggeschnitten. Ihre Augen trugen das kalte Glitzern wertvoller Perlen; ihre Brüste waren Kugeln aus weißem Onyx, auf deren Spitzen ein Rubin ruhte; ihre Lippen waren Alabasterscheiben; ihr Haar setzte sich aus rotgoldenen Strähnen zusammen. Blaues Feuer funkelte um sie herum, Vorster-Feuer, das seltsam krachte.

Sie sagte: „Du bist müde, Ron. Du mußt dich von dir selbst befreien."

„Ich weiß, ich suche die Nichts-Kammer mittlerweile täglich auf. Ich kämpfe gegen einen Zusammenbruch an."

„Du bist zu starr, das ist dein Problem. Warum gehst du nicht zu meinem Chirurgen? Laß dich mal verändern. Werde das ganze dumme Fleisch los. Denn so spricht der Herr: Fleisch und

Blut können nicht bewohnen das Königreich Gottes; genauso-wenig wie Korruption der Unbestechlichkeit innewohnen kann."

„Nein", murmelte Kirby. „Dem ist nicht so. Alles, was ich brauche, ist Erholung. Ein netter Schwimmausflug, Sonnenschein und eine nicht zu geringe Menge Schlaf. Aber man hat mir diesen ausgeflippten Marsianer aufs Auge gedrückt."

Die Halluzination lachte schrill und schlug ihre Arme in einem Sinuswinkel übereinander. Man hatte ihr die Finger weggeschnitten und durch Ebenholzbolzen ersetzt. Ihre Fingernägel bestanden aus poliertem Kupfer. Ihre boshafte Zunge, die zwischen den Alabasterlippen hin und her schnellte, erinnerte an eine Schlange aus grellem Flexiplast. „Halt ein", summte sie wollüstig vor sich hin, „ich zeige dir ein Geheimnis. Wir sollen zwar nicht alle schlafen dürfen, aber wir sollen alle verändert werden.".

„In einem Augenblick", sagte Kirby, „im Zeitraum eines Augenzwinkerns. Die Posaunen des Jüngsten Tages werden erschallen."

„Und die Toten sollen als Unbestechliche wieder auferstehen. Tu es, Ron. Du wirst dann noch anziehender aussehen. Vielleicht gelingt es dir dann auch, deine nächste Heirat etwas länger andauern zu lassen. Du vermißt sie – gib es zu. Du müßtest mal sehen, wie sie jetzt aussieht. So vollkommen, wie das nur eben geht, liegt deine Liebste da. Aber sie ist glücklich. Denn aus dem Korrupten muß das Unbestechliche werden und aus dem Sterblichen das Unsterbliche."

„Ich bin ein Mensch", protestierte Kirby. „Und ich werde mich nicht in solch ein wandelndes Museumsstück wie du verwandeln lassen. Oder meinetwegen auch wie *sie*. Und selbst dann nicht, wenn es für Männer in Mode kommt, sich so ‚behandeln' zu lassen."

Das blaue Glühen begann um die Vision in seinem Kopf zu pochen und zu pulsieren. „Aber du brauchst Hilfe, Ron. Die Nichts-Kammer ist nicht die Antwort auf deine Probleme. Sie ist – nichts. Schließe dich uns an. Gehöre dazu. Arbeit ist auch nicht die richtige Lösung. Schließe dich an. Schließe dich an. Du willst dich nicht zerschneiden lassen? Nun gut, dann werde ein Vorster. Ergib dich der Harmonie. Laß den Tod vom letzten Sieg verschlungen werden."

„Kann ich nicht einfach ich selbst bleiben?" rief Kirby.

„Was du bist, reicht nicht aus. Jetzt nicht. Nicht mehr. Die Zeiten sind hart. Die Welt ist ein Chaos. Die Marsianer lachen uns aus. Die Venusier verachten uns. Wir brauchen eine neue Organisationsform, brauchen neue Kraft. Der Stachel des Todes liegt in der Sünde, und die Widerstandskraft gegen die Sünde liegt im Gesetz. Grab, wo ist dein Sieg?"

Ein aufrührerischer Farbwirbel tanzte durch Kirbys Bewußtsein. Das chirurgisch veränderte Mädchen tanzte eine Pirouette, sprang, ruckte und prunkte mit der juwelenverzierten Überladenheit ihrer Erscheinung vor seinem Gesicht. Kirby bebte. Ungleichmäßig riß er an der Sniff-Maske. Für so einen Alptraum war er auch noch einen Haufen Geld losgeworden! Wie konnte jemand sich von so etwas abhängig machen – diese Reise durch die Niederungen des eigenen Verstands?

Kirby riß die Maske endgültig ab und warf sie auf den Zellenboden. Er saugte saubere Luft in seine Lungen, flatterte mit den Augen und kehrte in die Wirklichkeit zurück.

Er befand sich allein in der Zelle.

Weiner, der Marsianer, war verschwunden.

4

Der Robot, der den Sniffer-Laden leitete, war keine große Hilfe.

„Wo ist er hin?" wollte Kirby wissen.

„Er ist gegangen", kam die rostige Antwort. „Achtzehn Dollar und sechzig Cents. Wir schicken die Rechnung an Ihre Zentrale."

„Hat er gesagt, wohin er gehen wollte?“

„Wir haben nicht miteinander gesprochen. Er ist einfach gegangen. *Awwwrh*! Wir haben nicht miteinander gesprochen. Ich werde die Rechnung an Ihre Zentrale schicken. *Awwwrh*!“

Kirby stieß einen Fluch aus und rannte nach draußen auf die Straße. Unwillkürlich warf er einen Blick zum Himmel. Er konnte dort, von der Dunkelheit abgehoben, die zitronenfarbigen Lettern sehen, die leuchtend die Zeit verkündeten und unregelmäßig mit roten Flecken versehen waren:

22.05 UHR ÖSTLICHER STANDARDZEIT
MITTWOCH, DER 8. MAI 2077
KAUFEN SIE FREEBLES – DIE KROSSEN UND
KNACKIGEN

Noch zwei Stunden bis Mitternacht. Mehr als genug Zeit für diesen durchgedrehten Weiner, sich in Schwierigkeiten zu bringen. Das letzte, was Kirby jetzt gebrauchen konnte, war ein betrunkener Marsianer, der möglicherweise auch noch high war und in New York herumtobte. Sein Auftrag lautete nicht nur dahin gehend, den Marsianer gastfreundlich aufzunehmen; er sollte darüber hinaus auch noch ein Auge auf ihn werfen. Marsianer waren auch früher schon auf die Erde gekommen. Die allzu freizügige Erdgesellschaft war für sie wie ein schwerer Wein, der ihnen allzu rasch zu Kopf stieg.

Wo war Weiner bloß hingegangen?

Ein Ort zum Nachsehen war die Vorster-Halle. Vielleicht war Weiner dorthin zurückgekehrt, um dort weiter zu randalieren. Der Schweiß trat ihm aus jeder Pore, als Kirby über die Straße hetzte. Er wich den raketenschnellen, tränenförmigen Fahrzeugen aus, die an ihm vorbeirauschten, und eilte in die heruntergekommene Kultstätte. Die Andacht war noch nicht beendet. Anscheinend war Weiner jedoch nicht hier. Alle Anwesenden knieten gehorsam in ihren Bänken, und kein Gebrüll und kein gröhlendes Gelächter eines Betrunkenen ließ sich vernehmen.

Leise schlich Kirby durch den Seitengang und sah in jede Bankreihe. Aber kein Weiner war da. Das Mädchen mit den chirurgischen Veränderungen befand sich jedoch noch in der Halle. Sie lächelte und hielt Kirby eine Hand entgegen. Einen bizarren Moment lang fühlte Kirby sich in seine Sniff-Halluzination zurückversetzt, und seine ganze Haut verkrampfte sich. Dann entspannte er sich wieder. Es gelang ihm, ein dünnes Höflichkeitslächeln aufzusetzen, und er machte, daß er so schnell wie möglich die Vorster-Halle verließ.

Er gelangte auf das Gleitband und ließ sich aufs Geratewohl drei Blocks weitertragen. Nirgendwo war Weiner zu sehen. Kirby verließ das Band und fand sich vor einem öffentlichen Nichts-Kammern-Laden wieder, wo man sich für zwanzig Dollar in der Stunde von köstlichen Nebeln davontreiben lassen konnte. Vielleicht war Weiner hier hineinspaziert, voller Begierde, jede hirnvernebelnde Zerstreuung auszuprobieren, mit der diese Stadt aufwarten konnte. Kirby trat ein.

Hier wurde man nicht von Robotern bedient. Ein lebendiger Unternehmer aus Fleisch und Blut trat nach vorne; er brachte sicher seine vierhundert Pfund auf die Waage und war überreichlich mit Kinnen versehen. Kleine Augen, unter Fett verborgen, betrachteten Kirby voller Zweifel.

„Ein Stündchen Entspannung gefällig, mein Freund?"

„Ich suche einen Marsianer", stieß Kirby hervor. „Ungefähr so groß, mit breiten Schultern und hervorstehenden Wangenknochen."

„Ich habe ihn nicht gesehen."

„Hören Sie, vielleicht liegt er in einer Ihrer Kammern. Die Sache ist wichtig, eine Angelegenheit der UNO."

„Es würde mich auch nicht interessieren, wenn es eine Sache vom lieben Gott höchstpersönlich wäre. Ich habe ihn nicht gesehen." Der fette Mann warf nur einen kurzen Blick auf Kirbys UN-Plakette. „Was soll ich denn Ihrer Meinung nach tun – Ihnen alle Kammern öffnen? Ich sag Ihnen doch, er war nicht hier."

„Falls er noch kommen sollte, lassen Sie ihn auf keinen Fall eine Kammer mieten", bat Kirby. „Halten Sie ihn fest und verständigen Sie sofort den UN-Sicherheitsdienst."

„Ich muß ihm eine Kammer geben, wenn er das will. Wir betreiben hier eine öffentliche Einrichtung, mein Bester. Wollen Sie, daß ich Ärger kriege? Hören Sie, Sie machen einen abgeschlafften Eindruck. Warum steigen *Sie* nicht eine Zeitlang in die Kammer? Das wird bei Ihnen Wunder bewirken. Sie fühlen sich danach wie neu . . ."

Kirby machte auf dem Absatz kehrt und rannte nach draußen. In seinem Magen breitete sich Brechreiz aus; vielleicht rührte das von den Halluzinogenen her. Außerdem spürte er Angst und eine nicht unbeträchtliche Menge Ärger. Vor seinem geistigen Auge lag Weiner irgendwo in einer dunklen Seitenstraße mit eingeschlagenem Schädel, sein untersetzter Körper fachmännisch für eine schwarz arbeitende Organbank viviseziert. Ein vielleicht nicht unverdientes Schicksal, aber gleichzeitig die abrupte Beschneidung von Kirbys Verantwortungsbereich. Weitaus wahrscheinlicher war ein Weiner, der wie ein wild gewordener Stier – war das ein passender Vergleich, fragte sich Kirby – irgendeine Katastrophe verursachte, die unverhältnismäßig schwer wieder zu bereinigen war.

Der UN-Beamte hatte keine Ahnung, wo er suchen sollte. Eine öffentliche Telefonzelle zeigte sich an der nächsten Straßenecke. Kirby stürmte hinein und verdunkelte die Zellenwände. Er stieß seine Ausweisplakette in den Schlitz und tippte die Nummer des UN-Sicherheitsdienstes.

Der vernebelte Bildschirm wurde allmählich klarer. Das aufgedunsene, bärtige Gesicht von Lloyd Ridblom erschien.

„Nachtwache", sagte Ridblom. „Hallo, Ron. Wo ist Ihr Marsmensch?"

„Hab' ihn verloren. Er hat mich in einem Sniffer-Laden ausgetrickst."

Urplötzlich schien Ridblom zum Leben zu erwachen. „Wollen Sie, daß ich ihm einen Televektor auf den Hals schicke?"

„Noch nicht“, sagte Kirby. „Mir wäre es lieber, er wüßte gar nicht, daß uns sein Verschwinden beunruhigt. Justieren Sie lieber einen Vektor auf mich ein, und bleiben Sie mit mir in Verbindung. Und leiten Sie eine Rundum-Fahndung für ihn ein. Sobald er sich findet, will ich sofort benachrichtigt werden. Ich rufe in einer Stunde zurück, um neue Instruktionen auszugeben, falls sich bis dahin nichts ergeben haben sollte.“

„Möglicherweise haben Vorster ihn entführt“, warf Ridblom ein, „und sie saugen jetzt sein Blut aus, um daraus Meßwein zu machen.“

„Leck mich am Arsch“, sagte Kirby. Er verließ die Zelle und preßte kurz die Daumen gegen die Augen. Langsam und ziellos schlurfte er bis zum Gleitband und ließ sich zur Vorster-Halle zurückbringen. Jetzt verließen ein paar Leute das Gebäude, darunter auch das Mädchen mit den irisierenden Kunstohren; ihre chirurgischen Veränderungen reichten nicht aus, um seine Horror-Halluzinationen wieder zu beleben – allerdings schien sie im realen Leben immer wieder Kirbys Weg kreuzen zu müssen.

„Hallo“, sagte sie. Zumindest ihre Stimme war angenehm. „Ich heiße Vanna Marshah. Wo ist denn Ihr Freund abgeblieben?“

„Das frage ich mich auch. Vor kurzer Zeit ist er verschwunden.“

„Sind Sie denn sein Aufpasser?“

„Also, irgendwie soll ich auf ihn aufpassen. Er ist ein Marsianer, müssen Sie wissen.“

„Das wußte ich nicht. Er verhält sich gegenüber der Bruderschaft ganz schön aggressiv, nicht wahr? Es war sehr traurig, wie er während der Andacht explodierte. Er muß furchtbar krank sein.“

„Furchtbar voll“, sagte Kirby. „Das ergeht jedem Marsianer so, der hierherkommt. Sie denken, sie haben ihr Gefängnis verlassen und können sich hier alles erlauben. Kann ich Sie zu einem Drink einladen?“

„Ich trinke keinen Alkohol, danke. Aber ich begleite Sie gern, wenn Sie einen heben gehen wollen."

„Ich *will* nicht einen heben, ich *muß*."

„Sie haben mir noch immer nicht gesagt, wie Sie heißen."

„Ron Kirby. Ich arbeite für die UNO. Ich bin dort ein subalterner Beamter. Nein, das ist nicht richtig: Ich bin ein höherer Beamter, der aber wie ein kleiner Beamter bezahlt wird. Lassen Sie uns hier hineingehen."

Er stieß leicht die Schwingtür einer Eckkneipe an. Die Tür schwang auf und ließ die beiden herein. Das Mädchen lächelte warm. Sie mochte an die Dreißig sein, vermutete Kirby. Eine genauere Bestimmung war kaum möglich – mit alldem Metall, das jetzt ihr Gesicht ausmachte.

„Gefilterter Rum", bestellte er.

Vanna Marshah lehnte sich bei ihm an. Sie benutzte ein unaufdringliches, Kirby unbekanntes Parfum. „Warum haben Sie ihn ins Haus der Bruderschaft gebracht?" fragte sie.

Er kippte seinen Drink, als wäre es Wasser. „Er wollte sehen, was die Vorster für Leute sind. Also hab ich ihn hingebracht."

„Ich nehme an, Sie persönlich bringen uns auch nicht allzuviel Sympathien entgegen."

„Ich habe eigentlich keine richtige Meinung dazu. Ich war viel zu beschäftigt, um mich übermäßig darum zu kümmern."

„Das ist nicht die Wahrheit", sagte sie sanft. „Sie halten die Vorster für eine Sekte von Spinnern, nicht wahr?"

Kirby bestellte sich einen zweiten Rum. „Also gut", gab er zu. „Das stimmt. Es ist ein hohler Glaube, ohne wirklichen Tiefgang und ohne Bedeutung."

„Sie haben wohl nicht Vorsts Buch gelesen?"

„Nein."

„Wenn ich Ihnen ein Exemplar gebe – werden Sie es dann lesen?"

„Na, sieh mal einer an", sagte er, „ein Bekehrer mit einem goldenen Herzen." Kirby lachte; er fühlte sich schon wieder betrunken.

„Ich finde das gar nicht komisch“, sagte sie. „Sie mögen auch keine chirurgischen Veränderungen, nicht wahr?“

„Meine Frau hat sich das ganze Gesicht operieren lassen, als sie noch mit mir verheiratet war. Ich bin darüber so wütend geworden, daß sie mir weggelaufen ist. Das war vor drei Jahren. Jetzt ist sie tot. Sie und ihr Liebhaber sind bei einem Raketenabsturz über Neuseeland umgekommen.“

„Das tut mir leid“, sagte Vanna Marshah. „Aber ich hätte mich nicht operieren lassen, wenn ich damals schon Vorsts Buch gekannt hätte. Damals war ich perspektivlos, wußte nicht, was ich wollte. Aber heute habe ich ein Ziel – doch es ist leider zu spät, um mein richtiges Gesicht zurückzubekommen. Trotzdem meine ich, eine gewisse Anziehung geht schon von meinem Gesicht aus.“

„Wunderbar“, sagte Kirby. „Erzählen Sie mir etwas über Vorst.“

„Das ist ganz einfach. Er will der Welt ihre geistigen Werke wiedergeben. Er möchte, daß wir alle uns unserer gemeinsamen Natur und unserer höheren Bestimmung bewußt werden.“

„Über die werden wir uns am besten bewußt, wenn wir in zugigen Taubenschlägen Zerenkowsche Strahlung bewundern“, sagte Kirby.

„Das Blaue Feuer ist bloß Beiwerk. Auf die innere Botschaft kommt es im wesentlichen an. Vorst will, daß die Menschheit zu den Sternen aufbricht. Er möchte, daß wir unserer Konfusität und Verwirrung entsteigen und unsere wahren Fähigkeiten entdecken. Er will die Esper retten, die von Tag zu Tag mehr dem Wahnsinn verfallen. Vorst will sie zusammenbringen und nutzbar machen, damit sie den nächsten großen Schritt vorwärts im menschlichen Fortschritt ausarbeiten können.“

„Aha“, sagte Kirby gewichtig. „Und das wäre?“

„Ich habe es Ihnen doch eben erklärt: der Aufbruch zu den Sternen. Glauben Sie denn, Mars und Venus reichen aus, und wir können die Hände in den Schoß legen? Dort draußen ziehen Millionen Planeten ihre Bahn. Und warten darauf, von der

Menschheit betreten zu werden. Vorst glaubt, einen Weg zu kennen, der dorthin führt. Aber dazu benötigt man die Vereinigung aller mentaler Energie, ihre Verschmelzung – oh, ich weiß, das hört sich alles sehr mystisch an. Aber der Mann hat etwas an sich. Und damit heilt er die kranken Seelen. Und das ist auch das kurzfristige Ziel: die Gemeinschaft, die Linderung der Wunden. Das langfristige Ziel ist eben der Weg zu den Sternen. Natürlich müssen wir die Spannungen zwischen den Planeten überwinden: dafür sorgen, daß die Marsianer toleranter werden, und danach irgendwie versuchen, den Kontakt mit den Leuten auf der Venus wieder herzustellen – falls sie überhaupt noch über etwas Menschliches verfügen. Begreifen Sie denn nicht, welche Möglichkeiten in Vorsts Buch leben, und daß es nicht Schickimicki und Scharlatanerie ist?"

Kirby hatte solche Visionen nicht. Alles klang so nebulös und unzusammenhängend in seinen Ohren. Vanna Marshah hatte eine weiche, überzeugende Stimme, und sie umgab eine Aura von Integrität, daß man bereit war, ihr zuzuhören. Kirby war sogar bereit, ihr das zu vergeben, was die Messerschwinger mit ihrem Gesicht angestellt hatten. Aber sobald das Gespräch auf Vorst kam . . .

Der Kommunikator in seiner Tasche piepste; ein Signal von Ridblom, das besagte, er solle sich sofort mit dem Büro in Verbindung setzen. Kirby stand auf.

„Entschuldigen Sie mich bitte eine Minute", sagte er. „Etwas Wichtiges steht an, mit dem ich mich befassen muß . . ."

Er torkelte durch die Kneipe, fing sich wieder, atmete tief durch und trat in die Zelle. Die Plakette wurde in den Schlitz gesteckt, und zitternde Finger drückten die Rufnummer.

Ridblom erschien wieder auf dem Bildschirm.

„Wir haben Ihren Knaben gefunden", kündigte der aufgedunsene Sicherheitsbeamte sanftmütig an.

„Tot oder lebendig?"

„Unglücklicherweise lebendig. Er steckt in Chikago. Ist ins marsianische Konsulat gegangen, hat sich von der Frau des

Konsuls tausend Dollar geliehen und versuchte dann, sie als Dank dafür zu vergewaltigen. Sie konnte sich von ihm befreien und rief die Polizei; die wiederum hat mich verständigt. Wir haben ihm ein fünfköpfiges Kommando hinterhergeschickt. Er läuft jetzt auf die Vorster-Halle auf dem Michigan-Boulevard zu, und er ist voll wie tausend Mann. Sollen wir ihn aufhalten?"

Kirby biß sich wütend auf die Unterlippe. „Nein, nein. Immerhin besitzt er immer noch diplomatische Immunität. Lassen Sie mich die Sache in die Hand nehmen. Gibt es im UN-Flughafen einen Hubschrauber, den ich mir ausleihen kann?"

„Natürlich. Aber Sie brauchen mindestens vierzig Minuten bis nach Chikago, und . . ."

„Das ist genügend Zeit. Passen Sie auf, ich möchte, daß Sie folgendes tun: Schnappen Sie sich das hübscheste Esper-Mädchen, das sich in Chikago auftreiben läßt. Vielleicht eine Empathin, halt so ein aufregendes Ding, wenn möglich, eine aus dem Orient, eine wie die, die letzte Woche in Kioto diese Geschichte abgezogen hat. Plaziert sie zwischen Weiner und dieser Vorster-Halle, und laßt sie dann auf ihn los. Sie soll ihn um den Finger wickeln. Sie soll ihn mit allen möglichen Mitteln so lange festhalten, bis ich dort eintreffen kann. Und wenn sie dabei etwas anstellen muß, das ihr nicht schicklich vorkommt, dann sagt ihr, daß wir dafür ordentlich was springen lassen. Falls Ihr keine Esperin finden könnt, dann nehmt ihr euch eben eine charmante Polizistin oder so etwas Ähnliches."

„Ich verstehe nicht, warum soviel Aufwand nötig ist", sagte Ridblom. „Die Vorster können sehr gut auf sich selbst aufpassen. Soviel ich weiß, haben sie eine recht mysteriöse Methode, einen Unruhestifter auszuschalten, so daß er nicht mehr . . ."

„Das weiß ich auch, Lloyd. Aber Weiner hat heute abend bereits einmal eine solche Behandlung genossen. Soweit ich weiß, kann eine zweite solche Ladung ihn töten. Und das wäre nicht eben angenehm. Deshalb sollen Sie ihm nur den Kopf verdrehen."

Ridblom zuckte die Achseln und verdrehte seine Augen: „. . . Dein Wille geschehe . . .“

Kirby verließ die Zelle. Jetzt war er stocknüchtern. Vanna Marshah saß noch immer an der Theke, wo er sie zurückgelassen hatte. Aus einigen Metern Entfernung und bei diesem Licht konnte man ihren künstlichen Entstellungen fast etwas Schönes abgewinnen.

Sie lächelte. „Nun?“

„Sie haben ihn gefunden. Er ist irgendwie nach Chikago gelangt und steht jetzt kurz davor, eine dortige Vorster-Halle auf den Kopf zu stellen. Ich muß dorthin und ihn einfangen.“

„Seien Sie nett zu ihm, Ron. Er steckt voller Schwierigkeiten. Er braucht Hilfe.“

„Brauchen wir das nicht alle?“ gab Kirby plötzlich mit einem Augenzwinkern zurück. Die Vorstellung, die Reise nach Chikago ganz allein anzutreten, kam ihm auf einmal sehr unschön vor. „Vanna?“ fragte er.

„Ja?“

„Haben Sie für die nächsten paar Stunden schon etwas vor?“

5

Der Hubschrauber flog über der funkelnden Lebenslustigkeit Chikagos. Unten entdeckte er den hellen Glanz des Michigansees und die prächtigen, meilenhohen Türme, die den See umrahmten. Über Kirby glänzte die örtliche Zeitangabe in Giftgrün mit dunkelblauen Rändern:

23.31 UHR ZENTRALER STANDARDZEIT
MITTWOCH, 8. MAI 2077
GRUNDSTÜCKE AN DER OGLEBAY – DIE SCHÖNSTEN

„Lande", befahl Kirby.

Der Robotpilot steuerte den Hubschrauber auf die Landefläche zu. Es war ausgeschlossen, es mit den heftigen Windströmungen in diesen tiefen Häuserschluchten aufzunehmen; sie mußten auf einer Dachlandefläche herunterkommen. Die Landung verlief glatt. Kirby und Vanna stürzten nach draußen. Den ganzen Flug lang hatte sie ihm von Vorsts Botschaft erzählt. Jetzt war Kirby sich nicht mehr sicher, ob dieser Kult der blanke Unsinn oder eine dunkle Verschwörung gegen das Heil der Menschheit oder eine wirklich aussagekräftige, den Geist befreiende Glaubensrichtung war oder vielleicht doch eher ein bißchen von allen drei Beschreibungen in sich vereinigte.

Kirby glaubte, nun die Kerngedanken der Vorster begriffen zu haben. Vorst hatte eine eklektische Religion zusammengeschustert und sich dabei vom Katholizismus das Konfessionelle ausgeliehen, etwas vom Atheismus des Ur-Buddhismus absorbiert, eine Dosis Hindu-Reinkarnation hinzugefügt und das Ganze mit ultramodernistischem Beiwerk gespickt: Atomreaktoren auf jedem Altar und einen ganzen Haufen Gewäsch über das heilige Elektron. Aber daneben existierte auch die Lehre von der Verschmelzung der Esper-Gehirne, um damit die Möglichkeit einer Reise zu den Sternen zu bekommen, die Lehre von der Vereinigung auch der nicht psi-begabten Gehirne und – das war das Erstaunlichste daran, sozusagen der Schlager der Vorster – die persönliche Unsterblichkeit; nicht etwa Reinkarnation, auch nicht die Hoffnung auf ein Nirwana, sondern das ewige Leben, hier und jetzt im eigenen Körper. Angesichts der Überbevölkerung auf der Erde stand die Unsterblichkeit bei jedem vernünftigen Menschen ziemlich niedrig auf der Prioritätenliste – zumindest was die Unsterblichkeit der anderen anging. Der einzelne dagegen war immer bereit, ernsthaft an die Verlängerung des eigenen Lebens zu denken, oder? Vorst predigte das ewige Leben des Körpers, und das kauften ihm die Leute gerne ab. In acht Jahren hatte sich der Glaube von einer Zelle auf tausend ausgedehnt, von fünfzig Anhängern auf Millionen. Die alten

Religionen waren bankrott. Vorst dagegen hielt den Leuten goldene Berge vor Augen, und selbst wenn es sich dabei nur um Katzengold handeln sollte, würden die Gläubigen lange Zeit benötigen, um das herauszufinden.

„Kommen Sie“, sagte Kirby. „Wir haben nicht allzuviel Zeit.“

Er rauschte die Ausstiegsrampe hinunter und drehte sich um, damit er Vanna Marshah bei der Hand nehmen und ihr bei den letzten Stufen helfen konnte. Sie rannten über die Landefläche auf dem Dach zum Gravoschacht, traten hinein und gelangten in verwirrenden fünf Sekunden bis zum Boden. Die örtliche Polizei erwartete sie schon auf der Straße. Die Männer führten drei Gleiter mit sich.

„Er befindet sich einen Block von der Vorster-Halle entfernt, Freier Bürger Kirby“, sagte ein Polizist. „Die Esperin bemüht sich seit ungefähr einer halben Stunde, ihn fortzulocken, aber er hat es sich absolut fest in den Kopf gesetzt, zu dieser Halle zu gehen.“

„Was will er denn dort?“ fragte Kirby.

„Er will den Reaktor. Er sagte, er wolle ihn zum Mars mitnehmen und ihn dort sinnvoller einsetzen.“

Vanna keuchte über diese pietätlose Ungeheuerlichkeit. Kirby zuckte die Achseln, lehnte sich auf seinem Sitz zurück und beobachtete, wie die Straßen an ihm vorbeirauschten. Der Gleiter hielt an. Kirby entdeckte den Marsianer auf der anderen Straßenseite.

Das Mädchen war eine sinnliche, wohlproportionierte und erregend wirkende Erscheinung. Sie hatte einen Arm bei Weiner untergehakt, hielt ihr Gesicht ganz nahe seinem und gurrte ihm etwas ins Ohr. Weiner lachte rauh auf und drehte sich zu ihr hin. Erst zog er sie nahe an sich heran, dann schob er sie wieder von sich. Wieder hakte sie sich bei ihm ein. Ein Bild für die Götter, dachte Kirby. Die Straße war geräumt worden. Die örtliche Polizei und ein paar von Ridbloms Sicherheitsleuten beobachteten grimmig vom Straßenrand aus die ganze Szene.

Kirby ging los und gab dem Mädchen ein Zeichen. Sie begriff sofort, wer er war, zog ihren Arm von Weiner weg und trat zurück. Der Marsianer wirbelte herum.

„Na, hast mich also gefunden, was?"

„Ich wollte nicht, daß Sie etwas tun, was Sie später bedauern müßten."

„Sehr nett von dir, Kirby. Nun, solange du hier bist, kannst du ja auch mein Kumpel sein. Bin gerade auf dem Weg zum Vorster-Laden. Die verschwenden wertvolles spaltbares Material in diesen Reaktoren. Du lenkst den Priester ab, und ich werde mir diesen blauen Blinker schnappen. Und danach werden wir glücklich und in Freuden leben. Du mußt bloß aufpassen, daß er dir kein Ding verpaßt. Ist nicht sehr angenehm."

„Nat . . ."

„Bist du für mich oder gegen mich, Kumpel!?" Weiner zeigte auf die Halle, die sich einen Block weiter auf der anderen Straßenseite befand – in einem Gebäude, das beinahe genauso schäbig wirkte wie das in Manhattan. Er setzte sich in Richtung auf das Gebäude in Bewegung.

Kirby warf Vanna unsicher einen Blick zu. Dann lief er hinter Weiner über die Straße. Der UN-Mann bemerkte, daß die Vorsterin ihm ebenfalls folgte.

Gerade als Weiner den Eingang der Vorster-Halle erreichte, schoß Vanna blitzschnell nach vorn und schnitt ihm den Weg ab.

„Halt", sagte sie. „Gehen Sie nicht dort hinein, um Unruhe zu stiften!"

„Geh mir aus dem Weg, du krückengesichtige Schlampe!"

„Bitte", sagte sie sanft. „Sie sind ein Mensch voller Schwierigkeiten. Sie befinden sich nicht in Harmonie mit Ihrem Innern. Sie stehen allein vor der Welt, die Sie umgibt. Kommen Sie mit mir in die Halle, und lassen Sie mich Ihnen zeigen, wie man betet. Sie können dort drinnen sehr viel gewinnen. Sie müssen nur Ihr Bewußtsein öffnen und Ihr Herz – und nicht so selbstgefällig in Ihrem Haß dastehen, in Ihrem betrunkenen Unwillen, selbst zu entdecken . . ."

Weiner haute ihr eine runter.

Es war ein Schlag mit der offenen Hand quer über ihr Gesicht. Chirurgische Veränderungsarbeiten waren nicht sonderlich stabil, und ganz und gar nicht waren sie dazu vorgesehen, Schläge einzustecken. Vanna fiel auf die Knie, wimmerte und preßte die Hände vor das Gesicht. Sie blockierte dem Marsianer noch immer den Weg. Weiner holte mit dem Bein aus, als wolle er sie treten. Und in diesem Moment vergaß Reynolds Kirby, daß er eigentlich als Diplomat aufzutreten hatte.

Er schoß nach vorn, erwischte Weiner am Ellenbogen und riß ihn herum. Der Marsianer verlor seine Balance. Er krallte sich hilfesuchend an Kirby. Der UN-Mann schlug seine Hände weg, holte mit einer Faust aus und plazierte sie hart in Weiners muskulösen Bauch. Weiner gab ein kurzes Geräusch, das wie „Uff" klang, von sich und begann zurückzutaumeln. Kirby hatte seit dreißig Jahren nicht mehr aus Zorn auf einen Menschen eingeschlagen. Und erst in diesem Moment begriff er, welches wilde Vergnügen in einem solch steinzeitlichen Tun stecken konnte. Adrenalin durchströmte seinen Körper. Wieder schlug er Weiner, diesmal direkt unter das Herz. Der Marsianer trug einen verwirrten Gesichtsausdruck zur Schau, sackte zusammen und kippte nach hinten; ausgestreckt lag er auf der Straße.

„Stehen Sie auf", sagte Kirby, vor Zorn fast nicht mehr zurechnungsfähig.

Vanna zupfte an seinem Ärmel. „Schlagen Sie ihn nicht noch einmal", murmelte sie. Ihre metallischen Lippen wirkten verschrumpelt. Auf ihren Wangen glänzten Tränen. „Bitte schlagen Sie ihn nicht mehr."

Weiner blieb so liegen, wie er gerade war; schwach schüttelte er den Kopf. Eine neue Gestalt betrat die Szene: ein kleiner, ledergesichtiger Mann in mittleren Jahren – der marsianische Konsul. Kirby spürte, wie sich sein Magen vor Angst zusammenzog.

Der Konsul sagte: „Es ist mir schrecklich peinlich, Freier

Bürger Kirby. Er ist tatsächlich Amok gelaufen, nicht wahr? Nun, wir werden ihn nun der Gerichtsbarkeit zuführen. Was er jetzt braucht, sind ein paar von seinen Leuten, die ihm sagen, wie idiotisch er sich aufgeführt hat.“

Kirby stammelte: „Es war meine Schuld. Ich habe ihn aus den Augen verloren. Ihm ist kein Vorwurf zu machen. Er . . .“

„Wir wissen genau Bescheid, Freier Bürger Kirby.“ Der Konsul lächelte wohlwollend, zuckte mit den Achseln und nickte, als drei Hilfskräfte erschienen und den gestürzten Weiner in ihre Arme nahmen.

Ziemlich plötzlich war die Straße leer. Ausgelaugt und unfähig zu einem klaren Gedanken, stand Kirby vor der Vorster-Halle. Nur Vanna war bei ihm, alle anderen waren verschwunden. Wie ein Menschenfresser aus einem Alptraum war Weiner verschwunden. Kein sehr erfolgreicher Abend, dachte Kirby, wahrhaftig nicht. Aber nun war er vorüber.

Jetzt nach Hause.

In anderthalb Stunden konnte er wieder in Tortola sein. Einmal kurz und allein im warmen Ozean schwimmen gehen – und morgen dann eine halbe Stunde in der Nichts-Kammer. Nein, eine ganze Stunde, beschloß Kirby. Soviel mußte es schon sein, um ihn von dem ganzen Verdruß dieser Nacht zu befreien. Eine Stunde Entspannung, eine Stunde wie ein Embryo in der Flut des Tanks treiben: beschützt, warm und ungestört von den Nöten der Welt; eine Stunde gesegnete, wenn auch feige Flucht. Sehr schön. Wunderbar.

Vanna sagte: „Möchten Sie jetzt mit hineinkommen?“

„In die Halle?“

„Ja, bitte.“

„Es ist schon spät. Ich werde Sie auf der Stelle nach New York zurückbringen. Wir werden für alle Kosten aufkommen, die bei der Reparatur entstehen, die Ihr . . . Ihr Gesicht benötigt. Der Hubschrauber wartet.“

„Lassen Sie ihn warten“, sagte Vanna. „Kommen Sie mit rein.“

„Ich will nach Hause."

„Das Zuhause kann ebenfalls warten. Geben Sie mir zwei Stunden Zeit mit Ihnen, Ron. Setzen Sie sich nur ruhig hin, und hören Sie zu, was man dort drinnen zu sagen hat. Kommen Sie mit mir zum Altar. Sie brauchen nichts anderes zu tun als zuzuhören. Das wird Sie entspannen. Darauf gebe ich Ihnen mein Wort."

Kirby starrte auf das entstellte, künstliche Gesicht. Unter den grotesken Lidern befanden sich richtige Augen – leuchteten und baten flehentlich. Warum war sie so versessen darauf? Zahlten die Vorster eine Prämie für die Errettung jeder verlorenen Seele, die ins Blaue Feuer gezerrt werden konnte? Oder war es wirklich möglich, fragte sich Kirby, daß sie tatsächlich und ernsthaftig daran glaubte, daß ihr Herz und ihre Seele ganz der Bewegung gehörten, daß ihr Glaube daran so fest war, daß die Gefolgschaft von Vorst bis in alle Ewigkeit leben würde, so lange lebte, um mitzubekommen, wie Menschen zu den fernsten Sternen reisten?

Kirby war so schrecklich müde.

Er fragte sich, was die Sicherheitsoffiziere im UN-Sekretariat wohl sagen würden, wenn ein höherer Beamter wie er auf einmal anfangen würde, Vorstersches Gedankengut zu brabbeln.

Er fragte sich auch, ob noch irgend etwas an seiner Karriere zu retten war – nach diesem nächtlichen Fiasko mit dem Marsianer. Was hatte er schon zu verlieren? Er konnte sich eigentlich für einige Zeit ausruhen. Sein Kopf drohte zu zerplatzen. Vielleicht konnte ihm ein Esper in der Halle für eine Zeitlang die vorderen Gehirnlappen massieren. Esper neigten stark dazu, sich den Vorstern zuzuwenden, oder?

Der Ort schien über eine gewisse Anziehungskraft zu verfügen. Er hatte seine Meinungsbildung über Religionen abgeschlossen. Aber reichte das jetzt noch aus, fragte er sich. Vielleicht war es an der Zeit umzudenken, die Maske seiner Abgeschlossenheit herunterzuziehen, an der Zeit herauszufinden, woran es nun eigentlich lag, daß die Massen so eifrig in diese

Kirchen strömten. Vielleicht war es aber auch einfach an der Zeit, den Widerstand aufzugeben und sich von der Flut einer neuen Glaubensrichtung hinunterziehen zu lassen.

Das Schild über der Tür verkündete:

BRUDERSCHAFT DER IMMANENTEN STRAHLUNG
STRÖMT ALLE HINEIN
IHR, DIE IHR NIEMALS STERBEN SOLLT
HARMONIERT MIT DEM KOSMOS

„Wollen Sie?“ sagte Vanna.

„Jawohl“, knurrte Kirby. „Ich will. Lassen Sie uns mit dem Kosmos harmonieren.“

Sie nahm ihn bei der Hand. Sie traten durch die Tür. Ungefähr ein Dutzend Personen knieten in den Bänken. Vorne stand der Leiter der Halle und entfernte sanft die Verbindungsstreben um den kleinen Reaktor. Ein erstes bläuliches Glühen begann den Raum zu übergießen. Vanna führte Kirby in die letzte Reihe. Er sah zum Altar hin. Das Glühen verstärkte sich und tauchte den Mann mit dem verkniffenen Blick, der vorne stand, in eine merkwürdige Strahlung. Erst grünlich-weiß, dann purpurfarben und schließlich das Blaue Feuer der Vorster.

Opium für das Volk, dachte Kirby. Die abgenutzte Phrase warf ein dümmlich-zynisches Echo durch sein Hirn. Was war denn schon die Nichts-Kammer, wenn nicht das Opium für die Elite? Und die Sniffer-Läden, was waren die denn? Zumindest konzentrierten sie sich hier auf Geist und Seele und nicht auf den Körper. Eine Stunde sollte es ihm schon wert sein, hier zuzuhören, sei's drum.

„Meine Brüder“, sagte der Mann am Altar mit einer weichen, wie aus weiter Ferne klingenden Stimme. „Wir feiern hier die tief gegründete Einheit. Mann und Frau, Stern und Stein, Baum und Vogel, alles setzt sich aus Atomen zusammen. Und diese Atome enthalten Partikel, die sich mit atemberaubender Geschwindigkeit bewegen. Das sind die Elektronen, meine Brüder.

Sie zeigen uns den Weg zum Frieden, und wie das aussieht, werde ich euch klarmachen. Sie ..."

Reynolds Kirby senkte den Kopf. Er konnte es plötzlich nicht mehr ertragen, den glühenden Reaktor anzusehen. Sein Schädel pochte. Ganz entfernt spürte er Vanna neben sich, lächelnd, warm und ganz nahe.

Ich höre zu, dachte Kirby. *Mach weiter. Mach es mir klar! Mach es mir klar! Ich will es hören. Gott und das allmächtige Elektron mögen mir helfen – ich will zuhören!*

Die Streiter des Lichts
2095

1

Wenn der Altardiener der Dritten Stufe, Christopher Mondschein, eine Schwäche hatte, dann war es sein unbezwingbarer Wunsch, ewig zu leben. Die Sehnsucht nach dem ewigen Leben war ein solch weitverbreiteter menschlicher Zug, daß man das eigentlich nicht tadeln konnte. Aber Altardiener Mondschein übertrieb es in dieser Hinsicht etwas.

„Trotz alledem", hielt es einer seiner Vorgesetzten für nötig, ihn daran zu erinnern, „arbeitest du hier, um das Wohlergehen anderer sicherzustellen. Und nicht, um hier dein eigenes Nest auszupolstern, Altardiener Mondschein. Habe ich mich verständlich genug ausgedrückt?"

„Sehr verständlich, Bruder", sagte Mondschein gepreßt. Er war bereit, sich völlig in Scham, Schuldgefühlen und Ärger aufzulösen. „Ich sehe meinen Fehler. Ich bitte um Vergebung."

„Es handelt sich nicht um eine Frage der Vergebung, Altardiener Mondschein", antwortete der ältere Mann. „Es ist vielmehr eine Frage des Verstehens. Ich schere mich keinen Deut um Vergebungen. Was sind deine wirklichen Ziele, Mondschein? Wonach strebst du?"

Der Altardiener zögerte einen Moment mit der Antwort – aus zwei Gründen: Einmal erwies es sich immer als kluge Vorgehensweise, die eigenen Worte sorgfältig abzuwägen, bevor man sie vor einem höhergestellten Mitglied der Bruderschaft aussprach, und zweitens wußte er nur zu gut, auf welch dünnem Eis er sich bewegte. Nervös zupfte er an den Falten seines Gewandes und ließ die Augen über die Pracht der im gotischen Stil errichteten Kirche wandern.

Beide standen auf dem Balkon und sahen auf das Kirchenschiff hinunter. Im Moment fand keine Andacht statt, aber trotzdem hielten sich ein paar Gläubige in den Bänken auf und knieten vor der blauen Strahlung des kleinen Kobalt-Reaktors auf der vor ihnen liegenden Empore. Dies war die N'York-Kirche der Bruderschaft der Immanenten Strahlung, die drittgrößte im Großraum New York. Mondschein war erst vor sechs Monaten hier eingetreten, an dem Tag, als er zweiundzwanzig geworden war. Damals hatte er noch geglaubt, ein echtes religiöses Bedürfnis habe ihn dazu getrieben, sein Schicksal in die Hände der Vorster zu legen. Doch heute war er sich darin nicht mehr so sicher.

Er hielt sich an der Balkonbrüstung fest und sagte mit leiser Stimme: „Ich möchte den Menschen helfen, Bruder. Der Menschheit im allgemeinen und im besonderen. Ich möchte ihnen helfen, den richtigen Weg zu finden. Und ich möchte, daß die Menschheit sich ihrer größeren Ziele bewußt wird. Wie Vorst sagt . . ."

„Verschone mich mit Vorsts Wort, Mondschein."

„Ich möchte dir doch nur begreiflich machen . . ."

„Das weiß ich. Hör einmal, begreifst du denn nicht, daß du im ordnungsgemäßen Weg nach oben kommen wirst? Du kannst deine Vorgesetzten nicht übergehen, Mondschein, ganz gleich, wie ungeduldig du auch sein magst, die Spitze zu erreichen. Komm doch einen Moment in mein Büro."

„Jawohl, Bruder Langholt. Alles, was du sagst."

Mondschein folgte dem älteren Mann über den Balkon bis in den Flügel der Kirche, wo die Diensträume untergebracht waren. Das Gebäude war so gut wie neu und irgendwie beeindruckend schön – ein deutlicher Unterschied zu den schäbigen Ladenlokalen in den Slumgegenden, zu den ersten Vorster-Kirchen vor einem Vierteljahrhundert. Langholt berührte mit einer knochigen Hand den Knauf, und rasch tat sich die Tür zu seinem Büro auf. Beide traten ein.

Es war ein kleiner, nüchtern eingerichteter Raum, dunkel und düster, die Decke war in echt gotischem Stil gehalten. Bücherregale zogen sich die Wände entlang. Der Schreibtisch bestand aus einer polierten Ebenholzplatte, auf der ein Blaues Miniaturlicht glühte, das Symbol der Bruderschaft. Mondschein entdeckte noch etwas anderes auf dem Schreibtisch: den Brief, den er dem Distriktinspektor Kirby geschrieben hatte und in dem er darum bat, zum genetischen Zentrum der Bruderschaft versetzt zu werden.

Mondschein lief rot an. Das bereitete ihm keine großen Mühen: Seine Wangen waren plump und wie zum Erröten geschaffen. Mondschein war ein Mann, der nur eine Idee größer als durchschnittlich groß war; er neigte leicht zum Übergewicht, hatte dunkles, kurzgeschnittenes, rauhes Haar und trug ernsthafte Gesichtszüge. Mondschein fühlte sich auf absurde Weise unreif im Vergleich mit diesem hageren, asketisch wirkenden Mann, der mehr als zweimal so alt wie er war und ihm hier diese Standpauke verabreichte.

Langholt sagte: „Wie du siehst, haben wir deinen Brief an Inspektor Kirby."

„Sir, der Brief war vertraulich. Ich . . ."

„In dieser Bruderschaft gibt es keine vertraulichen Schreiben, Mondschein! Und deshalb hat Inspektor Kirby den Brief an mich weitergeleitet. Und wie du siehst, hat er eine persönliche Bemerkung hinzugefügt."

Mondschein nahm den Brief. Eine kurze Notiz war in die linke obere Ecke gekritzelt worden „Der hat es aber furchtbar eilig, was? Setzen Sie ihn mal ein paar Stufen hinab. R. K."

Der Altardiener legte den Brief wieder hin und wartete auf den lähmenden Zornausbruch. Doch statt dessen mußte er feststellen, daß der ältere Mann freundlich lächelte.

„Warum wolltest du nach Santa Fé, Mondschein?"

„Um an den dortigen Forschungen mitzuwirken. Und am . . . am Zuchtprogramm."

„Du bist kein Esper."

„Vielleicht besitze ich aber latente Gene. Oder zumindest könnte irgendeine Art von Bio-Manipulation durchgeführt werden, damit meine Gene sich für das Programm als wertvoll erweisen würden. Sir und Bruder, du mußt doch einsehen, daß ich das nicht nur aus purem Eigennutz geschrieben habe. Ich möchte meinen Beitrag zum großen Projekt leisten."

„Du kannst deinen Beitrag leisten, Mondschein, indem du deinen täglichen Pflichten nachkommst, indem du betest und indem du andere bekehrst. Wenn es in deinen Sternen stehen sollte, daß man dich nach Santa Fé beruft, wird man dir schon früh genug Bescheid sagen. Meinst du nicht, daß es andere gibt, Personen, die viel älter sind als du und gerne nach Santa Fé möchten? Ich zum Beispiel? Bruder Ashton? Sogar Inspektor Kirby? Du kommst von der Straße hier hereinspaziert, um es einmal so auszudrücken, und verlangst schon nach wenigen Monaten eine Fahrkarte ins Paradies. So einfach geht das aber nicht, Altardiener Mondschein."

„Und was soll ich jetzt tun?"

„Reinige deine Seele. Befreie dich von Stolz und Ehrgeiz. Werde bescheiden und bete. Verrichte deine tägliche Arbeit. Und erwarte keine allzu eiligen Beförderungen. Briefe wie dieser sind der beste Weg, das *nicht* zu bekommen, wonach du so sehr strebst."

„Vielleicht könnte ich mich ja für den Missionsdienst bewerben", schlug Mondschein vor. „Mich der Gruppe anschließen, die zur Venus geht . . ."

Langholt seufzte. „Da haben wir es ja schon wieder! Befreie dich von deinem Ehrgeiz, Mondschein!"

„Ich sehe diesen Entschluß als Buße an."

„Aber natürlich. Du denkst dir, aus diesen Missionaren werden ganz sicher Märtyrer. Und du denkst dir weiter, daß, falls du durch irgendeinen glücklichen Zufall auf die Venus gelangst und dort nicht gleich die Haut bei lebendigem Leibe abgezogen bekommst, du hierher auf die Erde als bedeutendes Mitglied der Bruderschaft zurückkehren wirst und man dich gleich wie einen Helden nach Walhalla nach Sante Fé schicken wird. Mondschein, Mondschein, du bist so leicht zu durchschauen! Du bewegst dich am Rand der Häresie, Mondschein, wenn du dich weiter weigerst, dich zu bescheiden."

„Sir, ich hatte niemals Umgang mit Häretikern. Ich ..."

„Ich werfe dir das auch gar nicht vor", sagte Langholt schwer. „Ich warne dich lediglich davor, daß du dich auf einem unseligen Pfad bewegst. Ich habe Angst um dich. Paß mal auf ..." Er warf den belastenden Brief an Kirby in ein Abfallgerät, wo er verbrannt wurde, so daß absolut nichts mehr von ihm übrig blieb. „Ich werde vergessen, daß sich der ganze Vorfall überhaupt ereignet hat. Aber vergiß du es nicht. Übe dich mehr in Demut, sage ich dir. Jetzt geh und bete. Du kannst gehen."

„Vielen Dank, Bruder", murmelte Mondschein.

Seine Knie fühlten sich ziemlich weich an, als er das Büro verließ und das spiralförmige Gleitband zum Allerheiligsten der Kirche hinunterfuhr. Alles in allem war er noch einmal sehr glimpflich davongekommen. Er hätte auch öffentlich getadelt werden können. Oder man hätte ihn an einen Ort versetzen können, der sich keiner großen Beliebtheit erfreute, wie Patagonien oder die Aleuten. Man hätte ihn auch ganz aus der Bruderschaft ausstoßen können.

Es war ein schwerer Fehler gewesen, Langholt zu übergehen, gestand sich Mondschein ein. Aber man mußte sich nur einmal in seine Lage versetzen: tagtäglich kam er seinem Tod ein Stück näher, während man gleichzeitig in Santa Fé diejenigen aussuchte, die ewig leben sollten – es war einfach unzumutbar, davon ausgeschlossen zu sein. Mondscheins Bewußtsein kam zu der deprimierenden Erkenntnis, daß er sich nun den Weg nach Santa Fé ganz sicher verbaut hatte.

Er schlüpfte in eine der hinteren Bänke und starrte feierlich auf den Kobalt-60-Würfel auf dem Altar.

Laß das Blaue Feuer mich überströmen, bat er. *Laß mich ihm gereinigt und gesäubert entsteigen.*

Manchmal hatte Mondschein, während er vor dem Altar kniete, das geisterhafte Flackern einer spirituellen Erfahrung gespürt. Das war allerdings das Bedeutendste, was er je verspürt hatte; denn obwohl Mondschein ein Altardiener der Bruderschaft der Immanenten Strahlung und ein Mitglied der zweiten

Generation dieses Kults war, konnte man ihn nicht gerade als religiös veranlagten Menschen bezeichnen. Sollen die anderen doch ihre religiösen Ekstasen vor dem Altar haben, dachte er sich. Mondschein sah den Kult so, wie er wirklich war: an der Oberfläche eine Religion, die ein ausgeklügeltes Programm genetischer Forschungen überdeckte. Zumindest kam es ihm so vor, obwohl es auch Augenblicke gab, wo er seine Zweifel hatte, was Oberfläche und was die darunterliegende Wirklichkeit war. So viele andere schienen geistige Bereicherungen von der Bruderschaft beziehen zu können – dagegen hatte er nicht einen Beweis, daß die Labors in Santa Fé überhaupt etwas zustande brachten.

Er schloß die Augen. Sein Kopf sackte nach vorn auf die Brust. Er stellte sich Elektronen vor, die durch ihre Kreisbahnen wirbelten. Im stillen sagte er die Elektromagnetische Litanei auf und ging die Stationen des Spektrums durch.

Er dachte an den Christopher Mondschein, wie er durch die Jahrhunderte lebte. Wie eine glühende Nadel stach dieser Wunsch in seinem Innern, während er gerade die mittleren Frequenzen erreicht hatte. Noch lange bevor er zu den weichen Röntgenstrahlen kam, war er vor lauter Frustration schweißgebadet, und die Furcht vor dem Tod bereitete ihm Übelkeit. Noch sechzig oder siebzig Jahre, und er konnte den Löffel abgeben, während man in Santa Fé . . .

Hilf mir. Hilf mir. Hilf mir.

Irgendeiner muß mir doch helfen. Ich will nicht sterben!

Mondschein sah auf den Altar. Das Blaue Feuer flackerte, als wolle es ihn damit verhöhnen, daß es erlosch. Niedergeschmettert von dem schauerlichen Glühen, sprang Mondschein auf und rannte nach draußen ins Tageslicht.

2

Er war schon eine recht auffällige Figur mit seiner indigoblauen Robe und der mönchhaften Kapuze. Die Leute starrten ihn an, als sei er im Besitz von irgendwelchen übernatürlichen Kräften. Sie sahen ihn sich nicht so genau an, um festzustellen, daß er nur ein Altardiener war. Und obwohl viele von den Leuten auch dem Vorst-Glauben anhingen, konnten sie es doch nie richtig begreifen, daß die Bruderschaft keinen Draht zum Übernatürlichen besaß. Mondschein seinerseits hatte keine allzu hohe Meinung vom Intelligenzniveau der Laien.

Er reihte sich auf dem Gleitband ein. Die Stadt ragte undeutlich um ihn herum auf; Türme aus Trevertin, die sich wie ein schmieriger Nebel vom rötlichen Glühen des Märznachmittags abhoben. New York City hatte sich wie eine Pest den Hudson entlang ausgebreitet, und die Wolkenkratzer marschierten die Adirondacks entlang. Das hiesige N'York war schon längst von der Metropole einverleibt worden. Die Luft war kühl. Ein Beigeschmack von Rauch schwang in ihr mit. Wahrscheinlich war in einem Forstgehege ein Feuer ausgebrochen, dachte Mondschein düster. Er fühlte sich überall vom Tod umgeben.

Seine bescheidene Wohnung lag fünf Blocks von der Kirche entfernt. Er lebte allein. Altardiener mußten auf die Ehe verzichten, und kurzlebige Beziehungen waren ihnen untersagt. Mondschein empfand die Last des Zölibats noch nicht als zu erdrückend; doch er hatte gehofft, es loswerden zu können, sobald er nach Santa Fé geschickt worden war. Man erzählte sich von wunderschönen, zu allem bereiten jungen Altardienerinnen in Santa Fé. Ganz sicher würde dort das gesamte Zuchtprogramm nicht nur mit künstlicher Besamung durchgeführt, hoffte Mondschein.

Aber das war jetzt auch egal. Santa Fé konnte er für sich persönlich abschreiben. Sein aus einem Impuls heraus geborener Brief an Inspektor Kirby hatte alles zunichte gemacht.

Jetzt war er auf ewig an die unteren Ränge der Vorster-Hierarchie gekettet. Nach treuer Pflichterfüllung würde er vielleicht richtig in die Bruderschaft aufgenommen, eine nur unwesentlich andere Robe tragen und sich vielleicht einen Bart wachsen lassen; er würde Andachten leiten und für die Bedürfnisse seiner Gemeinde da sein müssen.

Wunderbar. Die Bruderschaft war die am schnellsten wachsende religiöse Bewegung auf der Erde, und ganz sicher war es eine noble Aufgabe, in dieser Gemeinschaft zu arbeiten. Aber als ein Mensch ohne religiöse Berufung wurde man nicht sehr glücklich damit, einer Kirchengemeinde vorzustehen, und Mondschein fühlte sich absolut nicht berufen. Er hatte danach gestrebt, für sein eigenes Heil zu sorgen, und hatte sich als Altardiener beworben. Jetzt mußte er den Irrtum erkennen, der in dieser Ambition steckte.

Es war aus mit ihm, Mondschein war nun nur noch ein gewöhnlicher Vorster-Bruder. Tausende von Kirchengemeinden erstreckten sich über die ganze Welt. Die Anhängerschar des Blauen Feuers belief sich heutzutage auf etwa fünfhundert Millionen. Nicht schlecht für den Zeitraum von einer Generation. Die alten Religionen darbten. Die Vorster hatten etwas anzubieten, mit dem die anderen Kirchen nicht aufwarten konnten: die Annehmlichkeiten der Naturwissenschaften, die Sicherheit, daß jenseits vom spirituellen Dienst noch etwas anderes lag, das der Harmonie und Einheit diente, indem es bis in die tiefsten Geheimnisse vorstieß. Jeder Dollar, den man der örtlichen Vorster-Kirche stiftete, konnte helfen, eine Methode zu entwickeln, die die Unsterblichkeit ermöglichte, die Unsterblichkeit des Leibes. Das war es, worauf es ankam, und es funktionierte ausgezeichnet.

Oh, natürlich, es gab auch Nachahmer, kleinere Kulte; manche von ihnen konnten für ihre Verhältnisse sogar beachtliche Erfolge aufweisen. Mittlerweile existierte sogar eine Gemeinschaft von Vorster-Häretikern, die Harmonisten, die Wichtigtuer von der Transzendentalen Harmonie, ein Ableger des Mutterkults. Mondschein hatte sich aber für die Vorster entschieden und verspürte sogar so etwas wie eine verhaltene Loyalität für sie, da er aus den Scharen der Gläubigen zum Blauen Feuer berufen worden war. Doch andererseits . . .

„Oh, Verzeihung. Bitte tausendmal um Entschuldigung."

Jemand hatte Mondschein auf dem Gleitband angerempelt. Er spürte, wie eine Hand auf seinen Rücken krachte – ein Stoß, der ihn beinahe zu Fall gebracht hätte. Er schwankte etwas und rappelte sich wieder hoch. Er entdeckte einen breitschultrigen Mann in einer gewöhnlichen Arbeits-Tunika, der sich rasch von ihm entfernte.

Tolpatschiger Idiot, dachte Mondschein. Es ist für jeden Platz genug auf dem Band. Wieso hatte der Kerl es bloß so höllisch eilig?

Mondschein rückte seine Robe und seine äußerliche Würde wieder zurecht. Eine angenehme Stimme sagte: „Gehen Sie nicht in Ihre Wohnung, Mondschein. Gleiten Sie einfach weiter. In der Tarrytown-Station werden Sie von einem Schnellgleiter erwartet."

Niemand war in seiner Nähe. „Wer spricht da?" fragte er verkrampft.

„Bitte entspannen Sie sich, und machen Sie keine Schwierigkeiten. Ihnen wird kein Leid geschehen. Dies wird Ihnen vielmehr zum Vorteil gereichen, Mondschein."

Der Altardiener sah sich um. Die nächste Person war eine ältliche Frau, etwa fünfzig Meter hinter ihm auf dem Gleitband. Sie setzte rasch ein albernes Lächeln auf, als wolle sie von ihm einen Segen empfangen. Wer hatte da gesprochen? Einen kurzen Moment lang gab sich Mondschein der Vorstellung hin, er sei ein Telepath geworden; irgendeine latente Begabung war zur vollen Reife erblüht. Aber nein, es war eine Stimme gewesen, keine Gedankenbotschaft. Mondschein begriff: Der stolpernde Mann mußte mit dem Schlag auf dem Rücken bei ihm ein Zweiweg-Sendegerät befestigt haben. Eine winzige, metallische Funkplakette, die möglicherweise nur ein halbes Dutzend Moleküle dick war – ein unbegreifliches Wunder der Subminiaturisierung; Mondschein machte sich gar nicht erst die Mühe, danach zu suchen.

Er sagte: „Wer sind Sie?“

„Kümmern Sie sich nicht darum. Gehen Sie nur zu der Station. Man erwartet Sie dort.“

„Aber ich trage meine Robe.“

„Auch darum kümmern wir uns“, kam die gelassene Antwort.

Mondschein nagte an der Unterlippe. Ihm war es nicht gestattet, das eigentliche Umfeld seiner Kirche zu verlassen, ohne von einem Inspektor die Erlaubnis dazu bekommen zu haben. Aber dazu blieb nun keine Zeit mehr. Und andererseits hatte er nicht die geringste Lust, so kurz nach seinem Anpfiff die Bürokratie erneut in Anspruch zu nehmen.

Das Gleitband führte ihn geschwind fort.

Bald schon näherte sich die Tarrytown-Station. Mondscheins Magen zog sich zusammen. Er konnte den ätzenden Geruch des Schnellgleiter-Treibstoffs riechen. Der frische Wind drang durch seine Robe. Sein Schütteln rührte nicht nur von seiner Unbehaglichkeit her.

Er verließ das Gleitband und betrat die Station; ein schimmernder, gelblich-grüner Dom mit funkelnden Plastikwänden. Überfüllt war die Station eigentlich nicht. Für die Dauerkartenbesitzer aus den Vororten war es noch zu früh, und der Strom stadtauswärts würde erst später am Tag eintreffen, zur Mittagszeit.

Leute näherten sich ihm. Die Stimme aus dem Gerät an seinem Rücken sagte: „Starren Sie die Leute nicht so auffällig an. Folgen Sie ihnen ungezwungen.“

Mondschein gehorchte. Drei Personen befanden sich noch hier, zwei Männer und eine schlanke Frau mit einem eckigen Gesicht. Sie führten ihn gemächlich an der geschwätzigen Informationszelle vorbei, am Schuhputzautomaten und an einer Reihe von Schließfächern. Einer der Männer (kurzgewachsen, mit einem viereckigen Kopf und dichten, stummelartigen blonden Haaren) klatschte mit einer Hand gegen das Schloß eines Schließfachs, um es zu öffnen. Er zog ein klobiges Paket heraus und schob es unter den Arm. Quer durch die ganze Station lief er auf den Herren-Waschraum zu. Die Stimme sagte zu Mondschein: „Warten Sie dreißig Sekunden und folgen Sie ihm dann.“

Der Altardiener tat so, als würde er den Informationsticker bewundern. Seine momentane mißliche Lage war nicht dazu angetan, ihn sonderlich zu erheitern, aber er dachte sich auch, daß es sinnlos sei, sich dagegen zu wehren, wobei er möglicherweise zu Schaden käme. Als die dreißig Sekunden vorüber waren, setzte er sich in Richtung Waschraum in Bewegung. Der Schirm entschied, daß er über alle männlichen Merkmale verfügte, und das Signal TRETEN SIE EIN leuchtete auf. Mondschein ging in den Waschraum.

„Dritte Kabine“, murmelte die Stimme.

Der blonde Mann war nicht mehr zu sehen. Mondschein trat in die Kabine und fand dort auf dem Sitz aufgebaut das Paket aus dem Schließfach. Auf eine weitere Anweisung hin hob er es auf und lockerte die Schnüre. Die Verpackung fiel runter. Mondschein mußte feststellen, daß er die grüne Robe eines Harmonisten-Bruders in Händen hielt.

Die Häretiker? Was um alles in der Welt . . .

„Ziehen Sie das an, Mondschein.“

„Das kann ich nicht. Wenn mich einer darin sieht . . .“

„Das wird nicht geschehen. Ziehen Sie sie an. Wir passen schon auf Ihre Robe auf, bis Sie wiederkommen.“

Er kam sich vor wie eine Marionette. Er befreite sich aus seiner Robe, hängte sie an einen Haken und schlüpfte in die wenig vertraute neue Uniform. Sie saß ganz ordentlich. An der Innenseite war etwas befestigt: eine thermoplastische Maske, wie Mondschein feststellte. Darüber war er sehr froh. Er faltete sie auseinander, preßte sie gegen das Gesicht und hielt sie dort so lange fest, bis sie einen Halt gefunden hatte.

Sorgfältig legte Mondschein seine eigene Robe in das Verpackungspapier und faltete es zusammen.

„Lassen Sie sie auf dem Sitz zurück“, wurde ihm erklärt.

„Das wage ich nicht. Wenn sie verlorengeht – wie soll ich das je erklären können?"

„Sie wird schon nicht verlorengehen, Mondschein. Jetzt aber ein bißchen Tempo. Der Schnellgleiter fährt gleich ab."

Unglücklich verließ Mondschein die Zelle. Er warf einen Blick in den Spiegel. Sein Gesicht, das normalerweise rundlich war, sah jetzt feist aus: dicke Wangen voller Stoppeln, feuchte, plumpe Lippen und unnatürlich dunkle Ringe unter den Augen, so als hätte er eine Woche lang Orgien gefeiert. Auch die grüne Robe wirkte merkwürdig. Mit dieser Häretikeruniform am Leib fühlte er sich seiner eigenen Organisation näher als je zuvor.

Die schlanke Frau trat auf ihn zu, als er den Wartesaal betrat. Ihre Wangenknochen wirkten wie Klingen von Beilen, und ihre Lider waren operativ durch Klappen aus feiner Platinfolie ersetzt worden; die überkommene Maske einer früheren Generation. Mondschein konnte sich noch an seine Mutter erinnern, wie sie aus einem Salon für kosmetische Chirurgie gekommen war; ihr Gesicht war in eine groteske Fratze verwandelt worden. Heutzutage tat so etwas keiner mehr. Diese Frau mußte mindestens vierzig sein, dachte Mondschein, obwohl sie viel jünger aussah.

„Ewige Harmonie, Bruder", sagte sie mit rauchiger Stimme.

Mondschein suchte krampfhaft nach der richtigen Harmonistenantwort. Er improvisierte schließlich: „Möge die Einigkeit auf dich hinablächeln."

„Danke für Ihren Segen. Um die Fahrkarte habe ich mich gekümmert, Bruder. Wollen Sie bitte mit mir kommen?"

Sie war also seine Führerin, begriff Mondschein. Er hatte den Sender mit seiner Robe abgelegt. Unruhig hoffte er, seine Kleidung so bald wie möglich wiederzusehen. Er folgte der schlanken Frau zur Einstiegsplattform. Sie konnten ihn Gott weiß wohin verschleppen – Chikago, Honolulu, Montreal . . .

Der Schnellgleiter funkelte im Flutlicht der Station: anmutig, elegant und mit einer hochpolierten, bläulich-grünen Hülle. Als sie einstiegen, fragte Mondschein die Frau: „Wohin fahren wir?“

„Rom“, sagte sie.

3

Mondscheins Augen wurden immer größer, während die antiken und klassizistischen Monumente an ihm vorbeirauschten: das Forum, das Kolosseum, das Theater des Marcellus, das prunkhafte Viktor-Emmanuel-Monument, die Mussolini-Säule – ihre Fahrtroute führte sie mitten durch das Herz dieser geschichtsträchtigen Stadt. Mondschein sah auch das blaue Glühen einer Vorster-Kirche, als sie über die Via dei Fori Imperiali brausten, und das wollte ihm in dieser Hauptstadt einer viel älteren Religion als grob unpassend erscheinen. Doch die Bruderschaft hatte hier eine ziemlich solide Grundlage gewonnen. Sobald Papst Gregor XVIII. auf dem Balkon des Petersdoms erschien, schaffte er es immer noch, Hunderttausende jubelnder Römer zusammenströmen zu lassen. Aber sobald sie den Papst gesehen hatten, verließen sie den Platz wieder, um die nächste Kirche der Bruderschaft aufzusuchen.

Offensichtlich begannen auch die Harmonisten, hier Fuß zu fassen, sinnierte Mondschein. Aber er wahrte seine äußerliche Ruhe, während der Gleiter in nördlicher Richtung stadtauswärts fuhr.

„Das ist die Via Flaminia“, erklärte seine Führerin. „Man folgte der alten Straßenführung, als der elektronische Straßengrund installiert wurde. Man pflegt hier ein ausgeprägtes Traditionsbewußtsein.“

„Das glaube ich gern“, sagte Mondschein erschöpft. Mittlerweile war schon der halbe Abend vorbei, und er hatte bis auf einen kurzen Imbiß im Schnellgleiter noch nichts gegessen. Nach neunzigminütiger Reise war er in Rom am Nachmittag vor der Dämmerung ausgeladen worden. Ein winterhafter Nebel lag über der Stadt; der Frühling ließ sich in diesem Jahr Zeit. Mondscheins Gesichtshaut juckte wie verrückt unter der Maske. Die Angst fröstelte in seinen Fingern.

Sie hielten vor einem mausgrauen Backsteinhaus irgendwo Dutzende Meilen nördlich von Rom. Mondschein zitterte, als er sich beeilte, hineinzukommen. Die Frau mit den Platinlidern führte ihn einige Stufen hoch bis zu einem warmen, hell erleuchteten Raum, in dem sich drei Männer in Harmonistenroben befanden. Das war der endgültige Beweis, dachte Mondschein: *Ich befinde mich in der Löwenhöhle der Häretiker.*

Sie stellten sich nicht vor. Einer war klein und stämmig, mit einem blassen Gesicht und einer riesigen Nase. Ein anderer war groß und geisterhaft dürr; seine Arme und Beine sahen aus wie Spinnenbeine. Der dritte wirkte unauffällig, mit blasser Hautfarbe und engen, sanften Augen. Der Stämmige war der älteste und offensichtlich der Chef.

Ohne Vorrede sagte er: „Man hat Sie also abgelehnt, nicht wahr?"

„Woher . . ."

„Kümmern Sie sich nicht darum. Wir haben Sie beobachtet, Mondschein. Wir hofften, Sie würden es schaffen. Wir brauchen genauso dringend einen Verbindungsmann in Santa Fé, wie Sie gerne dorthin möchten."

„Sind Sie Harmonisten?"

„Ja. Wie wär's mit einem Gläschen Wein, Mondschein?"

Der Altardiener zuckte die Achseln. Der lange Häretiker machte ein Handzeichen, und die schlanke Frau, die sich noch immer im Raum befand, brachte eine Flasche mit goldfarbenem Wein. Mondschein dachte daran, daß in dem Wein sicher Drogen waren. Das Getränk war kühl und leicht süßlich wie ein mitteltrockener Graves. Die anderen tranken auch ein Glas.

„Was wollen Sie von mir?" fragte Mondschein.

„Ihre Hilfe", sagte der Stämmige. „Ein Krieg findet gerade statt, und wir möchten, daß Sie sich auf unsere Seite schlagen."

„Ich weiß nichts von einem Krieg."

„Ein Krieg zwischen dem Dunkel und dem Licht", sagte der lange Häretiker in mildem Tonfall. „Wir sind die Streiter des Lichts. Halten Sie uns aber nicht für Fanatiker, Mondschein. Eigentlich sind wir ziemlich verantwortungsbewußte Menschen."

„Vielleicht ist Ihnen bekannt", sagte der dritte Harmonist, „daß unser Glauben aus dem Ihren entstanden ist. Wir achten die Lehren Vorsts, und wir folgen ihm in den meisten Punkten. Und im Grunde genommen betrachten wir uns als seinen Lehren näherstehender als die gegenwärtige Hierarchie der Bruderschaft. Wir sind die Kraft der Läuterung. Jede Religion braucht ihre Reformer."

Mondschein nahm einen kleinen Schluck von seinem goldfarbenem Wein.

Er gestattete seinen Augen, maliziös zu blinzeln, als er bemerkte: „Gewöhnlich dauert es an die tausend Jahre, ehe die ersten Reformer auftreten. Heute schreiben wir das Jahr 2095. Die Bruderschaft ist erst knapp dreißig Jahre alt."

Der stämmige Häretiker nickte. „Unsere Zeit läuft aber auch viel schneller ab. Die Christen brauchten dreihundert Jahre, um die politische Kontrolle über Rom zu gewinnen – von den Zeiten des Augustus bis zu denen des Konstantin. Die Vorster haben nicht so lange gebraucht. Sie kennen doch die ganze Sache: Vertreter der Bruderschaften sitzen in jeder gesetzgebenden Körperschaft auf der ganzen Welt. In manchen Staaten haben sie sogar ihre eigenen Parteien gegründet. Und vom finanziellen Wachstum der Organisation brauche ich Ihnen sicher auch nichts zu erzählen."

„Und Ihr Läuterer wollt zu den alten, einfachen Zeiten von vor dreißig Jahren zurückkehren?" fragte Mondschein. „Zu den baufälligen Kultstätten, den Verfolgungen und all dem anderen Kram? Ist es das, was Sie wollen?"

„Eigentlich nicht. Wir wissen den Einsatz von Macht zu würdigen. Wir glauben aber ganz einfach, daß die Bruderschaft sich vom Weg hat abbringen lassen und sich in Nebensächlichkeiten verliert. Macht zum persönlichen Nutzen ist ihr wichtiger geworden, als die Macht zum Segen höherer Ziele einzusetzen."

Der Lange sagte: „Das Hauptquartier der Vorster drängelt sich nach politischen Ämtern und fordert eine Änderung des Einkommensteuersystems. Das ist Zeit- und Energieverschwendung, wenn sich alles nur noch um solche kleinlichen Probleme dreht. Und inzwischen hat die Bruderschaft auf Mars und Venus einen totalen Fehlschlag erlitten – nicht eine Vorster-Kirche steht bei den Kolonisten; die Bewegung hat dort kein Bein auf die Erde bekommen, ist auf totale Ablehnung gestoßen. Und wo bleiben die großen Erfolge beim Esper-Zuchtprogramm? Wo sind die sensationellen Errungenschaften?"

„Die Bewegung befindet sich erst in der zweiten Generation", sagte Mondschein. „Man muß Geduld haben." Er mußte lächeln – er riet anderen Geduld an. Dann fügte er hinzu: „Ich glaube, die Bruderschaft befindet sich auf dem richtigen Weg."

„Und wir tun das jedenfalls nicht", sagte der Blasse. „Als wir darin scheiterten, die Bruderschaft von innen heraus zu reformieren, mußten wir sie verlassen und unseren eigenen Feldzug starten, der parallel zur ursprünglichen Bewegung verlief. Unsere langfristigen Ziele sind die gleichen: Unsterblichkeit des einzelnen durch die Regeneration des Körpers. Und die volle Ausentwicklung von extrasensorischen Fähigkeiten, die zu neuen Kommunikations- und Transportwegen führen werden. Das ist es, was wir wollen – und nicht das Recht, über Steuerfragen zu entscheiden."

Mondschein sagte: „Zuerst einmal muß man die Kontrolle über die Regierungen gewinnen. Danach kann man sich langfristigen Zielen zuwenden."

„Das ist nicht nötig", schnappte der stämmige Harmonist. „Direkte Aktion ist es, was wir brauchen. Und wir glauben auch an einen Erfolg. So oder so, wir erreichen unser Ziel."

Die schlanke Frau füllte Mondscheins Glas wieder auf. Er versuchte, sie abzuwimmeln, aber sie bestand darauf, ihm nachzuschütten, und er trank. Dann sagte er: „Ich nehme an, Sie haben mich nicht nach Rom bringen lassen, bloß um mir Ihre Meinung zur Bruderschaft darzustellen."

„Stellen Sie sich einmal vor, wir wollten Sie in Santa Fé unterbringen", sagte der Stämmige.

Mondscheins Rücken versteifte sich, er saß kerzengerade. Seine Hand schloß sich so fest um das Weinglas, daß es beinahe zerbrach.

„Wie sollten Sie das anfangen wollen?"

„Nehmen Sie an, wir könnten es. Wären Sie bereit, dort aus den Labors bestimmte Informationen zu sammeln und an uns weiterzugeben?"

„Für Sie spionieren?"

„Man könnte es so nennen."

„Das hört sich aber gar nicht nett an", sagte Mondschein.

„Sie erhalten schließlich auch eine Belohnung dafür."

„Da müssen Sie sich aber schon etwas Tolles einfallen lassen."

Der Häretiker beugte sich nach vorne und sagte ganz ruhig: „Wie bieten Ihnen eine Stellung auf der zehnten Etage unserer Organisation an. Um in der Bruderschaft so weit zu kommen, müßten Sie fünfzehn Jahre warten. Unsere Bewegung ist um etliches kleiner; in unserer Hierarchie können Sie wesentlich schneller aufsteigen als in Ihrer jetzigen. Eine ehrgeizige Persönlichkeit wie Sie könnte schon bis zur Spitze vorgerückt sein, noch bevor Sie die Fünfzig erreicht haben."

„Aber was sollte das schon bringen?" fragte Mondschein, „bis zur Spitze vorzurücken, aber in der zweitbesten Hierarchie?"

„Oh, wir werden nicht die zweitbeste bleiben! Nicht mit den Informationen, die Sie uns beschaffen. Durch die werden wir anwachsen. Millionen Menschen werden um unseretwillen die Bruderschaft verlassen, sobald sie entdecken, was wir anzubieten haben – alles, was *die Bruderschaft* hat, und dazu unsere eigenen Vorzüge. Wir werden uns rasch vergrößern. Und Sie bekleiden dann einen hohen Rang, weil Sie sich schon von Anfang an auf unsere Seite geschlagen haben".

Mondschein begriff die Logik, die dahintersteckte. Die Bruderschaft war bereits aufgedunsen; sie war reich, hatte Macht und verfügte über einen Wasserkopf von felsenfest an ihren Posten klebenden Bürokraten. Dort war kein Raum, um aufzusteigen. Aber wenn er seinen Treueid einer kleinen, doch dynamischen Bewegung leistete, deren Ambitionen den seinen entgegenkamen . . .

„Es klappt nicht", sagte er traurig.

„Warum nicht?"

„Angenommen, Sie schmuggeln mich in Santa Fé ein. Dort werde ich aber schon von Espern durchleuchtet, noch bevor ich überhaupt richtig drin bin. Und die merken sofort, daß ich als Spion gekommen bin. Sie werden mich enttarnen. Meine Erinnerungen an dieses Gespräch werden mich verraten."

Der Stämmige lächelte breit: „Woher wollen Sie wissen, daß Sie sich an dieses Gespräch erinnern werden? Wir verfügen über unsere eigenen Esper, Altardiener Mondschein!"

4

Der Raum, in dem Christopher Mondschein sich wiederfand, war auf schreckliche Weise leer. Er war perfekt quadratisch; wahrscheinlich hatte man ihn mit einer Toleranz von einem hundertstel Millimeter gebaut. Nichts befand sich außer Mondschein in ihm: keine Möbel, keine Fenster und noch nicht einmal ein Webschaumstück. Unbehaglich trat er von einem Fuß auf den anderen und starrte an die Decke, um dort erfolglos nach der Quelle des stetigen, gleichmäßigen Lichts zu suchen. Er wußte nicht einmal, in welcher Stadt er sich befand. Sie hatten ihn, gerade als die Sonne aufging, von Rom weggebracht. Jetzt mochte er in Djakarta sein oder in Benares oder am Eriesee.

Er hegte tiefste Befürchtungen über all die Ereignisse. Die Harmonisten hatten ihm versichert, daß er überhaupt keine Risiken eingehe, aber Mondschein mangelte es in diesem Punkt erheblich an Vertrauen. Die Bruderschaft hätte ihre hervorragende Stellung nicht erreichen können, ohne ausgeklügelte Selbstschutzmittel zu entwickeln. Trotz aller gegenteiliger Versicherungen konnte er schon entdeckt werden, noch bevor er die geheimen Labors in Santa Fé überhaupt betreten hatte; und die daraus resultierenden Maßnahmen würden kein Zuckerschlecken für ihn werden.

Die Bruderschaft hatte ihre besonderen Methoden, jene zu bestrafen, die sie hintergingen. Unter der äußeren Güte verbarg sich ein Zug an notwendiger Grausamkeit.

Mondschein kannte da einige Geschichten; so zum Beispiel auch die von dem Regionalinspektor auf den Philippinen, der sich dazu hatte verleiten lassen, geheime Protokolle des Hohen Rates bestimmten, antivorsterisch eingestellten Polizeibehörden zu überlassen.

Vielleicht basierte diese Geschichte nicht auf der Wahrheit, aber unglaubwürdig erschien sie ihm nicht. Mondschein hatte gehört, daß man den Inspektor nach Santa Fé gebracht hatte, um ihm dort sein Schmerzempfindungszentrum zu nehmen. Eigentlich recht angenehm, nicht wahr, nie mehr einen Schmerz spüren zu müssen? Kaum. Schmerz war der Gradmesser der körperlichen Intaktheit. Ohne Schmerzempfinden wußte man nie, ob etwas zu heiß oder zu kalt war, um es zu berühren. Tausende kleiner Verletzungen waren die Folge: Verbrennungen, Schnitte, Schürfwunden. Der ganze Körper erodierte: hier ein Finger weg, dort die Nase, ein Augapfel, ein Hautlappen – schlimmer, man konnte seine eigene Zunge verspeisen, ohne es zu merken.

Mondschein schauderte. Die nahtlose Wand vor ihm schob sich abrupt ineinander, und ein Mann betrat den Raum. Hinter ihm schloß sich die Wand wieder.

„Sind Sie ein Esper?" platzte es nervös aus Mondschein heraus.

Der Mann nickte. Er sah eigentlich ganz normal aus. Sein Gesicht besaß einen leichten eurasischen Einschlag, entdeckte Mondschein. Seine Lippen waren dünn, sein Haar glänzte schwarz, und seine Haut trug die Farbe von Olivgrün. Insgesamt hatte er etwas Zerbrechliches an sich.

„Legen Sie sich bitte auf den Boden", sagte der Esper mit einer sanften, pelzigen Stimme. „Entspannen Sie sich bitte. Sie haben Angst vor mir, und das sollen Sie nicht."

„Warum nicht? Wenn Sie schon in meinem Kopf herumwerkeln!"

„Bitte, entspannen Sie sich."

Mondschein versuchte es zumindest. Er breitete sich auf dem weichen, gummiartigen Boden aus und legte die Hände an die Seite. Der Esper ließ sich im Lotussitz in einer Ecke des Raums nieder und sah Mondschein nicht an. Der Altardiener wartete unruhig.

Er war vorher schon Espern begegnet. Mittlerweile gab es eine gehörige Menge von ihnen; nach Jahren des Zweifels und der Unwissenheit waren ihre Fähigkeiten vor mehr als einem Jahrhundert erkannt und herausgefiltert worden, und eine nicht unbeträchtliche Anzahl von geplanten Esperheiraten hatte ihre Zahl noch weiter anwachsen lassen. Ihre Fähigkeiten erwiesen sich jedoch immer noch als unberechenbar. Die meisten Esper besaßen nur eine geringe Kontrolle über ihre PSI-Kräfte. Davon abgesehen waren sie instabile Persönlichkeiten, im allgemeinen sehr nervös, und oft verfielen sie unter Streß dem Wahnsinn. Mondschein gefiel die Vorstellung gar nicht, in einem fensterlosen Raum mit einem psychopathischen Esper eingesperrt zu sein.

Und was, wenn der Esper bösartig veranlagt war? Was, wenn er, statt lediglich eine partielle Amnesie zu bewirken, beschlossen hatte, lieber die ganze Erinnerungsstruktur in seinem Gehirn umzumodeln? Es wäre ja immerhin möglich, daß . . .

„Sie können jetzt wieder aufstehen", sagte der Esper barsch. „Alles erledigt."

„Was haben Sie gemacht?“ fragte Mondschein.

Der Esper lachte triumphierend. „Das brauchen Sie nicht zu wissen, Sie Einfaltspinsel. Es ist erledigt und damit in Ordnung.“

Die Wand öffnete sich ein zweites Mal. Der Esper verschwand. Mondschein stand auf und fühlte sich auf merkwürdige Weise leer. Schwermütig fragte er sich, wo er war und was hier mit ihm geschah. Er war auf dem Gleitband nach Hause gefahren, ein Mann hatte ihn angerempelt und dann . . .

Eine schlanke Frau mit unglaublichen Wangenknochen und Lidern aus glitzernder Platinfolie sagte: „Hier entlang bitte.“

„Warum sollte ich?“

„Vertrauen Sie mir. Kommen Sie hier entlang mit.“

Mondschein seufzte und ließ sich von ihr einen schmalen Korridor zu einem anderen Raum führen, der bunt gestrichen und hell war. Ein sargförmiger Metalltank stand an einer Seite. Mondschein erkannte ihn natürlich sofort: ein Gerät, das einem die sinnlichen Wahrnehmungen nahm, eine Nichts-Kammer, in dem der Benutzer in einem warmen Nährbad schwamm; Sicht und Hörvermögen waren ihm genommen, die Schwerkraft war für ihn ausgeschaltet. Die Nichts-Kammer war ein Mittel zur absoluten Entspannung. Sie hatte aber auch ihre unangenehmen Seiten: Wer zu lange in der Nichts-Kammer blieb, wurde willenlos und ließ sich sehr leicht beeinflussen.

„Ziehen Sie sich aus und steigen Sie hinein“, sagte die Frau.

„Und wenn nicht?“

„Ihnen bleibt keine Wahl.“

„Und wie lange bleibe ich drin?“

„Zweieinhalb Stunden.“

„Das ist zu lange“, sagte Mondschein. „Tut mir leid, ich fühle mich gar nicht so gestreßt. Würden Sie mir bitte den Ausgang zeigen?“

Die Frau nickte. Ein Roboter rollte ins Zimmer; er hatte eine stumpfe Nase und war in einem häßlichen, dumpfen Schwarz gestrichen. Mondschein war noch nie zuvor gegen einen Roboter angetreten, und er sah diesen Moment auch nicht als den geeignetsten an, damit zu beginnen. Die Frau deutete noch einmal auf die Nichts-Kammer.

Das muß ein Alptraum sein, sagte sich Mondschein, ein sehr schlimmer Alptraum.

Er begann, sich auszuziehen. Von der Nichts-Kammer her summte es zum Zeichen, daß sie betriebsbereit war. Mondschein kletterte in den Tank und ließ sich von der Nährflüssigkeit überströmen. Er konnte nichts mehr sehen. Er konnte nichts mehr hören. Eine Leitung versorgte ihn mit Luft. Mondschein glitt in eine totale Passivität ab. Das Bündel der Ambitionen, Konflikte, Träume, Schuldgefühle, Lüste und Vorstellungen, aus dem Christopher Mondscheins Verstand sich zusammensetzte, löste sich für eine gewisse Zeit auf.

Zur rechten Zeit erwachte er wieder. Man nahm ihn aus dem Tank – seine Beine waren wie Butter, und sie mußten ihn stützen – und gab ihm seine Kleidung wieder. Ihm fiel auf, daß seine Robe die falsche Farbe besaß: sie war grün, die Farbe der Häretiker. Wie war denn das wohl zu erklären? Wollte man ihn mit Gewalt in die Harmonistenbewegung pressen? Er hütete sich jedoch, Fragen zu stellen. Man setzte ihm jetzt eine thermoplastische Maske aufs Gesicht. *Aha, anscheinend soll ich inkognito reisen.*

Nach kurzer Zeit befand sich Mondschein wieder in einer Schnellgleiter-Station. Verdutzt bemerkte er arabische Schriftzeichen auf den Hinweistafeln. Kairo, fragte er sich. Algier? Beirut? Mekka?

Man hatte für ihn eine Privatkabine reserviert. Die Frau mit den veränderten Lidern saß während der ganzen schnellen Fahrt neben ihm. Etliche Male versuchte Mondschein, ihr Fragen zu stellen; aber wenn überhaupt, antwortete sie nur mit einem Achselzucken.

Der Schnellgleiter landete wieder in der Tarrytown-Station. Eine Uhr wies Mondschein darauf hin, daß heute Mittwoch, der 13. März 2095 war und daß es 07.05 Uhr östlicher Standardzeit war. Er erinnerte sich sehr genau daran, daß es später Dienstagnachmittag gewesen war, als er todunglücklich von der Kirche nach Hause gegangen war, nachdem er wegen dieser Sache mit seiner Versetzung nach Santa Fé seinen Anschiß empfangen hatte. Ungefähr 16.30 Uhr mußte es gewesen sein. Irgendwo hatte er die ganze Dienstagnacht und ein großes Stück vom Mittwochmorgen verloren, alles in allem etwa fünfzehn Stunden.

Als sie den großen Wartesaal betraten, flüsterte die schlanke Frau an seiner Seite: „Gehen Sie in den Waschraum. Dritte Kabine. Wechseln Sie dort Ihre Kleider."

Nahezu aufgelöst gehorchte Mondschein. Auf dem Toilettensitz lag ein Paket. Er öffnete es und entdeckte darin seine indigoblaue Altardienerrobe. Rasch entledigte er sich der grünen Kleidung und zog seine eigene an. Die Gesichtsmaske fiel ihm noch ein, und er streifte auch sie ab und schleuderte sie weg. Er packte die grüne Robe zusammen, und da er nicht wußte, wohin damit, ließ er sie in der Zelle liegen.

Als er nach draußen trat, näherte sich ihm ein dunkelhaariger Mann in mittleren Jahren. Er streckte dem jungen Mann die Hand entgegen.

„Altardiener Mondschein!"

„Ja?" sagte Mondschein. Er erkannte den Mann zwar nicht, schüttelte ihm aber trotzdem die Hand.

„Haben Sie gut geschlafen?"

„Ich . . . oh, ja", sagte Mondschein. „Sehr gut sogar." Die beiden wechselten noch ein paar Blicke, und plötzlich erinnerte sich der Altardiener nicht mehr daran, warum er in den Waschraum gegangen war . . . noch was er darin getan hatte . . . noch daß er eine grüne Robe und eine thermoplastische Gesichtsmaske während des Flugs von einem Land getragen hatte, wo Arabisch die Amtssprache war . . . noch daß er überhaupt in einem anderen Land gewesen war – und erst recht wußte er nicht, daß er vor wenigen Stunden noch völlig verwirrt einer Nichts-Kammer entstiegen war.

Er glaubte jetzt vielmehr, eine sehr gemütliche Nacht bei sich zu Hause verbracht zu haben, in seiner eigenen, wenig aufregenden Wohnung. Er konnte sich keinen Reim darauf machen, was er zu dieser frühen Morgenstunde in der Tarrytown-Schnellgleiterstation verloren hatte; aber das war noch ein verhältnismäßig kleineres Rätsel und bedurfte im Moment keiner Klärung.

Er entdeckte, daß er ungewöhnlich hungrig war. Mondschein kaufte sich am Speiseautomaten in der unteren Etage der Station ein reichhaltiges Frühstück. Flink putzte er es auf. Gegen acht befand er sich wieder in der N'York-Kirche der Bruderschaft der Immanenten Strahlung und war bereit, bei der morgendlichen Andacht seinen Dienst zu tun.

Bruder Langholt begrüßte ihn herzlich. „Hat unser gestriges kleines Gespräch dich sehr beunruhigt, Mondschein?"

„Ich habe mich jetzt wieder gefangen."

„Fein, fein. Du darfst dich nicht von deinem Ehrgeiz übermannen lassen, Mondschein. Alles kommt zu seiner Zeit. Möchtest du wohl den Stand der Gammastrahlen im Reaktor überprüfen?"

„Aber natürlich, Bruder."

Mondschein trat auf den Altar zu. Das Blaue Feuer kam ihm wie ein starker Hort der Sicherheit in einer aus den Angeln gehobenen Welt vor. Der Altardiener nahm den Gammastrahlenanzeiger aus seiner Schachtel und verrichtete weiter seine allmorgendlichen Pflichten.

5

Die Nachricht über seine Berufung nach Santa Fé traf drei Wochen später ein. Wie ein Donnerschlag krachte sie auf die N'York-Kirche hinab, durchfuhr schön der Reihe nach eine Autoritätsebene nach der anderen, bis sie schließlich ganz unten auch Altardiener Mondschein erreichte.

Einer von Mondscheins Mit-Altardienern brachte ihm – auf indirekte Weise – die Nachricht bei: „Du wirst in Bruder Langholts Büro erwartet, Chris. Inspektor Kirby ist da."

Mondschein fuhr zusammen. „Was ist denn los? Ich habe nichts angestellt – jedenfalls nichts, von dem ich weiß."

„Ich glaube auch nicht, daß du in Schwierigkeiten steckst. Es ist etwas ganz Enormes, Chris. Alle laufen wie aufgescheuchte Hühner herum. Es ist, glaube ich, irgendeine Anordnung aus Santa Fé." Mondschein blickte sehr merkwürdig drein. „Ich glaube, sie haben irgend etwas gesagt . . . von wegen, du sollst nach dorthin beordert werden."

„Sehr witzig", sagte Mondschein.

Er beeilte sich, in Langholts Büro zu kommen. Inspektor Kirby stand in dem Raum und lehnte sich gegen ein Bücherregal zur Linken. Er hätte glatt Langholts Bruder sein können. Beide waren große, hagere Männer im Anfangsstadium der mittleren Jahre, und beide zeigten ein asketisches Aussehen.

Mondschein hatte den Inspektor noch nie zuvor so nahe gesehen. Man erzählte sich, Kirby sei früher ein UN-Beamter gewesen, sogar ein ziemlich hoher in der internationalen Bürokratie, bevor er vor fünfzehn oder zwanzig Jahren konvertierte. Nun nahm er in der Vorster-Hierarchie eine Schlüsselstellung ein; wahrscheinlich war er in der ganzen Bewegung einer der zwölf führenden Köpfe. Sein Haar war kurzgeschnitten, und seine Augen zeigten einen merkwürdigen grünen Schimmer. Mondschein hatte Schwierigkeiten, in diese Augen zu sehen. Jetzt, da er Kirby von Angesicht zu Angesicht gegenüberstand, fragte er sich, wie er jemals den Mut aufgebracht hatte, ihm den Brief mit der Bitte um seine Versetzung zu den Labors in Santa Fé zu schreiben.

Kirby lächelte matt. „Mondschein?"

„Jawohl, Sir."

„Nenn mich Bruder, Mondschein. Bruder Langholt hier hat ein paar sehr positive Sachen über dich erzählt."

Hat er das? fragte sich Mondschein verwirrt in Gedanken.

Langholt sagte: „Ich habe dem Inspektor erzählt, daß du ehrgeizig, eifrig und enthusiastisch bist. Ich habe auch erwähnt, daß du diese Eigenschaften in gewisser Weise in fast unerschöpflicher Weise besitzt. Vielleicht erlernst du in Santa Fé die Mäßigung."

Wie betäubt sagte Mondschein: „Bruder Langholt, ich dachte, mein Antrag auf Versetzung sei abgelehnt worden."

Kirby nickte. „Man hat noch einmal darüber beraten. Wir brauchen einige Kontrollparameter, verstehst du? Nicht-Esper. Ein paar Dutzend Altardiener sind ausgesucht worden, und der Computer hat deinen Namen ausgespuckt. Du entsprichst den Anforderungen. Ich nehme doch an, du willst immer noch nach Santa Fé?"

„Aber natürlich, Sir – Bruder Kirby."

„Gut. Dir bleibt eine Woche Zeit, hier deine persönlichen Dinge zu erledigen." Die grünen Augen stachen plötzlich auf Mondschein herab. „Ich hoffe doch sehr, daß du dich dort als nützlich erweisen wirst, Bruder Mondschein."

Mondschein wurde sich nicht recht klar darüber, ob man ihn tatsächlich auf Grund dieser nachträglichen Zustimmung zu seinem Antrag nach Santa Fé schickte, oder ob man ihn nur in N'York loswerden wollte. Es kam ihm unverständlich vor, daß Langholt die Versetzung gutheißen sollte, nachdem er die Sache noch vor wenigen Wochen zu scharf abgelehnt hatte. Aber die Hüter der Vorster-Bewegung gingen seltsame Wege, entschied Mondschein. Er nahm den verwirrenden Lauf der Ereignisse in Demut und dankbar an und stellte keine Fragen. Als die Woche vorüber war, kniete er sich ein letztes Mal in der N'York-Kirche hin, verabschiedete sich von Bruder Langholt und machte sich zum Schnellgleiter-Flughafen auf, um den Mittagsflug nach Westen zu erreichen.

Am frühen Morgen örtlicher Zeit erreichte er Santa Fé. Der hiesige Flughafen wimmelte nur so von Leuten in blauen Roben, wie Mondschein auffiel; es waren mehr, als er jemals zuvor auf einem Fleck in der Öffentlichkeit gesehen hatte. Mondschein wartete auf dem Flughafen und betrachtete die gewaltige Landschaft von New Mexico, gegenüber der er sich sehr klein vorkam. Der Himmel erstrahlte in einem ungewöhnlich hellen Blauton, und man konnte einfach unbegrenzt weit sehen. Etliche Meilen entfernt machte er Sandsteingebirge aus, die dort gen Himmel ragten. Die lohfarbene Wüste, gesprenkelt mit gräulich grünen Salbeibüschen, umgab den Flughafen von allen Seiten. Mondschein hatte noch nie zuvor eine so riesige leere Fläche gesehen.

„Bruder Mondschein?“ fragte ein dicker Altardiener.

„Ja, das bin ich.“

„Ich bin Bruder Capodimonte. Ich werde dich begleiten. Hast du dein Gepäck beisammen? Gut, dann laß uns losfahren.“

Ein Straßengleiter parkte hinter dem Flughafen. Capodimonte nahm Mondschein den einzigen Koffer ab und verstaute ihn im Gepäckraum. Er mußte wohl vierzig sein, schätzte Mondschein. Ein wenig zu alt, um immer noch Altardiener zu sein. Eine Speckrolle quoll über den Kragen am Nacken des älteren Mannes hervor.

Sie stiegen in den Gleiter. Capodimonte ließ ihn an, und er brauste los.

„Zum ersten Mal hier?“ fragte er.

„Ja“, sagte Mondschein. „Ich bin sehr beeindruckt von der hiesigen Landschaft.“

„Wunderbares Fleckchen, was? Hier macht das Leben Spaß. Hier bekommt man einen Eindruck vom Raum vermittelt. Und von der Geschichte: überall in der Gegend stehen prähistorische Ruinen herum. Nachdem du dich eingelebt hast, können wir ja mal einen Ausflug zum Frijoles-Canon machen und uns bei den Höhlenwohnungen umsehen. Interessiert dich so etwas, Mondschein?“

„Ich kenne mich auf diesem Gebiet nicht sehr gut aus“, gab er zu. „Aber es würde mich freuen, so etwas einmal zu sehen.“

„Was ist denn dein Spezialgebiet?“

„Nukleonik“, sagte Mondschein. „Ich bin eine Art Kernverschmelzungsspezialist.“

„Ich war Anthropologe, bevor ich der Bruderschaft beitrat. Meine knappe Freizeit verbringe ich am liebsten in den Pueblos. Es gibt einem eine ganze Menge, gelegentlich einen Ausflug in die Vergangenheit zu machen. Besonders hier draußen, wo um einen herum die Zukunft in wahnsinnigem Tempo voranschreitet."

„Anscheinend hat man hier wirklich Fortschritte gemacht, was?"

Capodimonte nickte. „Wie man mir erzählte, geht es überall recht zufriedenstellend voran. Natürlich bin ich keiner von den Insidern. Als Insider kommt man nicht oft dazu, das Zentrum zu verlassen. Aber aus dem, was ich so mitbekommen habe, passieren hier bedeutende Sachen. Sieh mal dort hinüber, Bruder – das ist Santa Fé. Wir fahren gerade daran vorbei."

Mondschein sah hin. *Altmodisch* war der Begriff, der ihm unwillkürlich einfiel. Die Stadt wirkte mäßig, sowohl in ihrer Fläche als auch in den Ausmaßen ihrer Gebäude; nirgends schien ein Haus mehr als drei oder vier Stockwerke zu haben. Selbst aus dieser Entfernung konnte Mondschein das staubige Rotbraun der luftgetrockneten Ziegelsteine ausmachen.

„Ich habe Santa Fé eigentlich für viel größer gehalten", sagte Mondschein.

„Man hat diese Gegend abgeriegelt; von wegen Erhalt historischer Stätten und so weiter. Man hat es ziemlich so belassen, wie es vor hundert Jahren schon ausgesehen hat. Keine neuen Bauten sind erlaubt."

Mondschein runzelte die Stirn. „Und was ist mit dem Zentrum und seinen Labors?"

„Oh, die befinden sich nicht eigentlich in Santa Fé. Das ist nur die am nächsten liegende Stadt. In Wahrheit liegt das Zentrum etwa vierzig Meilen nördlich von Santa Fé", sagte Capodimonte. „Dort oben, am Rand des Picuri-Landes. Weißt du, da laufen immer noch 'ne Menge Indianer rum."

Die Straße führte jetzt bergauf. Der Gleiter wogte auf und ab über die Straße, die durch die Hügellandschaft führte. Die Vegetation veränderte sich; die knorrigen, verdrehten Wacholderbüsche und Pinon-Fichten machten dunklen Wäldern aus Douglas-Tannen und Ponderosas Platz. Mondschein konnte es immer noch kaum glauben, daß er in einigen Augenblicken im genetischen Zentrum eintreffen sollte. *Na bitte,* sagte er sich, *da haben wir es mal wieder.* Der einzige Weg, um in dieser Welt voranzukommen, war, sich nichts gefallen zu lassen und sich lautstark bemerkbar zu machen.

Er hatte sich bemerkbar gemacht. Man hatte ihn zwar dafür zurechtgewiesen, aber schließlich hatte man ihn nach Santa Fé geschickt.

Ewig leben! Man gab seinen Körper in die Hände von Wissenschaftlern, die sich unweigerlich dem Ziel näherten, jede Zelle durch eine andere ersetzen und die Jugend erhalten zu können. Mondschein wußte genau, woran in diesem Zentrum gearbeitet wurde. Natürlich standen ein paar Risiken im Weg, na wenn schon, wen störte das? Im schlimmsten Fall würde er sterben – doch das entsprach nur dem natürlichen Lauf der Dinge, nach dem er ohnehin sterben mußte. Auf der anderen Seite aber konnte er einer derjenigen sein, die auserwählt wurden.

Ein Tor ragte vor ihnen auf. Das Sonnenlicht glänzte wild auf dem Metall.

„Wir sind da“, kündigte Capodimonte an.

Das Tor öffnete sich.

Mondschein sagte: „Werde ich nicht irgendwie noch von einem Esper durchleuchtet, bevor man mich hereinläßt?“

Capodimonte lachte. „Bruder Mondschein, du bist während der ganzen letzten Viertelstunde durchleuchtet worden. Falls ein Grund bestanden hätte, dich nicht einzulassen, würde das Tor sich jetzt nicht öffnen. Entspanne dich. Und sei uns willkommen. Du hast es geschafft.“

6

Der offizielle Name des Ortes lautete: Noel Vorst-Zentrum für Biologische Forschungen. Es breitete sich über eine Fläche von etwas über fünfzehn Quadratmeilen über das flache Land aus. Über jeden Zentimeter war es von einem hocheffektiven Zaun umgeben. Innerhalb befanden sich Dutzende von Gebäuden: Schlaf- und Wohnräume, Labors und andere Anlagen, die einem weniger augenfälligen Zweck zu dienen schienen. Das ganze Unternehmen wurde von den Spenden der Gläubigen getragen, die je nach Grad ihrer Überzeugung gaben – einen Dollar hier, tausend Dollar dort.

Das Zentrum war Herz und Seele der Vorster-Bewegung. Hier wurden die Forschungen betrieben, die dazu dienten, das Leben von allen Vorstern auf der ganzen Welt zu verlängern. Die Essenz des enormen Erfolgs der Bruderschaft lag darin, daß sie nicht nur der Seele Trost versprach – das konnten die alten Religionen genauso gut –, sondern darüber hinaus auch die Vorzüge der fortgeschrittensten wissenschaftlichen Errungenschaften.

Vorster-Krankenhäuser befanden sich heute in jeder größeren Stadt. Die Vorster-Mediziner standen in der ersten Reihe ihres Berufszweigs. Die Bruderschaft der Immanenten Strahlung heilte beides: den Körper und die Seele.

Und die Bruderschaft leugnete auch gar nicht, daß das oberste Ziel ihrer Bewegung der Sieg über den Tod war; nicht nur die Ausrottung der Krankheiten, sondern die Überwindung des Alterungsprozesses. Schon vor der Vorster-Bewegung hatte die Menschheit große Fortschritte in dieser Richtung erzielt. Die durchschnittliche Lebenserwartung lag mittlerweile bei etwas über neunzig Jahren, in manchen Staaten sogar über einhundert Jahren. Das war auch der Grund, warum die Erde so übervölkert war, trotz der heute fast überall wirksamen strikten Regelungen zur Geburtenkontrolle. Die Erdbevölkerung belief sich jetzt auf knapp elf Milliarden; und obwohl die

Geburtenrate stark gedrosselt war, übertraf diese immer noch die Sterberate.

Die Vorster hofften, die Lebenserwartung für diejenigen immer noch höher zu schrauben, die das gerne wollten. Hundertzwanzig Jahre, hundertfünfzig – wo lag die letzte Grenze? Warum nicht zweihundert, dreihundert oder gar tausend Jahre lang leben?

„Gib uns das ewige Leben“, riefen die Völker und drängelten sich in den Vorster-Kirchen, um sicherzugehen, daß sie zu den Auserwählten gehörten.

Natürlich machte die Lebensverlängerung das Problem der Überbevölkerung noch vertrackter. Der Bruderschaft war das bewußt. Und sie verfolgte andere Ziele, um mit diesem Problem fertig zu werden: Der Menschheit sollte das All eröffnet werden – und das war das eigentliche Ziel der Bruderschaft.

Die Kolonisierung des Weltalls durch die Menschen hatte schon einige Generationen eingesetzt, bevor Noel Vorst seine Bewegung gegründet hatte. Mars und Venus waren beide besiedelt worden, wenn auch auf unterschiedliche Weise. Keiner von diesen Planeten war für die Menschen bewohnbar gewesen. Also hatte man den Mars verändert, damit Menschen darauf leben konnten, und die Menschen verändert, damit sie auf der Venus leben konnten.

Beide Niederlassungen gediehen. Aber das reichte kaum aus, um dem Problem der Überbevölkerung Herr zu werden; einhundert Jahre lang müßten Tag und Nacht Raumschiffe die Erde verlassen, um genug Menschen zu den Kolonien zu transportieren, damit eine Lücke in den Massen auf der Heimatwelt entstehen würde; und das war schon rein ökonomisch unmöglich.

Aber wenn man Welten außerhalb des Sonnensystems zu erreichen vermochte . . . und falls diese nicht allzu intensiv terranisiert werden mußten, bevor man auf ihnen wohnen konnte . . . und falls einige neue und kostengünstige Transportsysteme entwickelt werden konnten . . .

„Das sind aber eine Menge Wenn und Aber“, sagte Mondschein.

Capodimonte nickte. „Das will ich auch gar nicht bestreiten. Aber das sind doch auch keine Gründe, es sein zu lassen.“

„Glaubst du ernsthaft daran, daß es eine Möglichkeit gibt, Menschen mittels PSI-Kraft zu den Sternen reisen zu lassen?“ fragte Mondschein. „Meinst du nicht, daß dies ein allzu wilder und phantastischer Traum ist?“

Lächelnd sagte Capodimonte: „Wilde und phantastische Träume treiben die Menschheit voran. Die Suche nach dem christlichen Priesterkönig Johannes, den man in Äthiopien wähnte, die Suche nach der Nordwestpassage um Amerika, die Suche nach dem wertvollen Einhorn – nun, das hier ist unser Einhorn, Mondschein. Warum also im Skeptizismus schwelgen? Nimm doch mal dich selbst; bekommst du denn nichts von dem mit, was hier vor sich geht?“

Mondschein befand sich nun seit einer Woche im Forschungszentrum. Er kannte sich noch immer nicht besonders gut auf diesem Gelände aus, aber er hatte schon eine Menge gelernt. Er wußte zum Beispiel, daß eine ganze Stadt nur für Esper drüben, auf der anderen Seite des trockenen Flußbetts, welches das Zentrum in zwei Teile zerschnitt, errichtet worden war. Sechstausend Menschen lebten dort. Keiner war älter als vierzig, und sie vermehrten sich wie die Kaninchen. Fruchtbarkeits-Fließband hieß der Platz allgemein. Man hatte von der Regierung eine Genehmigung erhalten, dort unbegrenzt Kinder zu gebären. Manche Familien hatten bereits fünf bis sechs Kinder.

Ein sehr langsamer Weg, um einen neuen Menschentypus sich entwickeln zu lassen. Man nehme einen Haufen von Personen mit ungewöhnlichen Fähigkeiten, setze ihn in eine abgeschlossene Umgebung, lasse die Leute sich selbst ihre Bettgefährten aussuchen und kann so den genetischen Vorrat vergrößern – nun, das war der eine Weg. Ein anderer Weg bestand darin, direkt am Zellplasma anzusetzen. Auch an dieser Möglichkeit wurde hier gearbeitet, und das auf vielfältige Weise: tektogenetische Mikrochirurgie, polynukleare Verschmelzung, DNS-Manipulationen – man versuchte es mit allen Mitteln. Man schnitt die Gene auf und zerlegte sie, verschob die Chromosomen und wollte die biologischen Systeme dazu bringen, etwas zu replizieren, das sich ein wenig vom Ausgangsmodell unterschied – das war das Ziel.

Wie gut mochte man damit zurechtkommen? Bis jetzt war das noch schwer zu sagen. Es würde fünf bis sechs Generationen dauern, bis man mit den Resultaten etwas anfangen konnte. Als einfacher Altardiener verfügte Mondschein nicht über genug Informationen, um sich ein Urteil darüber erlauben zu können. Genausowenig wußten diejenigen Bescheid, mit denen er Kontakt hatte – in der Hauptsache Techniker. Aber man konnte Spekulationen anstellen, und das taten sie, bis tief in die Nacht hinein.

Was Mondschein weit mehr interessierte als die Experimente am genetischen Material der Esper, waren die Arbeiten an der Lebensverlängerung. Auch hier bedienten sich die Vorster einiger bereits etablierter Techniken. Die Organbanken versorgten sie mit Ersatzstücken für die meisten Körperteile: Lungenflügel, Augen, Herzen, Eingeweide, Bauchspeicheldrüsen und Nieren; alles konnte heute transplantiert werden, indem man sich der verschiedenen Bestrahlungstechniken bediente, um die körpereigenen Abwehrkräfte gegen fremdes Eiweiß auszuschalten. Aber solche Stückwerk-Lebenserhaltung war noch nicht die eigentliche Unsterblichkeit. Die Vorster suchten nach einem Weg, der die Körperzellen dazu brachte, unbrauchbares Gewebe von selbst zu regenieren, so daß der Impuls zum endlosen Leben von innen her kam und nicht von externen Manipulationen.

Mondschein leistete seinen kleinen Beitrag dazu. Wie die meisten rangniedrigen Personen im Zentrum war er dazu vorgesehen, alle paar Tage ein Stückchen seines Fleisches für experimentelle Zwecke abzugeben. Diese Biopsien waren zwar arg lästig, aber sie gehörten auch zur täglichen Routine. Mondschein entrichtete regelmäßig seinen Beitrag an die Spermabank. Als Nicht-Esper diente er als Kontrollparameter für den Fortschritt der Forschungen. Wie sollte man auch das Gen für Teleportation finden? Oder für Telepathie? Für jedes der paranormalen Phänome, die unter dem gemeinsamen Oberbegriff „ESP“ oder „PSI“ versteckt lagen?

Mondschein arbeitete willig mit. Er spielte seine kleine Rolle in der großen Schlacht und war sich darüber bewußt, in diesem Ringen nichts Besseres als ein gewöhnlicher Infanterist zu sein. Er kam von einem Labor zum nächsten und unterwarf sich dort Tests und Spritzen. Und wenn er einmal gerade nicht in den Labors gebraucht wurde, kam er seinen Spezialfähigkeiten nach, nämlich im Atomkraftwerk zu arbeiten, welches das gesamte Zentrum mit Energie versorgte.

Das Leben hier unterschied sich doch von dem in der N'York-Kirche. Keine normalen Leute kamen hierher – keine Gläubigen –, und so war es für Mondschein nicht schwer zu vergessen, daß dies hier eigentlich das Zentrum einer religiösen Bewegung war. Natürlich wurden hier regelmäßig Andachten abgehalten, aber alles lief so professionell ab, daß es allzu oberflächlich wirkte. Ohne die Anwesenheit von Laien war es schwer, sich daran zu erinnern, daß man sich eigentlich in die Hand des Blauen-Feuer-Kults gegeben hatte.

In diesem eher rationalen Klima spürte Mondschein, wie ein Teil seiner bohrenden Ungeduld verebbte. Jetzt brauchte er nicht mehr länger von seiner Versetzung nach Santa Fé zu träumen – er war ja da; im wahrsten Sinn des Wortes, als Teil der Forschungen. Nun konnte er nur noch abwarten, daß die einzelnen Stationen des Fortschritts erreicht wurden – und hoffen.

Er lernte neue Freunde kennen. Er entwickelte neue Interessen. Mit Capodimonte machte er Ausflüge zu den antiken Ruinen, und mit einem schmächtigen Altardiener ging er in den Picuri-Hügeln jagen. Und er trat dem örtlichen Chor bei und sang dort einen leidenschaftlichen Tenor.

Er fühlte sich hier glücklich.

Er wußte natürlich nicht, daß er hier eigentlich für die Häretiker spionieren sollte. Die Erinnerung daran war sehr effektiv aus seinem Bewußtsein gelöscht worden. An deren Stelle befand sich ein abrufbereiter Mechanismus, der in einer Nacht am Septemberanfang ausgelöst wurde. Und ganz plötzlich spürte Mondschein, daß er einem merkwürdigen Zwang ausgesetzt worden war.

Es war die Nacht des Meson-Experiments, die Nacht des Herbstes, in der Tag und Nacht gleich lang waren. Mondschein trug seine blaue Robe und stand zwischen Capodimonte und Weber in der Kirche. Er sah auf das Strahlen des Reaktors und lauschte einer intonierenden Stimme.

„Die Welt dreht sich weiter, und die Konfigurationen ändern sich. Ein bestimmter Energiestoß strömt im Leben der Menschen hoch, wenn sie Zweifel und Ängste hinter sich gelassen haben und die Sicherheit in ihnen geboren wird. Wie ein Lichtblitz kommt dieser Energiestoß – eine Woge der inneren Strahlung, ein Gefühl der Einheit mit . . .“

Mondschein verkrampfte sich. Das waren Vorsterworte, Worte die er schon unzählige Male gehört hatte; Worte, die ihm so vertraut waren, daß sie sich schon fest in sein Gehirn eingegraben hatten. Dennoch schien er sie jetzt zum ersten Mal zu vernehmen. Als die Worte *„ein Gefühl der Einheit“* ausgesprochen wurden, keuchte Mondschein, mußte sich am Vordersitz festkrallen und hätte sich fast vor Schmerzen gekrümmt.

Er hatte den Eindruck, ein scharfes Messer schneide in seinen Eingeweiden.

„Ist mit dir alles in Ordnung?“ flüsterte Capodimonte.

Mondschein nickte. „Nur . . . ach, gar nichts . . .“

Er zwang sich, wieder gerade zu stehen. Aber er wußte, daß er ganz und gar nicht in Ordnung war. Irgend etwas stimmte nicht, aber er konnte die Ursache dafür nicht erkennen. Er war besessen. Er war nicht länger Herr seiner selbst. Ob er wollte oder nicht, er mußte dem inneren Befehl gehorchen, dessen Natur er sich im Moment nicht erklären konnte. Aber er spürte, daß er zum rechten Zeitpunkt alles erfahren würde; und er wußte, daß er sich dem Befehl nicht widersetzen könnte.

7

Sieben Stunden später, zu tiefsten Nachtzeit, wußte Mondschein, daß es soweit war.

Schweißgebadet erwachte er und schlüpfte in seine Robe. Im Schlafsaal herrschte Ruhe. Er gelangte leise in die Halle hinunter und trat in den Antigrav-Schacht. Wenige Augenblicke später befand er sich auf dem Platz vor den Wohneinheiten.

Die Nacht war kalt. Hier auf diesem Plateau verging die Hitze des Tages rasch, sobald sich erst einmal die Dunkelheit über das Land gesenkt hatte. Leicht zitternd lief Mondschein durch die Straßen des Zentrums. Nirgends standen Wachen; in dieser sorgfältig abgesperrten und von Überwachungsschirmen peinlich genau gesicherten Kolonie der Gläubigen brauchte niemand etwas zu befürchten. Irgendwo mochte vielleicht ein aufmerksamer Esper wach sein und nach feindlichen Gedanken Ausschau halten. Aber von Mondschein strömte nichts Feindliches aus. Er wußte ja gar nicht, wohin er ging oder was er überhaupt vorhatte. Der Zwang, der ihn dazu trieb, befand sich so tief versteckt in seinem Gehirn, daß er von den begrenzten Fähigkeiten eines Espers nicht entdeckt werden konnte. Der Zwang befehligte Mondscheins Bewegungszentrum, hütete sich aber vor seinem Bewußtsein.

Mondschein gelangte zu einem Informationszentrum, einem heruntergekommenen Ziegelsteingebäude ohne Fenster. Mondschein preßte eine Hand gegen den Türschirm und wartete darauf, identifiziert zu werden. Im Bruchteil einer Sekunde wurde seine Handfläche analysiert, in der Personalliste identifiziert, und er wurde eingelassen.

In seinem Gehirn strömte das Wissen davon hoch, was er hier suchte: eine holographische Kamera.

Solche Gegenstände befanden sich im ersten Stock. Mondschein ging in den Lagerraum, öffnete einen Wandschrank und entnahm ihm einen kompakten Gegenstand von etwa fünfzehn Zentimetern im Quadrat. Ohne übertriebene Eile verließ er das Gebäude wieder. Die Kamera hatte er im Ärmel verschwinden lassen.

Mondschein überquerte einen weiteren Platz und näherte sich dem Labor XXIa, wo die Langlebigkeitsforschung betrieben wurde. Tagsüber war er zuletzt dort gewesen, um an sich eine Biopsie vornehmen zu lassen. Flink trat er nun durch die sich öffnende Tür und ging in das Kellerstockwerk. Er betrat einen kleinen Raum zu seiner Linken. An der hinteren Wand befand sich auf einer Werkbank ein photomikrographisches Magazin. Mondschein berührte mit dem Knöchel den Schirmaktivator, und eine Förderkette transportierte die Photomikrographien in einen Projektor. Die Bilder erschienen im Zuschauerobjektiv.

Mondschein aktivierte seine Kamera und machte von jeder Photomikrographie, sobald sie erschien, ein Hologrammbild. Die Arbeit ging rasch vonstatten. Der Laserstrahl der Kamera blitzte hinaus, schoß auf die gewünschten Objekte zu, schoß wieder zurück und kreuzte im 45°-Winkel einen zweiten Strahl. Die Hologramme würden ohne die richtige Sicht- und Projektionsanlage nicht zu verwerten sein; nur ein zweiter Laserstrahl, der im gleichen Winkel stand wie der, mit dem die Hologramme gemacht worden waren, konnte die undurchschaubaren Muster aus sich miteinander kreuzenden Kreisen auf den Platten in richtige Bilder verwandeln. Mondschein wußte, daß diese Bilder dreidimensional und von ausgezeichneter Wiedergabequalität sein würden. Aber zu keiner Zeit hielt er inne, um sich Gedanken über den Zweck zu machen, dem sie zugeführt werden sollten.

Er lief durch das ganze Labor und photographierte alles, was irgendwie wichtig sein konnte. Die Kamera konnte mehrere hundert Bilder schießen, ohne nachgeladen zu werden. Mondschein drückte wieder und wieder auf den Auslöser. Nach zwei Stunden hatte er im wahrsten Sinn des Wortes das gesamte Labor im Bild festgehalten.

Er trat wieder hinaus, und die Morgenfrische ließ ihn etwas frösteln. Das Morgengrauen setzte ein. Mondschein brachte die Kamera dorthin zurück, wo er sie hergeholt hatte, nachdem er den holographischen Film daraus entfernt hatte. Die Filmbilder waren winzig, die gesamte Kapsel war nur wenig größer als ein Daumennagel. Er ließ sie in seine Brusttasche gleiten und kehrte zum Schlafsaal zurück.

In dem Moment, wo sein Kopf das Kissen berührte, hatte er bereits vergessen, daß er in dieser Nacht den Raum verlassen hatte.

Am Morgen sagte Mondschein zu Capodimonte: „Laß uns heute nach Frijoles fahren."

„Das scheint dir ja wirklich Spaß zu machen, was?" sagte Capodimonte und grinste.

Mondschein zuckte die Achseln. „Das ist nur eine vorübergehende Laune. Ich möchte gern die Ruinen sehen. Was ist denn schon dabei?"

„Wir könnten ja auch nach Puye fahren. Dort bist du noch nicht gewesen. Puye ist sehr beeindruckend und eigentlich ganz anders als . . ."

„Nein", sagte Mondschein. „Frijoles. Einverstanden?"

Sie erhielten die Erlaubnis, das Zentrum zu verlassen – für untere Technikerdienstgrade war das nicht allzu schwer –, und am frühen Nachmittag fuhren sie nach Westen zu den indianischen Ruinen. Der Gleiter summte die Straße nach Los Alamos entlang – zu einer früheren Zeit war auch diese Stadt eine geheime wissenschaftliche Forschungsstätte gewesen –, bogen dann aber vor Los Alamos nach links ins Bandelier-Denkmalschutzgebiet ab. Hier rumpelten sie etliche Meilen über eine altertümliche Asphaltstraße, bis sie das Zentrum des Schutzgebietes erreichten.

Der Ort war eigentlich nie überlaufen, und nun, da der Sommer vorüber war, befand sich so gut wie niemand hier. Die beiden Altardiener schlenderten mit dem Gleiter über die Hauptstraße an der halbkreisförmigen, am Boden eines Cañons errichteten Puebloruine vorbei, die unter dem Namen Tyuonyi bekannt war; sie war in das vulkanische Tuffgestein hineingegraben worden. Dann fuhren sie über den gewundenen Pfad hoch zu den Höhlenbehausungen. Als sie die Kiva erreichten, eine ausgehöhlte Kammer, die einst den prähistorischen Indianern als Kultstätte diente, sagte Mondschein: „Warte eine Minute. Ich möchte einen Blick hineinwerfen."

Er mühte sich die Holzleiter hoch und kraxelte in die Kiva. Ihre Wände waren vom Rauch antiker Feuer geschwärzt. An der Wand zog sich eine Reihe von Nischen entlang, wo einst Objekte von höchster religiöser Wichtigkeit abgelegt worden waren. Ruhig und ohne eigentlich zu wissen, was er da tat, zog Mondschein den winzigen Hologrammfilm aus der Tasche und legte ihn in eine unauffällige Ecke der am weitesten links liegenden Nische. Er verbrachte noch einen Moment damit, sich in der Kiva umzusehen, und stieg dann wieder hinaus.

Capodimonte saß auf einem weichen, weißen Stein an der Basis eines Felsens und betrachtete eine hohe, rotfarbene Felswand am anderen Ende des Cañons. Mondschein sagte: „Hättest du Lust, heute mal eine richtige Wanderung zu unternehmen?"

„Wohin? Zu den Frijoles-Ruinen?"

„Nein", sagte Mondschein. Er zeigte auf die Spitze der Cañonwand. „Raus nach Yapashi. Oder zu den Steinlöwen."

„Das sind über zehn Meilen", sagte Capodimonte. „Und wir sind dort schon Mitte Juli wandern gegangen. Also, dazu fehlt mir im Moment die rechte Lust, Chris."

„Dann fahren wir wieder nach Hause."

„Du brauchst doch nicht gleich einzuschnappen", sagte Capodimonte. „Paß mal auf, wir können doch auch zur Zeremonienhöhle laufen. Das ist eine nicht gar so lange Wanderung. Man soll nichts übertreiben, Chris."

„Na gut“, sagte Mondschein, „also die Zeremonienhöhle.“

Er marschierte mit großen, schnellen Schritten los. Sie hatten noch keine Viertelmeile hinter sich gebracht, da war der beleibte Capodimonte schon völlig außer Atem. Grimmig stapfte Mondschein weiter, und Capodimonte hatte Schwierigkeiten, mit ihm Schritt zu halten. Sie erreichten die Höhle, besichtigten sie kurz und kehrten dann wieder um. Als sie dann zur Schutzgebietsverwaltung kamen, sagte Capodimonte, daß er dringend eine Pause benötige, und er wolle noch einen Imbiß zu sich nehmen, bevor sie zum Forschungszentrum zurückfuhren.

„Na, dann geh mal“, sagte Mondschein. „Ich werde mich solange im Andenkenladen umsehen.“

Er wartete, bis Capodimonte verschwunden war. Dann betrat er den Andenkenladen und ging sofort in die Telefonzelle. Eine Nummer tauchte schlagartig in seinem Gehirn auf. Schon vor Monaten war sie dort hypnotisch eingepflanzt worden, während er in der Nichts-Kammer geschlummert hatte. Er warf Geld in den Schlitz und drückte die Nummer.

„Ewige Harmonie“, antwortete eine Stimme.

„Hier spricht Mondschein. Ich möchte mit jemandem aus der Abteilung dreizehn sprechen.“

„Einen Moment bitte.“

Mondschein wartete. Sein Bewußtsein war leer, im Moment war er so etwas wie ein Schlafwandler.

Eine schnurrende, hauchende Stimme sagte schließlich: „Schießen Sie los, Mondschein. Berichten Sie uns das Notwendige.“

Mit knappen, präzisen Worten erklärte Mondschein, wo er den Hologramm-Film versteckt hatte. Die schnurrende Stimme dankte ihm. Mondschein hängte ein und verließ die Zelle. Wenige Augenblicke später betrat Capodimonte den Andenkenladen. Er wirkte satt und erholt.

„Hast du was Schönes zum Kaufen gefunden?“ fragte er.

„Nein“, sagte Mondschein. „Laß uns gehen.“

Capodimonte saß am Steuer. Mondschein betrachtete im

Vorbeifahren die Landschaft und verfiel in tiefes Grübeln. *Warum bin ich heute hierhergekommen?* fragte er sich. Er konnte sich keinen Reim darauf machen. Mondschein erinnerte sich an nichts mehr – nicht an das kleinste Detail seiner Spionage. Die Auslöschung war vollständig.

8

Eine Woche später holten sie ihn um Mitternacht. Ein schwerer Robot rumpelte ohne Warnung in seine Schlafkabine und postierte sich neben seinem Bett. Die großen Greifwerkzeuge standen bereit, ihn zu ergreifen, falls er Reißaus nehmen wollte. Der Robot wurde von einem Mann mit scharfgeschnittenem Gesicht begleitet. Er hieß Magnus und war einer der höhergestellten Brüder im Zentrum.

„Was ist denn los?" fragte Mondschein.

„Zieh dich an, Spion. Komm mit zum Verhör."

„Ich bin kein Spion. Da muß ein Irrtum vorliegen, Bruder Magnus."

„Hebe dir deine Ausreden für später auf, Mondschein. Los. Steh auf. Und versuche nicht, Gewalt anzuwenden."

Mondschein stand vor einem Rätsel. Aber er wußte, daß es keinen Sinn hatte, mit Magnus darüber zu debattieren; besonders nicht mit vierhundert Kilogramm blitzschnell reagierender, metallischer Intelligenz im gleichen Raum. Verwirrt verließ der Altardiener sein Bett und schlüpfte in die Robe. Er folgte Magnus nach draußen. Unterwegs trafen sie auf viele andere, die Mondschein anstarrten. Verstecktes Getuschel ließ sich vernehmen.

Zehn Minuten später fand sich Mondschein in einem kreisrunden Raum im vierten Stock des Hauptverwaltungsgebäudes vom Forschungszentrum wieder. Er war von mehr Bruderschaftsmönchen umgeben, als er je auf einem Fleck zusammen gesehen hatte. Acht Brüder standen dort, und allesamt bekleideten sie hohe Ränge. Ein Knoten bildete sich in Mondscheins Magen. Licht stach ihm in die Augen.

„Die Esperin ist da", murmelte jemand.

Man hatte ein Mädchen geschickt. Sie mochte kaum sechzehn sein, hatte ein teigiges Gesicht und war auch sonst recht unansehnlich. Ihre Haut war von kleinen roten Bläschen überzogen. Die Augen waren in ständiger Alarmbereitschaft, glänzten auf unangenehme Weise und standen niemals still. Mondschein war sie schon vom ersten Augenblick an unsympathisch. Aber er bemühte sich, dieses Gefühl zu unterdrücken, da er wußte, daß sie sein Schicksal mit einem Wort besiegeln konnte. Aber sein Manöver war natürlich sinnlos. Sie entdeckte seine Antipathie schon in dem Moment, als sie zur Tür hereintrat. Ihre plumpen Lippen verzogen sich kurz zu einem Lächeln. Sie richtete ihren plumpen Körper auf.

Inspektor Magnus sagte: „Das ist der Mann. Was lesen Sie in seinen Gedanken?"

„Angst. Haß. Trotz."

„Und wie steht's mit seiner Loyalität?"

„Seine Loyalität gehört am ehesten seiner eigenen Person", sagte die Esperin und verschränkte selbstgefällig die Hände vor dem Bauch.

„Hat er uns hintergangen?" wollte Magnus wissen.

„Nein, ich entdecke nichts, das darauf hinweisen würde."

Mondschein fragte: „Wenn ich darum bitten dürfte, mich über den Grund dieser . . ."

„Still", sagte Magnus mit lähmender Stimme.

Ein anderer Inspektor sagte: „Aber die Beweislast ist unumstößlich. Vielleicht macht das Mädchen etwas falsch."

„Durchleuchten Sie ihn intensiver", ordnete Magnus an. „Gehen Sie Tag für Tag in seiner Erinnerung zurück. Übersehen Sie nichts. Sie wissen, wonach wir suchen."

Fassungslos sah Mondschein auf die ihn umgebenden steinernen Gesichter, um jemanden zu finden, an den er sich wenden konnte. Das Mädchen schien Schadenfreude zu empfinden. *Stinkige Voyeurin,* dachte Mondschein. *Viel Vergnügen.*

Das Mädchen sagte dünn: „Er glaubt, das hier mache mir Spaß. Er sollte bei Gelegenheit mal durch eine Abtrittsgrube schwimmen, wenn er unbedingt wissen will, wie es mir ergeht."

„Durchleuchten Sie ihn", sagte Magnus. „Es ist schon spät, und wir haben ihm noch eine Menge Fragen zu stellen."

Sie nickte. Mondschein wartete auf irgendein Gefühl oder so etwas Ähnliches, das ihn darüber aufklärte, daß seine Erinnerungen durchsucht wurden; vielleicht das Gefühl von unsichtbaren Fingern, die sein Gehirn durchbohrten. Aber er spürte nichts dergleichen. Lange Augenblicke vergingen in völligem Schweigen. Dann warf das Mädchen triumphierend den Kopf hoch.

„Die Nacht zum 13. März ist gelöscht worden."

„Können Sie die Löschung durchbrechen?" fragte Magnus.

„Unmöglich. Hier sind Experten am Werk gewesen. Sie haben die ganze Nacht aus seiner Erinnerung herausgeschnitten. Und sie haben die Lücke vollständig mit künstlichen Erinnerungen ausgefüllt. Er hat keine Ahnung, was er angestellt hat", sagte das Mädchen.

Die Inspektoren tauschten untereinander Blicke aus. Mondschein spürte, wie ihm der Schweiß durch die Kleidung drang. Der scharfe Geruch stach ihm in der Nase. Ein Muskel pochte an seiner Wange, und seine Stirn schmerzte mörderisch, aber er ließ sich nichts anmerken.

„Sie können gehen", sagte Magnus.

Nachdem die Esperin verschwunden war, lockerte sich die Atmosphäre ein wenig, aber Mondschein sah noch keinen Anlaß, sich zu entspannen. Völlig leer und hoffnungslos, kam der Altardiener sich so vor, als sei er vor Gericht geschleppt und dort im voraus für ein Verbrechen verurteilt worden, von dessen Natur er nicht die leiseste Ahnung hatte. Ihm fielen einige von den grausamen Geschichten über die Rachsucht der Bruderschaft ein: über den Mann, dem man das Schmerzzentrum entfernt hatte . . . über den Esper, den man angebunden und einer ungeheuren Überreizung ausgesetzt hatte ... über den Biologen, bei dem man einen operativen Eingriff in die weiße Gehirnsubstanz vorgenommen hatte ... über den verräterischen Inspektor, den man sechsundneunzig Stunden an einem Stück in die Nichts-Kammer gesteckt hatte. Mondschein begriff, daß er schon sehr bald am eigenen Leib herausfinden konnte, wieviel grausame Wahrheit in diesen Geschichten steckte.

Magnus sagte: „Zu Ihrer Information, Mondschein: Jemand ist in das Langlebigkeitslabor eingebrochen und hat alles von Interesse mit einer holographischen Kamera aufgenommen. Eine saubere Arbeit, wenn man einmal davon absieht, daß wir dort über ein Alarmsystem verfügen. Und Sie hatten das Pech, erkannt zu werden."

„Sir, ich schwöre Ihnen, ich habe niemals auch nur einen Fuß ..."

„Ach lassen Sie das doch, Mondschein. Am darauffolgenden Morgen haben wir dort eine Neutronenaktivierungsanalyse vorgenommen, nur so aus Routine. Wir haben Spuren von Wolfram und Molybdän entdeckt, die von Ihnen herabgefallen sein müssen, während Sie die Hologramme geschossen haben. Sie weisen Ihr Hautmuster auf. Es hat uns einige Zeit gekostet, bis wir auf Sie gestoßen sind. Aber jetzt ist kein Zweifel mehr möglich: das gleiche Neutronenmuster auf der Kamera, auf Laborgegenständen und auf Ihrer Hand. Sie sind als Spion zu uns geschickt worden, ob Ihnen das nun bewußt ist oder nicht."

Ein anderer Inspektor sagte: „Kirby ist gekommen."

„Ich wüßte gern, was er dazu zu sagen hat", murmelte Magnus düster.

Mondschein sah, wie die hagere, langgliedrige Gestalt von Reynolds Kirby den Raum betrat. Seine dünnen Lippen waren fest aufeinandergepreßt. Er schien um zehn Jahre gealtert zu sein, seit Mondschein ihn zum letzten Mal in Langholts Büro gesehen hatte.

Magnus wirbelte herum und sagte mit unüberhörbarer Empörung: „Das ist Ihr Schützling, Kirby. Wie stehen Sie heute zu ihm?“

„Er ist nicht mein Schützling.“

„Sie haben seine Versetzung hierher veranlaßt“, schnappte Magnus barsch. „Vielleicht sollten wir auch Sie einmal durchleuchten, was? Jemand hat eine scharfe Bombe hier hereingeschmuggelt, und sie ist explodiert. Er hat ein komplettes Labor verraten.“

„Vielleicht nicht“, sagte Kirby. „Vielleicht trägt er die Daten immer noch bei sich.“

„Er hielt sich am Tag nach dem Eindringen ins Labor außerhalb des Zentrums auf. Er und ein anderer Altardiener haben antike, indianische Ruinen besichtigt. Da können Sie aber wirklich sicher sein, daß er dort draußen die Hologramme in einem toten Briefkasten deponiert hat.“

„Haben Sie denn den Kurier fassen können?“ fragte Kirby.

„Wir sollten wieder zum Thema zurückkommen“, sagte Magnus. „Das Thema lautet nämlich, daß dieser Mann auf Grund Ihrer Empfehlung ins Zentrum gekommen ist. Sie haben ihn aus dem Nichts herausgefischt und hier untergebracht. Was wir alle gerne wissen möchten, ist, wo haben Sie ihn her, und warum haben Sie ihn gerade hierher gebracht? Na?“

In Kirbys fleischlosem Gesicht arbeitete es einen Moment lang stumm. Er warf Mondschein einen finsteren Blick zu und starrte Magnus noch frostiger an. Gedehnt sagte er schließlich: „Ich kann die Verantwortung für die Versetzung dieses Mannes nach hierher nicht übernehmen. Tatsächlich hat er mich im Februar angeschrieben und bat darum, von seinen normalen Kirchendiensten entbunden und nach Santa Fé geschickt zu werden. Er hatte sich über den normalen Instanzenweg hinweggesetzt, und so habe ich den Brief an seine örtlichen Vorgesetzten zurückgesandt und weiter vorgeschlagen, Mondschein etwas zu disziplinieren. Einige Wochen später erhielt ich die Instruktion, er solle hierher versetzt werden. Ich war verwundert, um es einmal milde auszudrücken, aber ich gehorchte der Anweisung. Das ist alles, was ich über Christopher Mondschein weiß."

Magnus streckte einen Zeigefinger aus und hob ihn hoch. „Einen Moment bitte, Kirby. Sie sind ein Inspektor. Also, wer sollte Ihnen schon Anordnungen geben können? Wie kann man Sie dazu zwingen, eine Überweisung nach Santa Fé anzusetzen, wenn Sie einen derart hohen Posten innehaben?"

„Die Anordnung stammte von einer noch höheren Stelle."

„Das klingt für mich nicht sehr wahrscheinlich", sagte Magnus.

Mondschein saß mäuschenstill da; obwohl es seine eigene Aburteilung war, fesselte ihn doch dieses Duell zwischen den Inspektoren. Er hatte nie verstanden, wie es zu seiner Versetzung gekommen war; und so, wie es jetzt aussah, schien auch niemand anders den Grund dafür zu wissen.

Kirby sagte: „Die Anordnung stammt von einer Stelle, deren Namen ich nicht nennen darf."

„Wohinter wollen Sie sich jetzt verstecken, Kirby?"

„Sie strapazieren meine Geduld in kaum noch vertretbarer Weise, Inspektor Magnus", sagte Kirby gepreßt.

„Ich möchte nur wissen, wer uns diesen Spion ins Nest gelegt hat."

Kirby atmete tief ein. „Also gut", sagte er. „Ich werde es Ihnen sagen. Sie alle sollen meine Zeugen sein. Die Anordnung kam von Vorst. Noel Vorst rief mich an und sagte, er wolle, daß dieser Mann nach Santa Fé geschickt werde. Vorst hat ihn überwiesen. *Vorst!* Was sagen Sie nun?"

9

Man war noch lange nicht mit dem Verhör Mondscheins fertig. Unmengen von Espern untersuchten ihn und versuchten, die Löschung zu durchbrechen, aber sie hatten keinen Erfolg. Man versuchte es auch mit organischen Methoden: Mondschein wurde mit allen Arten von Wahrheitsseren vollgepumpt, angefangen vom Natrium-Pentothal bis hin zu den modernsten Mitteln. Ganze Kompanien von Brüdern mit unbeweglichen Gesichtern fragten Mondschein erbarmungslos aus. Der Altardiener ließ sie die letzten Geheimnisse seiner Seele offenlegen, so daß auch das letzte bißchen Schlechtigkeit, jeder selbstsüchtige Augenblick seines Lebens, eben alles, was ihn zum Menschen machte, wie ein aufgeschlagenes Buch vor ihnen lag. Aber sie entdeckten nichts, was ihnen weiterhelfen konnte. Ebensowenig brachte ein vierstündiger Aufenthalt Mondscheins in der Nichts-Kammer die gewünschten Ergebnisse; die Folge war nur, daß das Gehirn des Altardieners noch drei Tage später viel zu schwammig war, um ihm die Möglichkeit zu geben, auf eine Frage zu antworten.

Mondschein war genauso verwirrt wie die anderen. Er hätte freudig seine verruchtesten Sünden eingestanden; und tatsächlich *beichtete* er auch etliche Male während der endlosen Verhöre, bloß um die Last von seiner Seele zu nehmen. Aber die Esper erkannten natürlich diese Beweggründe und lachten höhnisch über seine Bekenntnisse. Er wußte, daß er irgendwie den Feinden der Bruderschaft in die Hände gefallen war und mit ihnen einen Pakt geschlossen hatte, den er auch getreulich erfüllt hatte. Aber im Grunde konnte er sich an keine Einzelheit erinnern. Ganze Segmente seines Erinnerungsvermögens waren verschwunden, und das bereitete ihm Angst.

Er wußte, daß er erledigt war. Natürlich würden sie ihn nicht in Santa Fé bleiben lassen. Sein Traum, bereitzustehen, wenn die Unsterblichkeit erreicht sein würde, war nun ausgeträumt. Sie würden ihn mit flammenden Schwertern hinaustreiben, und er würde verwelken und immer älter werden; und er würde sich verfluchen, seine große Chance vertan zu haben. Davon abgesehen konnten sie ihn auch einfach töten oder ihn mit einer subtilen Methode bestrafen, die langsam, aber unaufhaltsam seinen Körper zerstörte.

Ein leichter Dezemberschnee fiel an jenem Tag vom Himmel, als Inspektor Kirby erschien und ihm das Urteil verkündete.

„Sie können gehen, Mondschein“, sagte der große Mann düster. Er benutzte jetzt wieder die förmliche Anrede, die nur im Verkehr mit Nichtmitgliedern der Bruderschaft sowie unter den höchsten Würdenträgern üblich war.

„Gehen? Wohin?“

„Wohin Sie wollen. Ihr Fall ist entschieden worden. Sie sind für schuldig befunden worden, aber es bestehen berechtigte Zweifel daran, daß Sie mit voller Absicht gehandelt haben. Sie werden aus der Bruderschaft ausgestoßen, doch ansonsten droht Ihnen keine weitere Bestrafung.“

„Heißt das, daß ich auch als Gemeindemitglied aus der Kirche ausgestoßen bin?“

„Nicht unbedingt. Das liegt ganz an Ihnen. Falls Sie eine Andacht besuchen wollen, werden wir Ihnen den Trost unseres Glaubens nicht verweigern“, sagte Kirby. „Aber Sie können auf keinen Fall mehr eine Position in unserer Kirche besetzen. Sie haben gegen uns intrigiert, und wir können Sie daher in Zukunft nicht mehr in unseren Reihen dulden. Es tut mir leid, Mondschein.“

Mondschein tat es auch leid, aber andererseits fühlte er sich auch erleichtert. Sie wollten keine Rache an ihm nehmen. Er hatte nichts verloren, bis auf seine Chance, am ewigen Leben teilhaftig zu werden, und möglicherweise würde er so wie jeder andere normale Gläubige doch noch in diesen Genuß kommen.

Natürlich war es vorbei mit seiner Möglichkeit, in der Vorster-Hierarchie aufzusteigen. Aber da gab es ja noch eine andere Rangordnung, dachte Mondschein, wo man erheblich leichter nach oben kommen konnte.

Die Bruderschaft brachte ihn anstandslos in die Stadt Santa Fé, versah ihn mit etwas Geld und gab ihn frei. Mondschein begab sich unverzüglich in die nächste Kirche der Transzendenten Harmonie, die sich in Albuquerque, etwa zwanzig Minuten Fahrt, befand.

„Wir haben Sie schon erwartet“, erklärte ihm dort ein Harmonist in einer wallenden grünen Robe. „Ich bin angewiesen, meine Vorgesetzten sofort in Kenntnis zu setzen, sobald Sie hier auftauchen.“

Mondschein überraschte das nicht. Auch verwunderte es ihn nicht sonderlich, daß man ihm kurze Zeit später erklärte, er solle unverzüglich mit einem Schnellgleiter nach Rom gebracht werden. Außerdem wurde ihm gesagt, daß die Harmonisten für alle seine Unkosten aufkämen.

Eine schlanke Frau mit chirurgisch veränderten Lidern holte ihn am Flughafen Rom ab. Sie kam ihm nicht bekannt vor, aber sie lächelte ihn an, als seien sie alte Freunde. Er wurde von ihr in ein Haus auf der Via Flaminia geführt, etwa ein Dutzend Meilen nördlich von Rom gelegen. Dort erwartete ihn ein stämmiger, fahlgesichtiger Harmonistenbruder, der über eine riesige Nase verfügte.

„Willkommen“, sagte der Harmonist. „Erinnern Sie sich an mich?“

„Nein, ich – ja. *Ja!*“

Plötzlich fiel ihm alles wieder ein; das verwirrte ihn und ließ ihn schwanken. Drei Häretiker hatten sich damals in diesem Raum befunden, nicht bloß einer. Und man hatte ihm Wein zu trinken gegeben und ihm eine Stelle in der Harmonistenhierarchie angeboten. Er hatte zugestimmt und sich nach Santa Fé einschleusen lassen – als Soldat im großen Kreuzzug, als Streiter des Lichts, als Spion der Harmonisten.

„Sie haben sehr gute Arbeit geleistet, Mondschein“, sagte der Häretiker salbungsvoll. „Wir haben nicht erwartet, daß man Sie so rasch fassen würde; aber wir besaßen auch keine vollständigen Kenntnisse über ihre Sicherheits- und Ermittlungsverfahren. Wir konnten Sie nur gegen die Esper schützen, und das ist uns wohl hinreichend gelungen. Aber alles in allem sind die Informationen, die Sie uns überbrachten, außerordentlich nützlich für uns.“

„Und Sie werden Ihren Teil des Abkommens einhalten? Bekomme ich einen Posten auf der zehnten Ebene?“

„Selbstverständlich. Sie haben doch wohl nicht angenommen, wir würden Sie hintergehen, oder? Sie nehmen an einem dreimonatigen Ideologie-Kurs teil, damit Sie Einsicht in unsere Bewegung erhalten. Dann werden Sie in Ihren neuen Aufgabenbereich in unserer Organisation eingesetzt. Was wäre Ihnen lieber, Mondschein – der Mars oder die Venus?"

„Mars oder Venus? Ich fürchte, da kann ich Ihnen nicht folgen."

„Wir setzen Sie in unserer Missionsabteilung ein. Sie werden die Erde im nächsten Sommer verlassen, um unsere Arbeit in einer der Kolonien zu fördern. Sie haben die freie Auswahl, sich für die Welt zu entscheiden, die Ihnen am meisten zusagt."

Mondschein war wie betäubt. So etwas war niemals seine Absicht gewesen.

Man verkaufte sich mit Haut und Haaren den Häretikern, bloß um auf eine fremde Welt verschifft zu werden und dort möglicherweise den Märtyrertod zu sterben – nein, so etwas hätte er nie erwartet.

Faust hat seine Schwierigkeiten auch nicht voraussehen können, dachte Mondschein bitter.

Er sagte: „Was ist das denn nun wieder für eine Gemeinheit? Sie haben kein Recht, mich zum Missionar zu machen!"

„Wir haben Ihnen einen Posten auf der zehnten Ebene angeboten", sagte der Harmonist ganz ruhig. „Die Wahl der Abteilung blieb jedoch uns vorbehalten."

Mondschein schwieg. Ein wildes Pochen tobte in seinem Schädel. Das Gesicht des Harmonisten schien sich zu verwischen und zu zittern. Es blieb ihm frei zu gehen – einfach zur Tür hinaustreten und in der Masse zu verschwinden, ein Nichts zu werden. Oder er konnte annehmen und zu einem – ja, was? – werden. Alles Denkbare.

Schon nach sechs Wochen sterben . . . nichts war ausgeschlossen.

„Ich nehme an", sagte er. „Die Venus. Ich gehe zur Venus." Seine Worte klangen wie das Zukrachen einer Zellentür.

Der Harmonist nickte. „Das dachte ich mir“, sagte er. Er wandte sich ab, um nach draußen zu gehen, hielt dann aber inne und starrte Mondschein neugierig an. „Haben Sie wirklich geglaubt, Sie könnten sich Ihren Posten aussuchen, Sie – *Spion?*“

Wohin die Veränderten gehen
2135

1

Der venusische Junge tanzte behende um die Ansammlung von Unheilspilzen hinter der Kirche herum. Geschickt und erfahren wich er den graugrünen Mordpflanzen aus. Er übersprang die gummiartige Vertiefung des Klebbaums und näherte sich der ordentlichen Reihe von namenlosen spitzen Stöcken, die den Hintergarten umgaben. Der Junge grinste die Stöcke an, und sie taten sich vor ihm auf, genauso wie einst das Rote Meer sich aufgetan hatte, um Moses hindurchzulassen.

„Hier bin ich", sagte er zu Nicholas Martell.

„Ich dachte nicht, daß du zurückkehren würdest", sagte der Vorster-Missionar.

Der Junge – er hieß Elwhit – sah ihn schelmisch an. „Bruder Christopher sagte, ich dürfe nicht mehr zurückkommen. Deshalb bin ich jetzt hier. Erzähle mir etwas vom Blauen Feuer. Kannst du tatsächlich bewirken, daß die Atome Licht geben?"

„Komm mit rein", sagte Martell.

Der Junge repräsentierte seinen ersten Erfolg, seit Martell auf die Venus gekommen war; allerdings war es bislang noch ein sehr mäßiger Erfolg. Aber Martell bereitete das keinen großen Kummer. Immerhin war der erste Schritt getan. Ein ganzer Planet stand hier bereit, erobert zu werden. Vielleicht sogar ein ganzes Universum.

In der Kirche wurde der Junge ganz leise, so als sei er plötzlich schüchtern geworden. Er mochte kaum älter als zehn Jahre sein, überlegte Martell. War er nur aus Boshaftigkeit hierhergekommen? Oder kam er als Spion der Häretikerkirche, die ein Stück weiter die Straße hinunter lag? Egal, Martell wollte ihn als potentiellen Konvertierenden behandeln. Er aktivierte den Altar, und das Blaue Feuer durchzog den kleinen Raum. Farben tanzten auf den Streben der gerippten hölzernen Decke. Energie wogte in dem Kobalt-Würfel, und die ungefährlichen, aber dramatischen Strahlen entlockten Elwhit ein furchtsames Keuchen.

„Das Feuer ist ein Symbol", murmelte Martell. „Dem Universum liegt eine tiefe Einheit zugrunde – die gewöhnlichen Bausteine, verstehst du? Weißt du, was atomare Partikel sind? Protonen, Elektronen, Neutronen? Die Dinge, aus denen alles gemacht ist?"

„Ich kann sie berühren", sagte Elwhit. „Ich kann sie bewegen."

„Willst du mir das einmal zeigen?" Martell erinnerte sich daran, wie der Junge die messerscharfen Stöcke im Hintergarten geteilt hatte. Ein Blick, ein geistiger Impuls, und schon hatten sie sich aufgetan. Diese Venusier beherrschten Telekinese – dessen war Martell sich sicher. „Wie bewegst du denn Dinge?" fragte er.

Der Junge reagierte nur mit einem Achselzucken auf die Frage und schien sie nicht weiter zu beachten. „Erzähle mir mehr vom Blauen Feuer", sagte er.

„Hast du das Buch gelesen, das ich dir gegeben habe? Das Buch von Vorst? Darin steht alles, was du wissen mußt."

„Bruder Christopher hat es mir abgenommen."

„Hast du es ihm denn gezeigt?" sagte Martell verdutzt.

„Er wollte wissen, warum ich zu dir gegangen bin. Ich sagte, du hättest mit mir gesprochen und mir ein Buch gegeben. Er nahm das Buch, und ich bin zurückgekommen. Sag mir, warum du hier bist, und sag mir, was du lehrst."

Martell hatte nicht damit gerechnet, daß sein erster Gläubiger ein Kind sein würde. Vorsichtig sagte er: „Unsere Religion ist jener, die Bruder Christopher lehrt, sehr ähnlich. Aber es gibt einige Unterschiede. Seine Leute legen viel Wert auf Geschichten. Die Geschichten sind ganz gut, aber es sind eben nur Geschichten."

„Meinst du die von Lazarus?"

„Genau. Es sind Märchen und nicht mehr. Wir bemühen uns,

auf solche Mittel nicht angewiesen zu sein. Wir bemühen uns, direkt mit den Grundlagen des Universums in Verbindung zu treten. Wir . . ."

Der Junge verlor das Interesse. Er zupfte an seiner Tunika und rutschte unruhig auf dem Stuhl herum. Der Altar faszinierte ihn in Wahrheit und sonst nichts. Die leuchtenden Augen schweiften immer wieder dorthin.

Martell sagte: „Das Kobalt ist radioaktiv. Es ist eine Quelle der Beta-Strahlung – Elektronen. Sie strömen durch den Tank und setzen Photonen frei. Daher stammt auch das Licht."

„Ich kann das Licht anhalten", sagte der Junge. „Wirst du böse, wenn ich es anhalte?"

Martell wußte, daß dies eigentlich ein Sakrileg war. Aber er glaubte, daß es ihm vergeben würde. Jeder Beweis von Telekinese oder Teleportation, den er erhalten konnte, würde sich als nützlich erweisen.

„Fang an", sagte er.

Der Junge rührte sich nicht. Aber die Strahlung wurde abgeschwächt. Es schien, als würde eine unsichtbare Hand in den Reaktor hineingreifen und die herumschießenden Partikel aufhalten. Telekinese auf subatomarer Ebene! Martell verspürte gleichzeitig Begeisterung und furchtvolles Frösteln, während er die Lichtabschwächung beobachtete. Plötzlich loderte es wieder hell auf. Schweißperlen glänzten auf der bläulich-purpurfarbenen Stirn des Jungen.

„Das war's", verkündete Elwhit.

„Wie machst du das?"

„Ich greife einfach hinein." Der Junge lachte. „Kannst du das nicht?"

„Ich fürchte, nein", sagte Martell. „Hör mal, wenn ich dir noch ein Buch zum Lesen gebe, versprichst du mir dann, es nicht wieder Bruder Christopher zu zeigen? Ich habe nicht so viele Bücher, und ich kann es mir nicht leisten, daß die Harmonisten sie alle konfiszieren."

„Beim nächsten Mal", sagte der Junge. „Im Moment bin ich

nicht in der Stimmung, etwas zu lesen. Aber ich komme wieder. Du kannst mir ja ein anderes Mal mehr davon erzählen."

Er hüpfte davon, zur Kirche hinaus und sprang durch das Unterholz davon, ohne sich um die Gefahren zu sorgen, die in dem sehr dunklen Wald vor ihm lauerten. Martell sah ihm nach, wie er davonzog. Er wußte nicht, ob er hier wirklich seinen ersten Vorster gewann oder ob er nur auf den Arm genommen wurde.

Vielleicht auch beides, grübelte der Missionar.

Nicholas war erst vor zehn Tagen mit einem Passagierschiff vom Mars auf der Venus angekommen. Er war einer der dreißig Reisenden auf dem Schiff gewesen, aber keiner der anderen hatte Interesse an der Gesellschaft eines Nicholas Martell gezeigt. Zehn Passagiere waren Marsianer gewesen, die keine Lust verspürten, Martells Luft zu atmen. Marsianer zogen es nun, da ihr Planet auf zufriedenstellende Weise terranisiert worden war, vor, ihre Lungen mit einer irdischen Gasmischung zu füllen. Das hatte Martell einst auch, denn er war auf der Erde geboren worden. Aber nun gehörte er zu den Umgewandelten und war mit Kiemen ausgestattet, die dem Standard der Venusier entsprachen.

Es handelte sich jedoch nicht um Kiemen im eigentlichen Sinn: Unter Wasser waren sie nicht zu gebrauchen. Es waren vielmehr hochverdichtete Filter, die die reinen Sauerstoffmoleküle aus der venusischen Atmosphäre heraussiebten. Martell war gut auf die neue Welt vorbereitet worden. Sein Metabolismus konnte mit Helium und anderen Edelgasen nicht viel anfangen, aber er konnte mit dem Stickstoff etwas anfangen; und es machte ihm eigentlich nicht viel aus, über kurze Zeit Kohlendioxyd einzuatmen. Die Chirurgen in Santa Fé hatten sechs Monate lang an ihm gearbeitet. Es war vierzig Jahre zu spät, um an einem Martell-Ovum oder einem Martell-Fötus Justierungen vorzunehmen – die normale Methode, um einen Menschen für ein Leben auf der Venus vorzubereiten. Also hatte man an der Person Martell gearbeitet. Das Blut, das in seinen Adern floß, war nicht mehr rot. Seine Haut hatte einen feinen Stich, der an die Farbe von Blausäure erinnerte. Er sah aus wie jemand, der auf der Venus geboren war.

Auf dem Passagierschiff hatten sich auch echte Venusier befunden. Aber sie hatten keine Verwandtschaft zu Martell empfunden und ihn gezwungen, sich von ihrer Gesellschaft fernzuhalten. Die Schiffsbesatzung hatte ihm in einer Vorratskammer ein Bett aufgebaut und ihm mit freundlichen Entschuldigungen erklärt: „Sie wissen doch, wie arrogant diese Venusier sind, Bruder. Man braucht sie nur mal schief anzusehen, und schon fallen sie mit ihren Messern über einen her. Das hier ist Ihre Kabine. Hier werden Sie sicher sein." Ein dünnes Lächeln folgte. „Sie wären noch sicherer, Bruder, wenn Sie wieder nach Hause fahren würden, ohne jemals einen Fuß auf die Venus gesetzt zu haben."

Martell hatte gelächelt. Er war darauf vorbereitet, die Venus von ihrer schlechtesten Seite kennenzulernen.

Auf der Venus waren etliche Dutzend von Martells Glaubensbrüdern in den letzten vierzig Jahren den Märtyrertod gestorben. Er war ein Vorster oder formeller: ein Mitglied der Bruderschaft der Immanenten Strahlung. Und er hatte sich für die Arbeit in der Missionsabteilung entschieden. Aber anders als bei seinen ermordeten Vorgängern, war Martell auf chirurgischem Weg auf das Leben auf der Venus vorbereitet worden. Die Vorgänger hatten sich noch in Atemanzüge hüllen müssen, und das hatte sich sicher hemmend auf ihre Arbeit ausgewirkt. Den Vorstern war bislang noch nicht einmal ein einziger Erfolg beschieden gewesen, obwohl sie ja die dominierende religiöse Bewegung auf der Erde waren – und das schon seit mehr als einer Generation. Martell hatte, allein und umgewandelt wie er war, die schwere Bürde auf sich genommen, auf der Venus ein Kloster der Bruderschaft zu gründen.

Ein frostiger Empfang war Martell auf der Venus beschert worden. Die Turbulenz des Landevorgangs, als das Schiff durch die Wolkendecke stieß, hatte ihn bestürzt. Danach erholte er sich jedoch wieder. Ganz still saß er da, ein Mann mit einem spitzen Gesicht und blassen, tief in den Höhlen liegenden Augen. Auf dem Raumhafen bekam er seinen ersten Eindruck von der Venus: ein flaches, schmutziges Feld, das sich über vielleicht eine halbe Meile erstreckte. Das Feld wurde von einer Reihe häßlicher Bäume mit dicken Wurzeln und unzähligen bläulichen Blättern begrenzt, die irgendwie bedrohlich wirkten. Der Himmel war grau, und herumwirbelnde Brocken von tiefhängenden Wolken formten sich ständig verschiebende Muster vor dem dunklen Hintergrund. Robot-Techniker sausten aus einem viereckigen, fremdartig wirkenden Gebäude, um das Schiff zu versorgen. Die Passagiere strömten nach draußen.

Im Zollamt starrte ein Venusier aus einer niedrigen Kaste den Vorster mit unverhohlener Gleichgültigkeit an. Er nahm Martells Paß entgegen und sagte kühl: „Kirchenmann?"

„Das stimmt."

„Wieso kommen Sie hierher?"

„Auf Grund des Vertrags von 2128", sagte Martell. „Danach darf eine begrenzte Menge irdischer Beobachter für wissenschaftliche, ethische oder . . ."

„Schluß damit." Der Venusier preßte die Fingerspitze auf eine Seite im Paß, und ein wunderbar glänzender Visastempel erschien. „Nicholas Martell. Sie werden hier umkommen, Martell. Warum gehen Sie nicht dorthin zurück, wo Sie hergekommen sind? Dort sollen die Menschen doch ewig leben können, oder?"

„Sie leben sehr lange. Aber ich habe hier etwas zu erledigen."

„Dummkopf."

„Vielleicht", stimmte Martell zu. „Darf ich gehen?"

„Wo wollen Sie denn unterkommen? Wir haben hier keine Hotels."

„Die marsianische Botschaft wird mich so lange aufnehmen, bis ich mich hier eingelebt habe."

„Sie werden sich nie hier einleben", sagte der Venusier.

Martell widersprach ihm nicht. Er wußte, daß selbst ein Angehöriger der niedrigen Venusierkaste sich jedem Erdenbürger überlegen fühlte. Und ein Widerspruch mochte vielleicht als tödliche Beleidigung aufgefaßt werden. Martell war für Messer-Zweikämpfe nicht ausgebildet worden. Aber da er von Natur aus keine stolze Persönlichkeit war, war er bereit, alle Schmähungen zu schlucken, solange das seiner Mission diente.

Der Zollbeamte winkte ihm, er solle weitergehen. Martell packte seinen einzigen Koffer und trat aus dem Gebäude. *Jetzt ein Taxi,* dachte er. Von der Stadt trennten ihn etliche Meilen. Er brauchte Erholung und mußte mit Weiner, dem marsianischen Botschafter, konferieren. Die Marsianer begrüßten nicht gerade ausdrücklich sein Vorhaben, aber zumindest waren sie gewillt, Martells Gegenwart zu dulden. Es gab keine irdische Botschaft hier, noch nicht einmal ein Konsulat. Die Verbindungen zwischen der Mutterwelt und ihrer stolzen Kolonie waren schon vor langer Zeit zerrissen.

Am anderen Ende des Hafens standen Taxis bereit. Martell marschierte auf sie zu. Der Boden knirschte unter seinen Füßen, als handle es sich nur um eine dünne, spröde Kruste. Der ganze Planet wirkte düster. Nicht die Spur eines Sonnenstrahls gelangte durch die Wolkendecke. Was allerdings Martells umgewandelten Körper anging, so funktionierte dieser zufriedenstellend.

Der Raumschiffhafen machte einen tristen Eindruck, dachte der Vorster. Kaum eine Menschenseele schien sich hier aufzuhalten, nur Roboter. Eine Belegschaft von vier Venusiern leitete den Hafen, dann hielten sich hier noch die neunzehn Einheimischen vom Schiff auf und die zehn Marsianer; aber das war schon alles. Die Venus war nur dünn besiedelt, kaum mehr als drei Millionen Menschen bewohnten die sieben weit auseinanderliegenden Städte. Die Venusier waren wie die Grenzer aus der amerikanischen Pionierzeit. Ihr Hochmut war sprichwörtlich. Sie hatten hier ja auch genug Platz und Ellenbogenfreiheit, um Hochmut zu entwickeln, dachte Martell. Sie sollten bloß mal eine Woche auf der überfüllten Erde verbringen, dann würden sie sich schon eines Besseren belehren lassen.

„Taxi!" rief der Vorster.

Keiner der Robotwagen scherte aus der Reihe aus. Waren hier selbst die Roboter zu hochmütig, fragte sich Martell? Oder stimmte irgend etwas nicht mit seiner Aussprache? Wieder rief er – und wieder das gleiche Ergebnis.

Dann begriff er. Die venusischen Reisenden erschienen und betraten den Stellplatz der Taxis. Und ganz natürlich hatten sie den Vortritt. Martell beobachtete sie. Sie waren Mitglieder der Hochkaste, im Gegensatz zum Zollbeamten. Sie bewegten sich in einer arroganten, prahlerischen Gangart, und Martell wußte, daß sie ihn mit ihren Messern abstechen würden, falls er ihnen zu nahe käme.

Er konnte nur ein leises Gefühl der Verachtung für sie aufbringen. Was waren sie denn schon anderes als blauhäutige Samurais, Grenzgrafen, deren Zeit schon längst vorüber war, kindische, selbsternannte Fürstchen, die in ihrer eigenen Phantasieritterzeit lebten!

Menschen mit Selbstbewußtsein brauchten nicht mit Messern in der Luft herumzufuchteln, mußten sich nicht mit einem ausgeklügelten Adelskodex umgeben. Wenn man sie also nur noch als unzufriedene, innerlich instabile Heißsporne ansah und nicht als von Geburt an höherstehende Blaublütige, konnte man das Gefühl des Erstarrens unterdrücken, das das Auftreten solcher Herrschaften hervorrief.

Aber die Angst vor ihnen ließ sich leider nicht völlig sublimieren.

Denn sie *waren* beeindruckend, wie sie so über das Hafengelände paradierten. Und nicht nur die vorherrschenden Sitten teilten die Venusier in Hoch- und Niedrigstehende: Es gab auch biologische Unterschiede. Die aus der Hochkaste stammten von denjenigen ab, die als erste auf die Venus gekommen waren, von den Gründerfamilien der Kolonie auf diesem Planeten. Und die Hochstehenden unterschieden sich sowohl körperlich als auch geistig sehr von den Venusiern jüngerer Abstammung. Die ersten genetischen Umwandlungsprozesse waren noch sehr wenig subtil abgelaufen: Man hatte die ersten Kolonisten in wahre Monster transformiert. Mit ihrer Größe von annähernd zwei Metern vierzig, mit ihrer dunkelblauen Haut voller riesiger Poren und mit dem von ihrer Kehle herabhängenden, roten Kiemenlappen waren sie tatsächlich fremdartige Wesen, die nur wenige Hinweise darauf gaben, daß ihre Ur-Urgroßväter von der Erde stammten. Später im Verlauf der Venus-Kolonisierung war es möglich geworden, Menschen auf die Bedingungen des zweiten Planeten vorzubereiten, ohne das menschliche Grundmodell so tiefgreifend zu verändern. Beide Venusierarten vererbten, da sie aus der gleichen Manipulation des Keimplasmas entstanden waren, ihr Aussehen auf den Nachwuchs; beide pflegten den gleichen übertriebenen Stolz und die gleiche Verachtung für die Erde; aus beiden waren nun fremde Arten geworden, sowohl innerlich als auch äußerlich, sowohl geistig als auch körperlich. Aber diejenigen, die ihren Stammbaum auf die am stärksten Umgewandelten zurückführen konnten, hatten jetzt das Sagen auf der Venus. Sie machten aus ihrer Andersartigkeit eine Tugend, und der Planet war ihre Spielwiese.

Martell beobachtete, wie die Hochstehenden die wartenden Fahrzeuge bestiegen und abfuhren. Kein einziges Taxi blieb übrig. Er sah, wie die zehn marsianischen Passagiere in ein Mietfahrzeug auf der anderen Seite des Hafenverwaltungsgebäudes kletterten. Martell kehrte zu dem Gebäude zurück. Der niedrigstehende Venusier erwartete ihn mit finsteren Blicken.

Martell sagte: „Wann kann ich ein Taxi bekommen, das mich in die Stadt bringt?“

„Das können Sie nicht. Die Robotfahrzeuge kommen heute nicht mehr hierher zurück.

„Dann möchte ich die marsianische Botschaft anrufen. Von dort wird man mir ein Taxi schicken.“

„Sind Sie sich da ganz sicher? Warum sollten die sich Ihretwegen Umstände machen?“

„Vielleicht sollte ich dann besser zu Fuß gehen“, sagte Martell gelassen.

Der Blick, den der Venusier ihm zuwarf, war allein schon die kommende Anstrengung wert. Der Mann starrte ihn verdutzt und schockiert an. Und sicher lag darin auch Bewunderung, verbunden mit der festen Überzeugung, Martell müsse den Verstand verloren haben.

Der Vorster verließ das Gebäude. Er lief auf dem schmalen Band der Straße los und ließ die unirdische Atmosphäre tief in seinen umgewandelten Körper eindringen.

2

Es wurde ein einsamer Marsch. Nicht der geringste Hinweis auf Zivilisation durchbrach den Vegetationsgürtel zu beiden Seiten der Straße; auch begegnete er nicht einem einzigen Fahrzeug. Die Bäume, die in ihrer bläulichen Färbung düster und bedrohlich wirkten, ragten am Straßenrand hoch. Ihre messerklingenartigen Blätter glommen im matten, diffusen Licht. Gelegentlich ertönte ein Rascheln aus dem Wald, als breche irgendein großes Tier durch das Unterholz. Aber Martell konnte zwischen den Bäumen nichts entdecken. Er lief immer weiter. Wie viele Meilen mochte er schon hinter sich gebracht haben: acht, zehn? Er war in einem Zustand, wo er, wenn nötig, ewig weiterlaufen konnte. Die Kraft dazu fühlte er in sich.

In seinem Bewußtsein summten die verschiedenen Vorhaben und Pläne herum. Er wollte eine kleine Kirche errichten und den ganzen Planeten wissen lassen, was die Bruderschaft anzubieten hatte: das ewige Leben und den Schlüssel zu den Sternen. Die Venusier würden ihm vielleicht drohen, ihn zu töten, wie sie das schon mit vielen seiner Vorgänger aus der Bruderschaft gemacht hatten. Aber Martell wollte sterben, falls sich das nicht vermeiden ließ, um damit anderen den Weg zu den Sternen zu öffnen.

Sein Glaube war unerschütterlich. Vor seiner Abreise hatten die höchsten Würdenträger der Bruderschaft ihm persönlich alles Gute gewünscht: der grauhaarige Kirby, mittlerweile Hemisphärenkoordinator, hatte ihm sogar die Hand gegeben. Und eine noch viel größere Überraschung hatte Martell bevorgestanden: Noel Vorster höchstpersönlich, der Gründer, eine legendäre Figur, schon älter als ein Jahrhundert, war vorgetreten und hatte ihm mit sanfter, federleichter Stimme erklärt: „Ich weiß, daß deine Mission Früchte tragen wird, Bruder Martell."

Martell fühlte sich auch heute noch ergriffen, wenn er an diesen glorreichen Moment zurückdachte.

Und er schritt kräftiger aus. Der Anblick von einigen Ansiedlungen, die etwas abseits von der Straße lagen, erfüllte ihn mit neuem Mut. Er hatte also die Ausläufer der Stadt erreicht. Auf dieser Pionierwelt hatten sich die Lebensgewohnheiten der Grenzer erhalten: Kolonisten wohnten nicht dicht an dicht beieinander. Sie ließen sich weiträumig im Umkreis um ihre Verwaltungszentren nieder. Die mannshohen Mauern, die die ersten Häuser umfaßten, die er zu Gesicht bekam, überraschten ihn nicht; diese Venusier waren eben ein solcher Menschenschlag, der um seinen ganzen Planeten eine Mauer bauen würde, wenn das nur irgendwie möglich wäre. Aber bald würde der Vorster die Stadt erreichen, und dann . . .

Martell blieb abrupt stehen, als er sah, wie das Rad auf ihn zurollte.

Zuerst glaubte er, irgendein Fahrzeug habe das Rad verloren. Dann begriff er, worum es sich wirklich handelte: nicht um ein Fragment eines venusischen Wagens, sondern um eine venusische Lebensform. Es überwand eine Steigung in der Straße und raste wild mit einer Geschwindigkeit von etwa einhundertsechzig Stundenkilometern auf ihn zu. Einen kurzen Moment lang konnte Martell das Wesen genau erkennen: zwei Räder aus einer hornartigen Substanz, orange und gelb gesprenkelt, die von einem kistenförmigen Gebilde zusammengehalten wurden. Die Räder besaßen einen Durchmesser von mindestens drei Metern.

Das Verbindungsstück war kleiner, so daß die Kanten der Räder zu beiden Seiten hochragten. Die Kanten waren messerscharf. Das Wesen bewegte sich, indem es ständig sein Gewicht über das mittlere Zentralgebilde verlagerte; es entwickelte eine erschreckende Antriebskraft, mit der es auf den Missionar zurollte.

Martell tat einen Satz zurück. Das Rad sauste an ihm vorbei und verfehlte seine Zehenspitzen nur um wenige Zentimeter. Der Vorster konnte die Schärfe der Radkanten aus nächster Nähe sehen, und ein ätzender Geruch stieg ihm in die Nase. Wäre er nur ein wenig langsamer gewesen, hätte das Rad ihn in zwei Hälften zerteilt.

Es rollte hundert Meter weiter. Dann vollführte es – wie ein Gyrogleiter, der Amok läuft – in einem erstaunlich engen Wendekreis eine Drehung und schoß auf Martell zurück.

Das Ding jagt mich, dachte der Missionar.

Er kannte zwar eine Menge vorsterscher Kampftechniken, aber keine, die ihm geholfen hätte, mit einem solchen Ungeheuer fertig zu werden. Martell blieb nichts anderes übrig, als ständig rechtzeitig zurückzuspringen und zu hoffen, daß das Rad während seiner Bewegung nicht zu plötzlichen Kursänderungen fähig war. Es rollte näher. Der Missionar atmete tief ein und wich erneut zur Seite aus. Aber dieses Mal führte das Rad eine leichte seitliche Drehung aus. Seine linke Radkante durchtrennte das herabhängende Ende von Martells blauem Mantel; ein Stoffetzen flatterte auf die Straße. Keuchend beobachtete Martell, wie das Ding wiederum wendete, um einen erneuten Angriff zu versuchen. Jetzt wußte der Vorster, daß es wirklich seinen Kurs während der Fahrt verändern konnte. Noch ein paar weitere Attacken, und es würde ihn erwischt haben.

Das Rad stürmte zum dritten Mal heran.

Martell wartete so lange ab, wie das nur eben möglich war. Als die Radkanten kaum noch einen Meter entfernt waren, tat der Missionar einen großen Satz nach vorn – und befand sich hinter dem Ungeheuer. Seine irdischen Muskeln hatten ihn in dieser leichteren Schwerkraft sechs Meter hoch springen lassen. Er hatte erwartet, mitten im Sprung aufgeschlitzt zu werden; aber als seine Füße wieder den Boden berührten, war er immer noch heil. Rasch fuhr Martell herum und entdeckte, daß er das Rad wirklich verblüfft hatte. Es war seitlich abgebogen, auf die Stelle zu, wo es ihn erwartet hatte, und war durch seinen Koffer gerollt. Der Koffer war wie von einem Laserstrahl in zwei Teile zerschnitten worden. Martells Habseligkeiten lagen kreuz und quer auf der Straße verstreut. Das Rad hielt ein weiteres Mal inne und rollte dann zu einem erneuten Angriff los.

Was nun? Auf einen Baum steigen? Der nächste war die ersten sechs Meter völlig astfrei. Martell würde sich nicht rechtzeitig genug in Sicherheit bringen können. Alles, was ihm blieb, war, immer wieder von einer Seite der Straße auf die andere zu springen und so zu versuchen, das Ungeheuer nie sein Ziel erfassen zu lassen. Der Missionar wußte, daß er dies nicht mehr allzulange durchhalten konnte. Er würde mit der Zeit ermüden, im Gegensatz zu dem Rad; die Radkanten würden über ihn hinwegrollen, ihn zerschneiden und seine umgewandelten Organe über die ganze Landschaft verstreuen. Das war doch nicht gerecht, dachte Martell, auf solche Weise zu sterben, noch bevor er überhaupt mit seiner hiesigen Arbeit begonnen hatte.

Das Rad kam näher. Martell konnte wieder rechtzeitig ausweichen und hörte, wie das Rad an ihm vorbeizischte. Ob es langsam wütend wurde? Nein, es war bloß ein seelenloses Raubtier, das sich eine Mahlzeit fangen wollte; es jagte eben auf eine Weise, die eine perverse Natur sich ausgedacht hatte. Martell rang nach Luft. Bei der nächsten Attacke . . .

Plötzlich war der Vorster nicht mehr allein. Ein Junge tauchte auf, rannte aus einem der eingefriedeten Häuser auf der Hügelspitze heraus und trabte einige Meter neben dem Rad her. Dann stand das Untier plötzlich schief da – Martell konnte sich nicht erklären, wie und warum – und kippte hoch: Ein Rad lag auf dem Boden, das andere ragte hoch in die Luft. Wie ein großer Käse stand es dort und blockierte die Straße. Der Junge, der kaum älter als zehn Jahre sein mochte, stand daneben und machte einen selbstzufriedenen Eindruck. Natürlich gehörte er der niedrigen Kaste an. Ein Hochstehender hätte sich kaum die Mühe gemacht, den Vorster retten zu wollen. Martell dachte sich plötzlich, daß auch der Junge wahrscheinlich kein Interesse daran gehabt hatte, ihn zu retten; er kippte sicher nur aus sportlichen Gründen Räder um.

Martell sagte: „Ich muß mich bei dir bedanken, mein Freund. Einen Moment später wäre ich in Streifen geschnitten worden."

Der Junge gab keine Antwort. Martell trat näher heran, um das umgekippte Rad zu inspizieren. Das obenliegende Rad schlug frustriert kleine Wellen, während es sich bemühte, wieder in die Normallage zu kommen – natürlich ein unmögliches Vorhaben. Martell blickte hinunter und sah die dunkelviolette Blase fast genau im Zentrum des einen Rades sich wellen und sich öffnen.

„Vorsicht!" rief der Junge, aber es war schon viel zu spät.

Zwei peitschenartige Stränge schossen aus der Blase. Einer wand sich um Martells linken Oberschenkel, der andere um die Hüfte des Jungen. Der Missionar spürte Schmerz aufbrennen, als verfügten die Stränge über Saugnäpfe, aus denen Säure trat. Ein Mund tat sich im Verbindungsgebilde des Wesens auf. Martell entdeckte mahlende, malmende Zähne, die sich in freudiger Erwartung in Bewegung gesetzt hatten.

Aber dies war eine Situation, mit der der Missionar fertig werden konnte. Er hatte das Rollen des Rades nicht anhalten können, weil es sich dort um eine rein mechanische Bewegung gehandelt hatte; aber ganz sicher war in dem Gehirn des Ungeheuers Elektrizität vorhanden, und die Vorster kannten Methoden, den Stromkreislauf eines Gehirns zu verändern. Im Grunde handelte es sich dabei um eine leichte Form von PSI-Fähigkeit, die sich noch unterhalb der Schwelle befand und die jedermann beherrschen konnte, der die damit verbundenen Übungen absolviert hatte. Martell ignorierte den Schmerz, packte den sich immer enger zusammenziehenden Strang mit seiner Rechten und führte die Neutralisierung aus. Einen Moment später wurde der Strang schlaff, und Martell war frei. Ebenso erging es dem Jungen. Die Stränge kehrten nicht in die Blase zurück, sondern blieben wie gelähmt auf der Straße liegen. Die mahlenden Zähne standen still; die wogende, hornartige Oberfläche des obenliegendes Rades beruhigte sich. Das Wesen war tot.

Martell warf dem Jungen einen Blick zu.

„Jetzt stehen wir gleich", sagte er. „Ich habe dir das Leben gerettet und du mir; damit ist es ausgeglichen."

„Die Schuld liegt immer noch auf deiner Seite", sagte der Junge merkwürdig feierlich. „Wenn ich dich nicht zuerst gerettet hätte, hättest du mir ja niemals das Leben retten können. Es wäre dann auch gar nicht mehr nötig gewesen, mich zu retten, denn ich hätte gar nicht das Haus verlassen, und deshalb ..."

Martells Augen wurden groß. „Wer hat dir beigebracht, so zu argumentieren?" fragte er belustigt. „Du hörst dich an wie ein Ethik-Professor."

„Ich bin Schüler von Bruder Christopher."

„Und der ist ..."

„Das wirst du schon selbst feststellen. Er will dich sehen. Und er hat mich geschickt, dich zu ihm zu bringen."

„Und wo kann ich ihn finden?"

„Komm mit mir."

Martell folgte dem Jungen zu einem der Häuser. Sie ließen das tote Rad auf der Straße liegen. Martell fragte sich, was wohl passieren würde, wenn eine Wagenladung Hochstehender vorbeigefahren käme und diese mit ihren eigenen aristokratischen Händen den Kadaver beiseite räumen mußten.

Der Missionar und der Junge traten durch ein hochpoliertes Kupfertor, das sich sofort auftat, als der Junge erschien. Dahinter fand Martell sich vor einem simplen, wie ein A geformtem Gebäude aus Holz wieder. Als er das Schild über der Tür entdeckte, war er so verdutzt, daß er den Griff um seinen zerfetzten Koffer lockerte; zum zweiten Mal innerhalb von zehn Minuten wurden seine Habseligkeiten über den Boden verstreut.

Auf dem Schild stand:

ALTAR DER TRANSZENDENTEN HARMONIE
JEDERMANN IST WILLKOMMEN

Martells Knie wurden plötzlich weich wie Butter. Harmonisten? *Hier?* Die Häretiker in ihren grünen Roben, Abweichler von der ursprünglichen Vorster-Bewegung, hatten auf der Erde zumindest einige Zeit lang erklecklichen Erfolg gehabt; sie schienen sogar zu einer Bedrohung für die Mutterorganisation zu erwachsen.

Aber nun waren sie seit mehr als zwanzig Jahren nicht mehr als eine absurd kleine Splittergruppe ohne jegliche Bedeutung. Es wollte kaum glaubhaft erscheinen, daß diese Ketzer, die so völlig auf der Erde versagt hatten, auf der Venus ihren Platz behaupten konnten – das war ja selbst den Vorstern bislang noch nicht gelungen. So etwas gab es ja gar nicht; einfach undenkbar.

Eine Gestalt erschien in der Tür: ein untersetzter Mann in den frühen mittleren Jahren, so etwa um die sechzig; sein Haar wurde langsam grau, und sein Gesicht war faltig. Wie Martell war auch er chirurgisch gemäß den venusischen Bedingungen umgewandelt worden.

Er wirkte ausgeglichen, ruhig und selbstsicher. Seine ebenfalls faltigen Hände ruhten leicht auf dem wie dazu geschaffenen priesterlichen Bäuchlein.

Er sagte: „Ich bin Christopher Mondschein. Ich hörte von Ihrer Ankunft, Bruder Martell. Treten Sie doch bitte ein.“

Martell zögerte.

Mondschein lächelte: „Ach, kommen Sie, Bruder. Dafür droht keine Strafe, zusammen mit einem Harmonisten das Brot zu brechen, oder? Sie wären jetzt ein Haufen Gehacktes, wenn der Junge nicht soviel Mut bewiesen hätte; und ich habe ihn ausgesandt, Sie zu retten. Sie schulden mir also die Freundlichkeit eines Besuchs. Nun kommen Sie schon herein. Ich will Ihrer Seele kein Unheil zufügen, Bruder. Das verspreche ich Ihnen.“

3

Die Harmonistenkirche wirkte bescheiden, stand aber offensichtlich schon länger hier. Da gab es den Altar, der mit den Statuetten und dem sonstigen Klimbim der Häretiker ausgeschmückt war, eine Bibliothek und einige Wohnräume. Martell entdeckte etliche venusische Jungen, die im hinteren Teil des Gebäudes arbeiteten; sie gruben dort, wie es schien, die Fundamente für einen Anbau.

Martell folgte dem älteren Mann in die Bibliothek. Eine Anzahl bekannter Bücher fiel ihm in einem Regal ins Auge: die gesammelten Werke von Noel Vorst, hübsch gebunden, die unbezahlbare Erstausgabe.

Mondschein sagte: „Sind Sie überrascht? Vergessen Sie nicht, daß auch wir das Supremat von Vorst anerkennen, auch wenn er uns ablehnt. Setzen Sie sich. Ein Gläschen Wein? Man keltert hier einen ausgezeichneten trockenen Weißwein."

„Was tun Sie hier?" wollte Martell wissen.

„Ich? Das ist eine furchtbar lange Geschichte, die selbst mir nicht in allen Punkten als besonders glaubwürdig erscheinen will. Auf einen Nenner gebracht: Ich war ein junger Einfaltspinsel, der sich selbst hat dazu austricksen lassen, hierhergeschickt zu werden. Das geschah vor vierzig Jahren, und mittlerweile beklage ich mich nicht mehr beim Schicksal darüber, was es mir angetan hat. Im Gegenteil, ich sehe es nun als das beste an, was meinem Leben widerfahren konnte; und ich glaube, es ist ein Zeichen der Reife, daß es mir möglich wurde, dies . . ."

Mondscheins Geschwätzigkeit irritierte den präzise denkenden Martell. Er warf ein: „Ich möchte nicht Ihren persönlichen Lebensweg hier ausgebreitet sehen, Bruder Mondschein. Ich wollte vielmehr wissen, wie lange sich Ihre Bewegung schon hier hält?"

„Annähernd fünfzig Jahre."

„Ohne Unterbrechungen?"

„Ja. Wir haben auf der Venus acht Altäre und etwa viertausend Gläubige; alle aus der niedrigen Kaste. Die Hochstehenden lassen sich nicht dazu herab, uns überhaupt wahrzunehmen."

„Sie lassen sich auch nicht dazu herab, Sie auszutilgen", fiel Martell auf.

„Das stimmt", sagte Mondschein. „Vielleicht sind wir noch nicht einmal Ihrer Verachtung würdig."

„Aber sie haben bis jetzt noch jeden Vorster-Missionar umgebracht, der auf die Venus gekommen ist", sagte Martell. „Uns vernichten sie, euch tolerieren sie. Warum ist das so?"

„Vielleicht sehen sie in uns eine Stärke, die in ihren Augen der Mutterorganisation fehlt", gab der Häretiker zu bedenken. „Sie bewundern doch die Stärke. Das müssen Sie wohl auch wissen, sonst hätten Sie nie den Versuch unternommen, zu Fuß aus vom Hafen loszumarschieren. Sie haben Ihre Stärke in einer extremen Situation demonstriert. Aber sicher wäre Ihre Demonstration zunichte gemacht worden, wenn dieses Rad Sie zerstückelt hätte."

„Soweit ist es ja auch fast gekommen."

„Soweit wäre es sicher gekommen", sagte Mondschein, „wenn ich nicht zufällig Zeuge Ihrer mißlichen Lage geworden wäre. Ansonsten wäre Ihre hiesige Mission zu einem vorschnellen Ende gekommen. Übrigens, wie schmeckt Ihnen denn der Wein?"

Martell hatte kaum daran genippt. „Nicht schlecht. Sagen Sie mir doch, Mondschein, haben sich hier wirklich Leute konvertieren lassen?"

„Ein paar. Einige."

„Das fällt mir schwer zu glauben. Welches Wissen können Sie denn bieten, das wir nicht haben?"

„Es ist nicht direkt ein Wissen", sagte Mondschein, „das wir zu bieten haben. Kommen Sie doch einmal mit mir in den Kirchensaal."

„Lieber nicht."

„Bitte, Sie werden schon keinen Aussatz davon bekommen."

Zögernd ließ Martell sich in das Allerheiligste führen. Mit

Widerwillen sah er bei seinem Rundblick die Ikonen, die Heiligenbilder und den sonstigen Quatsch der Harmonisten. Und auf dem Altar, wo sich bei den Vorstern ein kleiner Reaktor befinden würde, der diese blaue, Zerenkowsche Strahlung aussandte, hatte man ein glühendes Atomsymbol-Modell angebracht, dessen Elektronenbahnnachbildung unaufhörlich blendend pulsierte.

Martell hielt sich nicht für bigott, aber er war seinem Glauben treu ergeben, und der Anblick dieses ganzen kindischen Mummenschanzes bereitete ihm Übelkeit.

Mondschein sagte: „Noel Vorst ist der brillanteste Kopf unserer Zeit, und seine Leistungen verdienen alles andere als unterbewertet zu werden. Er verstand, daß die Kultur der Erde in Scherben lag und dekadent war. Er entdeckte überall, wie die Menschen vor dem Leben flohen und sich den Drogen, der Nichts-Kammer und hundert anderen jämmerlichen Dingen hingaben. Und er begriff, daß die alten Religionen den Zug der Zeit verpaßt hatten, daß die Zeit reif war für einen eklektischen, synthetischen neuen Glauben, der auf den Mystizismus der traditionellen Kirchen verzichtete und ihn durch einen neuen Mystizismus ersetzte: einen naturwissenschaftlichen Mystizismus. Sein Blaues Feuer ist ein großartiges Symbol, etwas, womit die eigene Phantasie sich auseinandersetzen kann, das das Auge gefangen nimmt – genausogut wie das Kreuz und wie der Halbmond; sogar noch besser, denn dies ist ein modernes Symbol, ein naturwissenschaftliches Symbol: Es läßt sich verstehen, während es einen gleichzeitig verwirrt. Vorst hatte die intellektuellen Fähigkeiten, seinen Kult sich etablieren zu lassen, und er besaß die strategischen Fähigkeiten, ihn sich ausbreiten zu lassen. Aber seine Überlegungen waren nicht vollständig."

„Eine reichlich hochtrabende Abkanzelung, oder? Wenn Sie bedenken, daß wir die Erde dermaßen kontrollieren, wie das in der Vergangenheit noch keiner einzigen Religionsgemeinschaft . . ."

Mondschein lächelte. „Ihre Erfolge auf der Erde sind ganz

und gar beeindruckend, das streite ich auch keineswegs ab. Die Erde war aber auch bereit für Vorsts Lehre. Aber warum ist er auf den anderen Planeten gescheitert? Weil seine Analysen zu fortgeschritten sind. Er hat nichts vorgesehen, dem Kolonisten ihre Herzen und Seelen weihen könnten."

„Er bietet die physische Unsterblichkeit des lebendigen Körpers an", sagte Martell barsch. „Ist das etwa nicht genug?"

„Nein. Er bietet nichts Metaphysisches an; nur ein kaltes Quidproquo: Kommt in die Kirche, bezahlt euren Zehnten, und vielleicht erhaltet ihr das ewige Leben. Es ist eine weltliche Religion, trotz aller Litaneien und Rituale, die darin kreuchen und fleuchen. Es mangelt ihr an Poesie. In ihr findet man kein Jesuskind in der Krippe, keinen Abraham, der seinen Sohn Isaak opfert; in ihr schlägt die Menschlichkeit keine Funken ..."

„Und keine verdummenden Kindermärchen", ergänzte Martell in unfreundlichem Tonfall. „Natürlich, denn das ist ja die Grundlage unserer Lehre. Wir finden uns in einer Welt wieder, in der es einem nicht mehr möglich war, an die alten Geschichten zu glauben. Und anstatt, daß wir neue ausgesponnen haben, bieten wir Deutlichkeit, Stärke, die Kraft der naturwissenschaftlichen Errungenschaften ..."

„Und Sie haben die politische Kontrolle über den größten Teil der Erde gewonnen, während Sie auf der anderen Seite vorzügliche Forschungsstätten errichteten, in denen unermüdlich nach dem ewigen Leben und den Grundlagen der PSI-Fähigkeiten gesucht wird. Fein. Sehr gut. Ausgezeichnet. Aber hier auf der Venus hat das alles versagt. Und wir haben Erfolg. Wir haben nämlich eine Geschichte zu erzählen: die Geschichte von Noel Vorst, dem ersten Unsterblichen, seine Erlösung im Atomfeuer, seine Befreiung von der Sünde. Wir bieten unseren Leuten die Chance, durch Vorst und seinen späteren Propheten der Transzendenten Harmonie, David Lazarus, erlöst zu werden. Wir haben etwas zum Vorzeigen, etwas, was die Phantasie der Niedrigstehenden für sich einnimmt. Und warten Sie noch eine Generation ab, dann haben wir auch die Hochstehenden so weit. Diese Leute hier sind Pioniere, Bruder Martell. Diese Leute haben alle Verbindungen und Nabelschnüre mit der Erde abgeschnitten, und sie beginnen, ihren eigenen Kram zu machen, bauen eine Gesellschaftsform auf, die erst ein paar Generationen alt ist. Sie brauchen noch Mythen. Und diese Leute hier schaffen sich ihre eigenen Mythen. Meinen Sie nicht, Martell, daß man in hundert Jahren die ersten Kolonisten der Venus als übernatürliche Wesen ansehen wird? *Glauben Sie nicht, daß man sie dann für harmonistische Heilige halten wird?*"

Martell war zutiefst erschreckt. „Ist das das Spielchen, welches Sie hier treiben?"

„Ein Teil davon."

„Alles, was Sie können, ist eine Rückkehr zum Frühchristentum."

„Nicht unbedingt. Wir verrichten auch naturwissenschaftliche Forschungen."

„Und sie glauben wirklich an Ihre eigene Lehre?" fragte Martell.

Mondschein lächelte ganz sonderbar. „Als ich noch jung war", sagte er, „war ich ein Vorster-Altardiener in der Kirche von N'York. Ich trat in die Bruderschaft ein, weil das für mich ein Job war. Ich mußte erst noch mein Leben ordnen, und ich hegte die verrückte Hoffnung, nach Santa Fé geschickt zu werden, um dort an den Unsterblichkeitsforschungen teilnehmen zu können. Deshalb bin ich dort eingetreten – also aus ziemlich unwürdigen Motiven. Wissen Sie, Martell, daß ich nicht den leisesten Funken einer religiösen Berufung in mir verspürte? Noch nicht einmal die Vorster-Lehre – von allem Schnickschnack befreit, nur noch weltlich – konnte mich berühren. Durch eine ganze Serie von Widrigkeiten, die ich bis heute noch nicht voll verstehe und die ich Ihnen noch nicht einmal ansatzweise erläutern will, habe ich die Bruderschaft verlassen und trat der Harmonistenbewegung bei. Und ich bin als Missionar hierhergekommen; und wie es zur Zeit aussieht, bin ich der erfolgreichste Missionar, der je auf die Venus gekommen ist. Glauben Sie wirklich, die Mythen der Harmonisten könnten mich innerlich bewegen, wenn ich schon zu rational dachte, um mit der Vorster-Lehre etwas anfangen zu können?"

„Also sind Sie ein glatter Zyniker, der den Leuten hier den Unsinn von Heiligen und Heiligenbildchen erzählt. Und Sie tun das bloß, um Ihre eigene Macht zu erhalten. Sie Hausierer in Sachen Seelenbalsam, Sie quacksalbernder Prediger in den Hinterwäldern der Venus . . ."

„Nun aber mal halblang", warnte Mondschein. „Ich erziele Resultate. Und wie ich annehme, können Sie es sich von Noel Vorst höchstpersönlich erklären lassen: Bei uns zählen die Taten, nicht die Wünsche. Möchten Sie vielleicht hier niederknien und etwas beten?"

„Natürlich nicht."

„Dürfte ich dann für Sie beten?"

„Sie haben mir doch gerade erklärt, daß Sie von Ihrem Glauben nichts halten."

Lächelnd sagte Mondschein: „Selbst die Gebete eines Ungläubigen können erhört werden. Wer weiß das schon mit Sicherheit? Nur eines ist hier sicher: Sie werden sterben, Martell. Also werde ich für Sie darum beten, daß Sie durch die reinigende Flamme der hohen Frequenzen gelangen werden."

„Verschonen Sie mich damit. Weshalb sind Sie so sicher, daß ich hier sterben werde? Es ist ein Trugschluß anzunehmen, bloß weil alle vorherigen Vorster-Missionare umgebracht worden sind, müßte auch ich hier sterben."

„Unsere eigene Position auf der Venus ist schon wacklig genug. Aber Ihre ist unhaltbar. Die Venus will Sie nicht. Soll ich Ihnen die einzige Möglichkeit nennen, wie Sie auf dieser Welt länger als einen Monat überleben werden?"

„Bitte."

„Kommen Sie zu uns. Tauschen Sie diese blaue Robe gegen eine grüne aus. Wir können jeden fähigen Mann gebrauchen, der zu uns kommt."

„Werden Sie nicht albern! Glauben Sie wirklich, ich würde so etwas tun?"

„So unwahrscheinlich ist das gar nicht. Schon viele Leute haben Ihre Bewegung zugunsten der meinen verlassen – mich selbst eingeschlossen."

„Da ziehe ich den Märtyrertod vor", sagte Martell.

„Und wie sollte das irgend jemandem nützen? Seien Sie doch vernünftig, Bruder. Die Venus ist eine Welt von eigentümlichem Reiz. Würden Sie nicht gerne leben, um etwas davon zu sehen? Kommen Sie zu uns. Die Rituale haben Sie schnell gelernt. Sie werden schon feststellen, daß wir keine Ungeheuer sind, Bruder. Und . . ."

„Vielen Dank", sagte Martell. „Würden Sie mich jetzt entschuldigen?"

„Ich hatte gehofft, Sie würden unser Gast beim Abendessen sein."

„Das wird kaum möglich sein. Ich werde in der marsianischen Botschaft erwartet, falls mir nicht noch mehr einheimische Raubtiere über den Weg laufen."

Mondschein schien nicht böse über Martells Ablehnung seiner Einladung zu sein – diese Einladung war ohnehin sicher nicht ernst gemeint gewesen, dachte Martell. Der ältere Mann sagte reserviert: „Erlauben Sie mir wenigstens, Ihnen ein Transportmittel für die Fahrt in die Stadt zur Verfügung zu stellen. Sicherlich wird der Stolz in Ihrer religiösen Unverletzlichkeit Ihnen gestatten, das anzunehmen."

Martell lächelte. „Aber mit Freuden. Das wird sicher ein hübscher Bericht an Koordinator Kirby – ‚Wie die Häretiker mir das Leben retteten und mich anschließend in die Stadt brachten.'"

„‚Nachdem sie einen Versuch unternahmen, mich vom Glauben abzubringen.'"

„Sicher. Darf ich jetzt gehen?"

„Es wird einige Augenblicke dauern, bis ich einen Wagen für Sie habe. Möchten Sie solange draußen warten?"

Martell verbeugte sich und machte, daß er so rasch wie möglich die Häretikerkirche verließ. Er trat aus dem Gebäude und gelangte in den Garten; eine freie Fläche von etwa fünfzehn Metern im Quadrat, die von schuppigem, gräulich-grünem Gestrüpp begrenzt wurde, dessen mit dicken, schwarzen Blättern versehene Blüten einen beunruhigenden fleischfressenden Eindruck erweckten. Vier venusische Jungen, unter ihnen Martells Lebensretter, waren mit Ausschachtungsarbeiten beschäftigt. Sie benutzten richtige Handwerkzeuge – Picken und Schaufeln –, die bei Martell das unbehagliche Gefühl erwachen ließen, er sei irgendwie ins neunzehnte Jahrhundert zurückversetzt worden. Das protzige Arsenal irdischer Technologie, das so hervorragend und so vertraut war, ließ sich hier nirgendwo ausmachen.

Die Jungen warfen ihm einen kühlen Blick zu und fuhren dann mit ihrer Arbeit fort. Martell beobachtete sie. Die Jungen sahen schlank und zerbrechlich aus, und der Vorster mutmaßte, daß sie zwischen neun und vierzehn Jahren alt sein mußten, obwohl sich das nur schwer abschätzen ließ. Sie sahen sich untereinander ähnlich genug, um Brüder sein zu können. Ihre Bewegungen waren geschickt, fast elegant, und ihre blaue Haut glänzte leicht vor Schweiß. Es kam Martell so vor, als sei ihre knochige Körperstruktur noch fremdartiger, als er das angenommen hatte; sie vollbrachten bei der Arbeit unglaubliche Leistungen mit ihren Werkzeugen.

Ganz abrupt warfen sie plötzlich ihre Picken und Schaufeln beiseite und faßten sich gegenseitig an den Händen. Ihre hellen Augen schlossen sich für einen Moment. Martell sah, wie die lose Erde aus der Ausschachtungsgrube hochstieg und sich etwa sechs Meter weiter zu einem hübschen Haufen formierte.

Sie sind Telekineten, dachte Martell völlig überrascht. *Sieh sich das mal einer an!*

Genau in diesem Moment erschien Bruder Mondschein. „Der Wagen wartet“, sagte er sanft.

4

Als er in die venusische Stadt gelangte, war Martell in Gedanken immer noch bei dem beiläufig ausgeführten Kunststückchen der vier Jungen. Sie hatten einige hundert Kilogramm Erdreich aus einem Loch bewegt – mittels PSI-Fähigkeiten – und es geschickt dorthin gelegt, wo sie es gerade haben wollten.

Telekineten! Martell schauderte vor kaum unterdrückbarer Erregung. Die Esper auf der Erde waren mittlerweile zu einer ansehnlichen Menge angewachsen; aber ihr Fähigkeiten dort lagen hauptsächlich auf dem Gebiet der Telepathie. Telekinese dagegen war so gut wie gar nicht vorhanden. Auch konnte die Entwicklung der Fähigkeiten nicht gesteuert werden. Das Zuchtprogramm, welches sich nun in der vierten oder fünften Generation befand, konnte nur die vorhandenen PSI-Kräfte intensivieren. Einem begabten Esper war es nun möglich, in den Verstand eines Menschen hineinzugreifen und den dortigen Inhalt umzuarrangieren oder gar bis in die tiefsten Geheimnisse des Unterbewußtseins vorzudringen. Es gab auch ein paar, die die Zukunft voraussehen konnten, die auf dem Zeitstrang voraus- und zurückschauen konnten, so als seien alle Zeitstationen für sie an einer Stelle versammelt; aber in der Regel war diese Fähigkeit zum Zeitpunkt ihres Erwachsenwerdens ausgebrannt, und ihre Gene waren dann für das Zuchtprogramm verloren. Telekineten, Menschen also, die physische Gegenstände von einem Ort zum andern bewegen konnten, waren auf der Erde so selten wie Einhörner. Und dort im Hintergarten der Harmonistenkirche auf der Venus hatten sich gleich vier auf einmal befunden!

Erneut wurde Martell von Krämpfen gequält. Schon am ersten Tage mußte er zwei unerwartete Entdeckungen machen: die Anwesenheit der Harmonisten auf der Venus und die Existenz von Telekineten bei den Harmonisten. Seine Missionierung war plötzlich verheerenden neuen Zwängen ausgesetzt. Nun mußte er nicht mehr bloß versuchen, eine dauerhafte Niederlassung auf dieser unfreundlichen Welt einzurichten. Nun sah es ganz so aus, als stünde seine Arbeit in Gefahr, von jenen Häretikern ausgetrickst und überflügelt zu werden, die man auf der Erde auf dem absterbenden Ast wähnte.

Der Wagen, den Mondschein besorgt hatte, setzte Martell vor der marsianischen Botschaft ab; ein kompaktes kleines Gebäude an einem großen Platz, der schon die ganze Stadt auszumachen schien. Die Marsianer waren in erster Linie als diejenigen zu nennen, die Martell zur Venus gebracht hatten. Daher war ein Besuch bei ihrem Botschafter dringend geboten.

Die Marsianer atmeten irdische Luft, und sie zeigten überhaupt kein Interesse daran, sich den venusischen Bedingungen anpassen zu lassen. Sobald Martell das Gebäude betrat, mußte er daher einen Schutzanzug überziehen, der ihn vor der Atmosphäre seiner Geburtswelt schützte.

Der Botschafter, Freier Bürger Nat Weiner, war etwa doppelt so alt wie Martell, vielleicht sogar noch älter – möglicherweise annähernd neunzig. Seine Gestalt zeugte von Kraft, die Schultern waren so breit, daß sie gegen die Hüftpartie und die Beine überproportioniert wirkten.

Weiner sagte: „Da sind Sie ja. Ich hätte wirklich gedacht, Sie besäßen mehr Verstand.“

„Wir sind sehr entschlossene Leute, Freier Bürger Weiner.“

„Das weiß ich. Ich studiere den Fortschritt Ihrer Organisation seit ziemlich langer Zeit.“ Weiners Augen wirkten, als blickten sie in weite Ferne. „Tatsächlich seit mehr als sechzig Jahren. Ich kannte Ihren Koordinator Kirby schon, als er noch nicht konvertiert hatte. Hat er Ihnen jemals davon erzählt?“

„Er hat es nie erwähnt“, sagte Martell. Seine Haut kribbelte. Kirby war zwanzig Jahre vor Martells Geburt in die Vorster-Bruderschaft eingetreten. Ein ganzes Jahrhundert zu leben, galt in diesen Tagen nicht als ungewöhnlich, und Vorst selbst befand sich jetzt sicher in seinem zwölften oder dreizehnten Jahrzehnt; aber es ließ einen doch frösteln, sich einen solchen Zeitraum vorzustellen.

Weiner lächelte. „Ich kam damals auf die Erde, um ein Handelsabkommen abzuschließen, und Kirby war sozusagen meine ‚Anstandsdame'. Er arbeitete zu der Zeit noch bei der UNO. Ich habe ihn viel Schweiß gekostet; damals trank ich noch sehr viel. Eigentlich bin ich der Meinung, daß Kirby diese Nacht wohl nie vergessen wird." Sein Blick heftete sich fest auf Martells matte Augen. „Ich möchte, daß Sie dies wissen, Bruder: Ich kann Ihnen keinerlei Schutz vor etwaigen Angriffen gewähren. Mein Zuständigkeitsbereich erstreckt sich nur auf Angehörige marsianischer Nationalität."

„Ich verstehe."

„Mein Rat an Sie ist der gleiche, den ich Ihnen schon von Anfang an gegeben hätte: Kehren Sie zur Erde zurück, und werden Sie dort nach einem erfüllten Leben alt."

„Das kann ich nicht, Freier Bürger Weiner. Ich bin mit einem Auftrag hierhergekommen, den ich erfüllen muß."

„Ach, Bestimmung! Wunderbar! Und wo wollen Sie Ihre Kirche bauen?"

„An der Straße, die zur Stadt führt. Vielleicht etwas näher an die Stadt heran als die Harmonistenkirche."

„Und wo wollen Sie bleiben, bis sie fertig ist?"

„Ich werde im Freien schlafen."

„Es gibt auf dieser Welt einen Vogel", sagte Weiner. „Man nennt ihn hier den Würger. Er ist so groß wie ein Hund, seine Schwingen sehen aus wie altes Leder, und der Schnabel gleicht einem Speer. Ich habe einmal einen solchen Vogel gesehen, wie er aus hundertfünfzig Metern Höhe auf einen Mann hinabfuhr, der sich zu einem Nickerchen in ein Feld gelegt hatte. Der Schnabel spießte ihn am Boden fest."

Ungerührt sagte Martell: „Ich habe heute die Begegnung mit einem Rad überlebt. Möglicherweise werde ich auch mit einem Würger fertig. Ich neige ohnehin nicht dazu, überängstlich zu sein."

Weiner nickte. „Ich wünsche Ihnen viel Glück", sagte er.

Glückwünsche waren eigentlich alles, war Martell vom Botschafter erhalten konnte, aber selbst dafür war er dankbar. Die Marsianer begegneten allem kühl, was von der Erde stammte oder sie anging, die Religionen eingeschlossen. Sie haßten die Erdbewohner nicht im eigentlichen Sinn, wie das die Venusier, gleich welcher Kaste, zu tun schienen; immerhin waren die Marsianer keine umgewandelten Kreaturen, sondern noch sehr irdische Wesen, deren Verhältnis zur Mutterwelt im besten Fall als gespannt zu bezeichnen war. Aber die Marsianer waren rauhe, aggressive Grenzer, die sich nur für sich selbst interessierten. Sie fungierten als Vermittler zwischen Erde und Venus, denn dabei gab es etwas für sie zu verdienen; sie akzeptierten Missionare von der Erde, weil von ihnen keine Bedrohung ausging. Auf ihre Weise waren sie sicher tolerant, aber sie hielten auch Abstand.

Martell verließ die marsianische Botschaft und machte sich daran, seiner Aufgabe nachzukommen. Er verfügte über Geld und Elan.

Venusische Arbeitskräfte konnte er nicht auf direktem Wege anheuern; denn für die Einheimischen, selbst für die Niedrigstehenden, wäre es einem Akt der Besudelung gleichgekommen, für einen Erdling zu arbeiten. Doch es bestand die Möglichkeit, Arbeitskräfte durch Weiners Vermittlung in Kommission zu nehmen. Selbstverständlich erhielten die Marsianer für solche Agentendienste ein Honorar.

Die Arbeiter wurden angeheuert, und eine halbwegs passable Kirche wurde errichtet. Martell stellte seinen Reisereaktor auf den Altar und justierte ihn. Er befand sich allein in der Kirche und stand schweigend da, als das Blaue Feuer flackernd zum Leben erwachte.

Martell hatte sich das Gefühl der Ehrfurcht bewahrt. Er war zwar ein irdisch orientierter Mensch und kein Mystiker, aber der Anblick der Strahlung, wie sie aus dem durch eine Wasserschicht geschützten Reaktor strömte, erzielte bei ihm die gewünschte Wirkung. Martell fiel auf die Knie und berührte als

Zeichen der Verehrung seine Stirn. Er konnte natürlich seine religiösen Gefühle nicht bis zu dem Stadium der Götzenanbetung treiben lassen, wie das die Harmonisten taten, aber er spürte wohl die Macht der Bewegung, der er sein Leben geweiht hatte.

Am ersten Tag führte Martell lediglich die Rituale der Einweihung durch. Am zweiten, dritten und vierten Tag wartete er voller Hoffnung auf den ersten Niedrigstehenden, der neugierig genug war, die Kirche zu betreten. Aber niemand kam.

Martell versprach sich wenig davon, Gläubige zu suchen; jetzt noch nicht. Er zog es vor, daß die Konvertierungen freiwillig gewünscht wurden, falls dies möglich war. Die Kirche blieb leer. Am fünften Tag kam der erste Besucher – aber es war nur eine froschartige Kreatur, fünfundzwanzig Zentimeter lang und mit gefährlich aussehenden, kleinen Hörnern auf der Stirn versehen. Tödlich wirkende Stacheln sprossen von den Schultern. Gab es denn auf diesem Planeten keine Lebensform, die ohne Waffen oder Panzerung auskam, fragte sich der Missionar. Er stieß mit dem Fuß nach dem kleinen Ungeheuer. Der Frosch knurrte ihn an und stach mit den Hörnern nach Martells Fuß. Der Vorster konnte den Fuß gerade noch rechtzeitig zurückziehen und einen Stuhl zwischen sich und das Tier schieben. Der Frosch griff das Holz an und trieb das linke Horn einige Zentimeter tief hinein. Martell konnte sich nicht daran erinnern, jemals zuvor von einem Frosch angegriffen worden zu sein. Als das Tier das Horn wieder herauszog, tropfte eine durchsichtige Flüssigkeit das Stuhlbein hinunter und ätzte sich seinen Weg durch das Holz. Beim zweiten Versuch gelang es dem Missionar, das Ungeheuer zur Tür hinauszubefördern, ohne sich dabei Schaden zuzufügen. Ein wundervoller Planet, dachte er.

Der nächste Tag brachte einen erfreulicheren Besucher: den Jungen Elwhit. Martell erkannte in ihm einen der Jungen, die per Telekinese das Erdreich hinter der Harmonistenkirche transportiert hatten. Elwhit erschien aus dem Nichts heraus und teilte dem Missionar mit: „Du hast Unheilspilze hier.“

„Ist das schlimm?"

„Die Pilze töten Menschen; sie essen sie. Tritt nicht in sie hinein. Bist du wirklich ein Kirchenmann?"

„Ich halte mich jedenfalls dafür."

„Bruder Christopher sagt, man könne dir nicht trauen, du seist ein Ketzer. Was ist ein Ketzer?"

„Ein Ketzer ist jemand, der sich mit der Religion eines anderen nicht einverstanden erklärt", sagte Martell. „Allerdings halte ich meinerseits eigentlich Bruder Christopher für einen Ketzer. Möchtest du nicht hereinkommen?"

Der Junge sah sich mit großen Augen um, endlos neugierig und rastlos. Martell hätte ihn gern nach seinen offenkundigen telekinetischen Fähigkeiten gefragt, aber er wußte, daß es im Moment wichtiger war, ihn als Gläubigen zu gewinnen. Zu viele Fragen hätten ihn zum jetzigen Zeitpunkt nur weggetrieben. Geduldig und ausführlich erklärte ihm der Missionar, was die Vorster zu bieten hatten. Es war schwer abzuschätzen, wie der Junge das aufnahm. Konnten abstrakte Konzepte überhaupt von einem zehnjährigen Jungen verstanden werden? Martell schenkte ihm ein Vorst-Buch – die Kinderausgabe. Der Junge versprach wiederzukommen.

„Paß auf die Unheilspilze auf", sagte er, bevor er ging.

Einige Tage vergingen. Dann kehrte der Junge zurück und brachte die Nachricht, Mondschein habe das Vorst-Buch konfisziert. Trotzdem hörte Martell diese Neuigkeit gern, bewies sie doch, daß er Unruhe unter die Harmonisten gebracht hatte. Sollten sie ruhig den Vorster-Unterricht als etwas Verbotenes darstellen – dann würde er sicher alle viertausend Gläubigen von Mondschein gewinnen können.

Zwei Tage nach Elwhits jüngstem Besuch erschien ein Neuer bei Martell: ein breitgesichtiger Mann in der Harmonistenkleidung. Ohne sich vorzustellen, sagte er: „Sie versuchen, diesen Jungen auf Ihre Seite zu ziehen, Martell. Unterlassen Sie das."

„Er kam aus freiem Willen zu mir. Sie können Mondschein sagen ..."

„Das Kind ist bloß neugierig. Aber es wird auch inneren Schaden erleiden, wenn Sie ihm weiterhin erlauben, hierherzukommen. Schicken Sie ihn beim nächsten Mal weg, Martell. Um seinetwillen.“

„Um seinetwillen werde ich ihn von Ihnen fernhalten“, antwortete der Vorster ganz ruhig. „Und all die anderen, die zu mir stoßen. Ich bin bereit, mit euch um sie zu kämpfen.“

„Sie werden den Jungen zugrunde richten“, sagte der Harmonist. „Die Auseinandersetzung wird ihn zerreißen. Lassen Sie es gut sein, schicken Sie ihn weg.“

Martell hatte keinesfalls vor, von dem Jungen abzulassen. Elwhit war sein Keil in die Venus, und er müßte den Verstand verloren haben, wenn er ihn freigeben würde.

Später am Tag erschien noch ein Besucher, der sich als kaum freundlicher als der Hornfrosch erwies. Es handelte sich um einen kräftigen Venusier aus der niedrigen Kaste, auf dessen Brust zwei Messergriffe sichtbar waren, die aus den Achselhalftern herausragten. Er kam keineswegs zur Andacht. Er deutete nur auf den Reaktor und sagte: „Stellen Sie das Ding ab, und lassen Sie das ganze spaltbare Material innerhalb der nächsten zehn Stunden verschwinden.“

Martell runzelte die Stirn. „Das ist aber unverzichtbar für unsere Kirchengemeinde.“

„Es ist spaltbares Material. Der Betrieb von privaten Reaktoren ist auf der Venus nicht gestattet.“

„Der Zoll hat keine Einwände erhoben“, warf Martell ein. „Ich habe das Kobalt-60 als solches dort angegeben und erklärt, wozu ich es benötige. Man hat mir die Einfuhr erlaubt.“

„Zoll ist eben Zoll. Aber jetzt befinden Sie sich in der Stadt, und ich sage: kein spaltbares Material. Sie brauchen eine Erlaubnis für das, was Sie tun.“

„Wo bekomme ich denn eine Erlaubnis?“ fragte Martell sanft.

„Bei der Polizei. Ich bin die Polizei. Und Ihr Antrag ist hiermit abgelehnt. Schalten Sie das Ding aus.“

„Und wenn nicht?“

Einen Augenblick lang dachte Martell, der Polizist würde ihn auf der Stelle niederstechen. Der Mann fuhr zurück, als habe der Vorster ihm ins Gesicht gespuckt. Nach einer unerträglichen Pause sagte er: „Soll das eine Drohung sein?“

„Es ist nur eine Frage.“

„Kraft meiner Autorität sage ich Ihnen, Sie sollen den Reaktor verschwinden lassen. Wenn Sie meiner Autorität trotzen, bedrohen Sie mich, klar? Sie sehen nicht gerade wie ein Kämpfer aus. Seien Sie schlau, und tun Sie das, was ich Ihnen sage. Zehn Stunden. Klar?“

Er verschwand.

Martell schüttelte traurig den Kopf. War die Durchsetzung eines Gesetzes hier eine Frage des persönlichen Stolzes? Nun, da konnte man nur raten.

Mal auf einen Nenner gebracht: Sie wollten, daß er den Reaktor abschaltete; und ohne Reaktor war seine Kirche keine Kirche mehr. Ob er Beschwerde einlegen konnte? Aber bei wem? Wenn er sich dem Störenfried zum Kampf stellte und ihn besiegte, würde er damit das Recht bekommen, den Reaktor weiterhin in Betrieb zu halten? Wie dem auch sei, es war ihm kaum möglich, einen solchen Schritt zu tun.

Martell entschloß sich, nicht kampflos aufzugeben. Er suchte die Behörden auf – oder was man hier so Behörden nannte –, und nachdem er vier Stunden darauf gewartet hatte, in das Büro eines subalternen Beamten vorgelassen zu werden, wurde ihm kühl und nur zu deutlich erklärt, er habe die Reaktoranlage unverzüglich abzubauen. Seine Proteste waren gar nicht zur Kenntnis genommen worden.

Auch Weiner konnte ihm nicht weiterhelfen. „Packen Sie den Reaktor ein“, riet der Marsianer.

„Ohne ihn kann ich wirklich alles seinlassen“, sagte Martell. „Wie ist der Kerl bloß an das Gesetz gekommen, das die private Nutzung von Reaktoren verbietet?“

„Man hat es wahrscheinlich nur gemacht, um sich mit Ihnen

befassen zu können", warf Weiner freundlich ein. „Aber es bleibt Ihnen gar keine andere Möglichkeit; Sie müssen den Reaktor abstellen."

Martell kehrte zur Kirche zurück. Dort erwartete ihn Elwhit auf den Stufen. Der Junge wirkte beunruhigt.

„Packen Sie ihn nicht weg", sagte er.

„Das werde ich auch nicht." Martell bat ihn herein. „Hilf mir, Elwhit. Erkläre es mir. Ich muß es wissen."

„Was?"

„Wie du mit deinem Verstand Gegenstände bewegen kannst."

„Ich greife in sie hinein", sagte der Junge. „Ich bekomme das zu fassen, was in ihnen steckt. Das ist eine Art Kraft, aber es läßt sich schwer erklären."

„Ist es vielleicht eine Fähigkeit, die man dir beigebracht hat?"

„Es ist wie das Gehen. Warum bewegen sich die Beine? Was bringt sie dazu, sich unter einem auszustrecken?"

In Martell wallte die Frustration auf. „Kannst du mir nicht sagen, wie es sich anfühlt, wenn du es tust?"

„Es ist warm. Oben, an der Oberfläche meines Kopfs. Mehr weiß ich auch nicht. Besonders viel fühle ich nicht. Erzähl mir doch etwas über die Elektronen, Bruder Nicholas. Sing mir das Lied der Photonen vor."

„Gleich", sagte Martell.

Er ging in die Hocke, um dem Jungen direkt in die Augen zu sehen. „Können deine Mutter und dein Vater auch Dinge bewegen?"

„Ein wenig. Ich kann mehr."

„Wann hast du herausgefunden, daß du es kannst?"

„Als ich es zum ersten Mal tat."

„Und du weiß nicht, wie du . . ." Martell hielt inne. Hatte es überhaupt einen Sinn? Konnte denn ein zehnjähriger Junge die richtigen Worte finden, um eine telekinetische Handlung zu beschreiben? Er tat es einfach; er tat es so natürlich wie das Atmen. Martell hätte ihn eigentlich auf ein Schiff zur Erde bringen müssen und dort nach Santa Fé, um ihn im Noel-Vorst-Zentrum für biologische Forschungen untersuchen zu lassen. Allerdings war das ausgeschlossen. Der Junge würde niemals gehen wollen, und es würde kaum möglich sein, ihn wegzuzaubern.

„Sing mir das Lied“, beharrte der Junge.

„In der Kraft des Spektrums, der Quanten und des heiligen Angström ...“

Die Kirchentür flog auf, und drei Venusier kamen herein: der Polizeichef und zwei Polizisten. Der Junge drehte sich blitzschnell herum, wieselte an den dreien vorbei und war durch den Hinterausgang verschwunden.

„Faßt ihn“, grollte der Polizeichef.

Martell protestierte lautstark. Aber es war sinnlos. Die Polizisten hetzten hinter dem Jungen her in den Garten. Martell und der Polizeichef folgten.

Die zwei Polizisten kreisten den Jungen ein. Ganz abrupt segelte der dickere von beiden durch die Luft. Wild strampelte er mit den Beinen, als er kopfüber auf die tödliche Mulde des Unheilspilzes im Gebüsch zuschnellte. Hart kam er auf. Ein gedämpftes Grunzen ertönte. Unheilspilze waren sehr schnell, wußte Martell aus eigener Beobachtung. Das fleischfressende Ungeheuer war ein Freund alles Organischen. Seine klebrigen Fasern, die mit furchterregender Geschwindigkeit herausgeschossen kamen, machten sich unverzüglich an die Arbeit. Der Polizist war in einem Fasernetzwerk gefangen; die klebrigen Enzyme begannen sofort zu wirken. Sein Strampeln verschlimmerte nur noch die Lage des Mannes. Der Polizist zerrte und zog, aber die Anzahl der Fasern erhöhte sich immer mehr, und sie zwangen ihn zu Boden. Jetzt traten die Verdauungsenzyme auf den Plan. Ein süßlicher, übelkeitserregender Geruch stieg aus dem Gehölz des Unheilspilzes auf.

Martell blieb keine Zeit, den Zersetzungsprozeß zu beobachten. Der Mann, der in den fatalen Schleimfasern gefangen war, stand kurz vor seinem Ableben. Der überlebende Polizist hatte sein Messer gezückt und auf den Jungen gerichtet. Sein Gesicht war fast schwarz vor Ärger und Furcht.

Elwhit entriß ihm per Geisteskraft das Messer. Er bemühte sich, genügend Kräfte zu sammeln, um erneut einen Transport in den Pilz zu bewerkstelligen. Doch das Gesicht des Jungen war schweißbedeckt, und das Zucken der Muskeln auf seinen Wangen verriet, welchen inneren Anstrengungen der Junge ausgesetzt war. Der Polizist ruckte und zuckte, als er sich gegen die PSI-Kräfte zur Wehr setzte. Martell stand wie erstarrt da. Mit gezücktem Messer stürmte nun der Polizeichef vor.

„*Elwhit!*“ schrie Martell.

Selbst ein Telekinet kann sich nicht gegen einen Messerstich in den Rücken wehren. Die Klinge fuhr tief hinein. Der Junge brach zusammen. Im gleichen Moment, da der Druck von ihm abließ, verlor der Polizist seine Balance und fiel auf das Gesicht. Der Polizeichef packte den tödlich verwundeten, zuckenden Jungen und warf ihn in den Unheilspilz. Er kam neben dem aufgelösten Körper des toten Polizisten auf. Entsetzt beobachtete Martell, wie die bösartigen Fasern Elwhit sofort umschlossen. Übelkeit schüttelte den Vorster. Er mußte erst das halbe Beruhigungsritual beten, bevor sein Verstand wieder zu einem klaren Gedanken fähig war.

Zu diesem Zeitpunkt hatten auch die zwei anderen Polizisten sich wieder in der Gewalt. Ohne die beiden zersetzten Körper eines Blickes zu würdigen, ergriffen sie Martell und zerrten ihn in die Kirche zurück.

„Sie haben einen Jungen ermordet“, sagte Martell, während er sich aus dem Griff befreite. „Sie haben ihn hinterrücks erstochen. Haben Sie denn gar kein Ehrgefühl?“

„Das werde ich schon vor unseren Gerichten zu bereinigen wissen, Priester. Der Junge war ein Mörder. Und er stand unter dem Einfluß von gefährlichen Lehren. Elwhit wußte, daß wir Ihre Kirche schließen wollten. Von daher war es seinerseits ein verbrecherischer Akt, sich hier aufzuhalten. Warum ist der Reaktor noch nicht abgestellt?“

Martell suchte nach Worten. Er wollte sagen, daß er nicht widerspruchslos aufgeben wolle, daß er hierbleiben wolle und bereit sei, dafür zu kämpfen, selbst wenn er dabei den Märtyrertod sterben müßte; aber er würde sich ihrem Befehl, alles zu schließen, nicht unterwerfen. Doch die brutale Ermordung seines einzigen Anhängers hatte ihm allen Willen genommen.

„Ich werde den Reaktor abstellen", sagte er dumpf.

„Dann los, worauf warten Sie noch?"

Martell machte sich an die Arbeit. Die beiden Polizisten standen wartend daneben und tauschten befriedigte Blicke aus, als das Blaue Feuer flackernd erstarb. Der Polizist sagte: „Ohne dieses Licht ist es keine richtige Kirche mehr, nicht wahr, Priester?"

„Nein", antwortete Martell. „Ich denke, ich werde die Kirche auch schließen."

„Die hat sich ja nicht sehr lange gehalten."

„Nein."

Der Polizeichef sagte: „Guck ihn dir an, wie seine Kiemen flattern. Mit allen möglichen Tricks haben sie ihn herausgeputzt, damit er so aussieht wie wir, aber wen kann er damit schon überzeugen? Wir erteilen ihm mal eine Lektion."

Sie kamen auf ihn zu. Beide waren kräftige, starke Männer. Martell besaß keine Waffen, aber er fürchtete sich nicht. Er wußte sich zu verteidigen. Sie rückten auf ihn zu; alptraumhafte Gestalten, die auf groteske Weise nichtmenschlich wirkten; ihre Augen hell und wie Schlitze geformt, angespannt glitten die inneren Lider auf und nieder; kleine Nasenlöcher pochten, Kiemen zuckten. Martell mußte sich selbst zu dem Gedanken zwingen, daß er das gleiche monsterhafte Aussehen besaß wie sie; er gehörte nun auch zu den Veränderten, war einer der ihren geworden.

„Wir wollen ihm eine Abschiedsparty geben", sagte der Polizist.

„Sie haben erreicht, was Sie wollten", sagte Martell. „Ich schließe die Kirche. Müssen Sie jetzt auch noch gegen mich tätlich werden? Wovor haben Sie Angst? Sind Religionen für Sie zu gefährlich?"

Eine Faust krachte in seine Magengrube. Martell schwankte und rang nach Atem. Er zwang sich, die Ruhe zu bewahren. Eine Handkante schlug gegen seinen Hals. Martell griff danach, wehrte sie ab und umfaßte das Handgelenk. Einen kurzen Moment lang wurde elektrische Ladung ausgetauscht, dann fuhr der Polizist zurück und fluchte:

„Paß auf! Er steht unter Strom!"

„Ich will euch nicht weh tun", sagte Martell sanft. „Laßt mich in Frieden ziehen."

Ihre Hände fuhren an die Messer. Der Vorster wartete. Dann verebbte langsam die Spannung in der Luft. Die Venusier zogen ab; offensichtlich waren sie jetzt gewillt, die Sache hiermit gut sein zu lassen. Immerhin hatten sie ja ihre eigentliche Aufgabe erfüllt, die Vorster-Mission abzuwürgen. Nun schienen sie offenbar Gewissensbisse zu haben, den erniedrigten Missionar noch weiter zu behelligen.

„Machen Sie, daß Sie aus der Stadt kommen, Erdling", knurrte der Polizeichef. „Kehren Sie dorthin zurück, wo Sie hingehören. Und kommen Sie ja nicht wieder, um hier Ihre schwachsinnige Religion zu verbreiten. Wir brauchen solchen Murks nicht. Hauen Sie ab!"

5

Die Schwärze einer Venusnacht ließ sich mit keiner anderen vergleichen, dachte Martell. Wie eine Wolldecke umwickelte sie das Himmelsgewölbe. Nicht die Spur eines Sterns, und kein einziges kurzes Aufflackern eines Mondlichtstrahls durchbrach die Dunkelheit am Himmel. Dennoch gab es hin und wieder und ständig unterbrochen Licht: große Raubvögel, die höllisch leuchteten, spalteten in unvorhersehbarer Reihenfolge die Dunkelheit. Martell stand auf der hinteren Veranda der Harmonistenkirche und beobachtete, wie ein solches leuchtendes Tier vorbeisegelte; nicht höher als dreißig Meter flog es, nahe genug bei Martell, damit er die Reihe der gekrümmten Krallen erkennen konnte, die die Spitzen der gebogenen, zurückgeschlagenen Schwingen besetzten.

„Unsere Vögel haben auch noch Zähne", bemerkte Christopher Mondschein.

„Und Ihre Frösche haben Hörner", bemerkte Martell. „Warum ist alles auf diesem Planeten so bösartig?"

Mondschein kicherte. „Fragen Sie Darwin, mein Freund. Es hat sich eben so entwickelt. So, dann sind Sie also auch schon unseren Fröschen begegnet? Äußerst tödliche kleine Biester. Und ein Rad haben Sie ja auch gesehen. Wir besitzen hier auch recht ergötzliche Fische und eine vornehmlich fleischfressende Fauna. Aber wir haben keine Insekten. Können Sie sich das vorstellen? Überhaupt keine Langgliederfüßler. Im Meer gibt es natürlich einige recht interessante Exemplare: eine Art Skorpion, der größer ist als ein Mensch, und eine Art Krebs mit unangenehm langen Scheren – aber auf dieser Welt geht ohnehin niemand im Meer schwimmen."

„Das kann ich mir denken", sagte Martell. Ein neuer Leuchtvogel segelte hinab, streifte die Wipfel der Bäume und schoß davon. Auf seinem Kopf stand ein glühendes, fleischiges Organ von der Größe einer Melone hervor und wabbelte auf einem dicken Strang.

Mondschein sagte: „Sie wollen also jetzt bei uns eintreten?"

„Das stimmt."

„Zum Infiltrieren, Martell? Zum Spionieren?"

Martells Wangen verfärbten sich. Die Chirurgen hatten ihm die Fähigkeit des Errötens nicht genommen, obwohl die Wangen nun eher dunkelgrau wurden, sobald er sich erregte. „Warum beschuldigen Sie mich?" fragte er.

„Warum sonst wollten Sie wohl zu uns kommen? Letzte Woche waren Sie in dieser Frage noch ziemlich hochmütig."

„Das war letzte Woche. Jetzt ist meine Kirche geschlossen. Ich sah, wie ein Junge, der mir Vertrauen entgegenbrachte, vor meinen Augen ermordet wurde. Ich habe kein Verlangen, Zeuge weiterer Morde zu werden."

„Also geben Sie Ihre Schuld an seinem Tod zu?"

„Ich gebe zu, daß ich ihm gestattete, sein Leben in Gefahr zu bringen", sagte Martell.

„Wir haben Sie gewarnt."

„Aber ich konnte mir ja keine Vorstellung von der Grausamkeit der Wesen machen, die mir zu Leibe gerückt sind. Jetzt weiß ich es. Und allein kann ich nicht bleiben. Lassen Sie mich zu Ihnen kommen, Mondschein."

„Sie sind zu durchsichtig, Martell. Sie kommen hierher und strotzen vor Verlangen, ein Märtyrer zu werden. Sie geben jetzt zu rasch klein bei. Das sieht doch ein Blinder, daß Sie unsere Bewegung ausspionieren wollen. Übertritte laufen nie so einfach ab. Und Sie sind kein Mensch, der sich leicht beeinflussen läßt. Ich mißtraue Ihnen, Bruder."

„Espern Sie in meinen Gedanken?"

„Ich? Ich verfüge über keinerlei solche Fähigkeiten; nicht die Spur davon. Aber ich habe einen brauchbaren Verstand. Und ich kenne mich auch etwas mit dem Spionieren aus. Sie wollen hier nur herumschnüffeln."

Martell beobachtete einen Leuchtvogel, der hoch im dunklen Himmel flog.

„Sie wollen mich also nicht aufnehmen?"

„Sie können die Nacht in unserem Schutz verbringen. Aber morgen früh müssen Sie gehen. Tut mir leid, Martell."

Keine Überredungskunst konnte die Entscheidung des Harmonisten umstimmen. Martell war davon weder überrascht noch enttäuscht. Der Eintritt bei den Harmonisten war eine allzu zweifelhafte Strategie gewesen, und er hatte ohnehin mehr oder weniger erwartet, daß Mondschein ihn abweisen würde. Wenn er sechs Monate mit seinem Vorhaben gewartet hätte, wäre die Antwort vielleicht anders ausgefallen.

Er blieb mit seinen Gedanken allein, während die kleine Harmonistengruppe die allabendliche Vespermesse durchführte. Natürlich wurden sie hier nicht „Vespergottesdienste" genannt, aber Martell konnte sich nicht dagegen wehren, die Häretiker mit viel älteren Religionen zu vergleichen. Drei chirurgisch angepaßte Erdenmenschen versahen in dieser Kirche ihren Dienst. Die Stimmen der beiden untergeordneten Harmonisten vermischten sich mit der von Mondschein in Hymnen, die in ihrer Frömmelei abstoßend wirkten, gleichzeitig aber den Zuhörer unterschwellig bewegten. Sieben niedrigstehende Venusier waren anwesend. Später nahm Martell mit den drei Harmonisten ein Abendessen aus einer unbekannten Fleischsorte und säuerlichem Wein ein. Seine Anwesenheit schien ihre fast selbstgefällig zu nennende Laune nicht zu stören. Einer, Bradlaugh, war schlank und sah zerbrechlich aus; seine Arme waren zu lang, und seine Gesichtszüge waren so grob, daß es schon komisch wirkte. Der andere, Lazarus, war robust und athletisch gebaut, seine Augen aber waren seltsam leer, und die Haut war straff wie bei einem Totenschädel über das breite Gesicht gespannt. Er war derjenige, der Martell in der Vorster-Kirche aufgesucht hatte. Martell vermutete, daß Lazarus ein Esper war. Sein Name erweckte die Neugierde des Vorster.

„Sind Sie mit *dem Lazarus* verwandt?" fragte Martell.

„Ich bin sein Großneffe. Ich habe ihn aber nie kennengelernt."

„Niemand scheint ihm je begegnet zu sein", sagte Martell. „Oftmals will es mir so scheinen, daß der geschätzte Gründer Ihrer Häresie bloß ein Mythos gewesen ist."

Die Gesichter am Tisch wurden hart. Mondschein sagte: „Ich habe einmal jemanden getroffen, der ihn kannte. Man sagt, er sei ein beeindruckender Mann gewesen: groß, ein geborener Führer, von dem eine majestätische Würde ausging."

„Wie Vorst", sagte Martell.

„Ziemlich genau wie Vorst. Beide sind geborene Führer", sagte Mondschein. Er erhob sich. „Gute Nacht, Brüder."

Martell blieb mit Bradlaugh und Lazarus allein. Eine ungemütliche Stille setzte ein. Nach einer Weile stand auch Bradlaugh auf und sagte kühl: „Ich zeige Ihnen Ihr Zimmer."

Das Zimmer war klein und enthielt eine einfache Pritsche. Martell war damit zufrieden.

Die Zahl der religiösen Symbole, die es hier gab, war kleiner, als man das hätte erwarten können, und immerhin hatte er einen Platz zum Schlafen. Rasch erledigte Martell seine Andacht und schloß dann die Augen. Nach einer Weile übermannte ihn der Schlaf: eine dünne Schlummerschicht über einem Abgrund an innerem Aufruhr.

Dann wurde die oberste Schicht durchbrochen.

Das Geräusch von brüllendem, rauhem Gelächter erreichte ihn. Etwas donnerte an die Kirchenwände. Martell bemühte sich wach zu werden, als er eine kraftvolle Stimme rufen hörte: „Gebt uns den Vorster!"

Er setzte sich aufrecht hin. Jemand betrat sein Zimmer; er erkannte Mondschein. „Sie sind betrunken", flüsterte der Harmonist. „Die ganze Nacht schon ziehen sie randalierend durch die Gegend. Jetzt wollen sie hier Ärger machen."

„Den Vorster!" kam ein Brüllen von draußen.

Martell spähte durch das Fenster. Zuerst sah er gar nichts; dann entdeckte er dank des Scheins der Lichtzellen, die an den Außenwänden der Kirche angebracht waren, sieben oder acht titanische Gestalten, die im Vorgarten unsicher hin und her schwankten.

„Hochstehende!" keuchte Martell.

„Einer unserer Esper hat vor einer Stunde die Nachricht gebracht", sagte Mondschein. „Es ließ sich nicht vermeiden, daß es früher oder später soweit kommen würde. Ich gehe nach draußen und beruhige sie."

„Man wird Sie töten."

„Mich wollen sie nicht", sagte Mondschein und verließ das Zimmer.

Martell sah, wie er aus dem Gebäude trat. Wie ein Zwerg

stand er inmitten des Kreises der betrunkenen Venusier. Die Art, wie sie ihn umringten, ließ Martell zu der Erkenntnis kommen, daß sie Mondschein doch etwas antun wollten. Aber der Vorster zögerte. Mondschein trat ihnen unerschrocken entgegen. Die Entfernung war zu groß, als daß Martell hätte hören können, was sie sagten; wahrscheinlich wurde dort irgendwie verhandelt. Die großen Männer waren bewaffnet und schwankten. Irgendeine leuchtende Kreatur flog über die Ansammlung hinweg und ermöglichte es Martell, einen kurzen Blick auf die Gesichter der Hochstehenden zu werfen: fremdartige, verzerrte, erschreckende Gesichter. Ihre Wangenknochen sahen aus wie Messerklingen; ihre Augen waren bloß noch Schlitze. Mondschein stand jetzt mit dem Rücken zum Fenster, gestikulierte und sprach ohne Zweifel schnell und ernsthaft auf sie ein.

Ein Venusier hob einen zwanzig Pfund schweren Stein hoch und drohte, ihn gegen die geweißte Wand der Kirche zu werfen. Martell nagte an den Knöcheln. Gesprächsfetzen drangen zu ihm hoch, Worte, die wenig erfreulich waren: „Überlassen Sie ihn uns . . . Wir könnten euch alle fertigmachen . . . Wäre an der Zeit, euch Kröten allesamt zu zermalmen . . ."

Mondschein hatte nun die Hände erhoben. Bat er inständig, fragte sich Martell, oder wollte er damit lediglich die Venusier beruhigen? Martell dachte daran zu beten. Aber das wollte ihm als eine hohle, nichtige Geste erscheinen. In der Bruderschaft betete man nicht persönlicher Vorteile wegen. Man lebte den Regeln gemäß und kam seinen Aufgaben nach, dann erwartete einen die Belohnung von ganz allein. Martell fühlte sich ganz gelassen. Er zog seine Robe an und ging nach draußen.

Noch nie zuvor war er einer Gruppe von Hochstehenden so nahe gewesen. Ein ranziger Geruch strömte von ihnen aus, ein Geruch, der ihn an das Rad erinnerte. Sie blickten ungläubig drein, als Martell auftauchte.

„Was wollen die?" fragte der Vorster.

Mondschein starrte ihn an. „Gehen Sie wieder nach drinnen! Ich verhandle gerade mit ihnen."

Ein Venusier zog sein Schwert. Er stieß es dreißig Zentimeter tief in die Erde, stützte sich darauf und sagte: „Da ist ja endlich unser Priesterlein! Worauf warten wir noch?"

Mondschein sagte hilflos zu Martell: „Sie hätten nicht herauskommen sollen. Es hätte die Möglichkeit bestanden, die Gemüter zu beruhigen."

„Nein, es hätte keine Chance gegeben. Sie werden Ihre Kirche zerstören, wenn ich nicht mit ihnen fertig werden kann."

„Sie sind unser Gast", erinnerte ihn Mondschein.

Martell hatte kein Interesse, die Freigebigkeit der Häretiker in Anspruch zu nehmen. Er war in der Hoffnung zu den Harmonisten gekommen, wie sie es auch sofort erraten hatten, dort zu spionieren. Das war ebenso gescheitert wie alles andere im Zusammenhang mit seiner hiesigen Aufgabe. Jetzt wollte er sich nicht hinter Mondscheins grüner Robe verstecken. Er packte den älteren Mann am Arm und sagte: „Gehen Sie hinein, und zwar schnell!"

Mondschein zuckte die Achseln und verschwand. Martell drehte sich herum, um den Venusiern direkt ins Gesicht zu sehen.

„Warum sind Sie hier?" fragte er.

Eine Ladung Speichel traf ihn mitten im Gesicht. Ohne ihn direkt anzusprechen, sagte ein Venusier: „Wir spießen ihn auf und werfen ihn in den Ludlow-Weiher, was?"

„Hackt ihn zusammen! Spuckt ihn an!"

„Bindet ihn dort an Stöcke, wo ein Rad vorbeikommt!"

Martell sagte: „Ich kam in Frieden hierher. Ich bringe euch das Geschenk des Lebens. Warum wollt ihr mich nicht anhören? Wovor habt ihr Angst?" Er erkannte, daß die Venusier große Kinder waren, die zuviel überschüssige Kraft besaßen und sich einen Spaß daraus machen wollten, eine Ameise zu zerquetschen. „Wir wollen uns alle zusammen unter diesen Baum dort setzen. Gestattet mir, mit euch zu reden. Ich kann euch von der Trunkenheit befreien. Ihr braucht mir nur eine Hand zu reichen . . ."

„Paßt auf", rief ein Venusier. „Er sticht!"

Martell streckte eine Hand zu dem ihm am nächsten stehenden Riesen aus. Der Mann sprang zurück und bot dabei einen wenig beeindruckenden Anblick. Einen Augenblick später – wohl um seine Ängstlichkeit wieder wettzumachen – zückte er sein Schwert: ein glitzernder Anachronismus, fast so groß wie Martell. Zwei Venusier zogen ihre Dolche. Sie torkelten auf ihn zu, und Martell atmete tief die fremde Luft in seine angepaßten Lungen ein. Er wartete darauf, daß sein Blut, das nicht mehr rot war, herausspritzte.

Plötzlich war er jedoch nicht mehr da.

„Wie sind Sie denn hierhergekommen?" fragte Botschafter Nat Weiner.

„Das wüßte ich selbst gern", sagte Martell.

Die unerwartete Helligkeit im Büro des Marsianers stach Martell in die Augen. Er hatte immer noch das Bild von den furchterregenden Klingen vor sich; der Eindruck der Irrealität durchfuhr ihn, als habe er einen Traum verlassen, um in einen neuen zu treten, wo eine andere Bedrohung auf ihn wartete.

„Dieses Gebäude unterliegt der höchsten Geheimhaltungsstufe", sagte Weiner. „Sie haben kein Recht, sich hier aufzuhalten."

„Ich habe noch nicht einmal das Recht zu leben", antwortete Martell leise.

6

Niedergeschmettert überlegte Martell, ob er nicht besser auf die Erde zurückkehren und in Santa Fé alles berichten sollte, was er erfahren hatte. Er konnte das Vorst-Zentrum aufsuchen, wo er vor einem Jahr als Erdmensch einen Raum betreten hatte und von wirbelnden Messern und schneidenden Laserstrahlen in ein fremdartiges Wesen verwandelt worden war. Er konnte um ein Gespräch mit Reynolds Kirby nachsuchen und dem ergrauten, dünnlippigen Hundertjährigen davon berichten, daß die Venusier die Telekinese beherrschten, daß sie ein Radwesen umdrehen, einen Angreifer in einen Unheilspilz werfen und ein menschliches Wesen sicher über acht Kilometer transportieren und selbst durch feste Wände befördern konnten.

Santa Fé mußte davon erfahren. Die allgemeine Lage sah nicht allzu rosig aus. Die Harmonisten hatten sich recht bequem auf der Venus eingenistet, und der ganze Planet wimmelte von Telekineten – das konnte sich als verheerende Bedrohung von Vorsts großem Plan erweisen. Natürlich machten die Vorster auf der Erde große Fortschritte. Sie waren die Herren der Welt. In den Labors hatte man Lebenserwartungen simuliert, die im Schnitt drei- bis vierhundert Jahre betrugen; ohne Organaustausch, sondern lediglich durch eine körpereigene Regeneration von innen heraus. Diese Erfolge konnten im Endeffekt in das ewige Leben münden. Aber die Unsterblichkeit war nur ein Ziel der Vorster. Das andere richtete sich darauf, eine Transportmöglichkeit zu den unerreichbaren Sternen zu finden.

Und auf diesem Gebiet befanden sich die Harmonisten unschlagbar in Führung. Sie verfügten über Telekineten, die wahre Wunder vollbringen konnten. Nach ein paar Generationen genetischer Forschungen konnten sie vielleicht Expeditionen zu anderen Sternsystemen schicken. Sobald man erst einmal einen Menschen acht Kilometer weit sicher befördern konnte, war es nur noch ein quantitatives Problem und kein qualitatives, jemanden zum Prokyon zu schicken. Martell mußte seine Leute davon in Kenntnis setzen. Santa Fé brauchte ihn – diese riesige Ansammlung von Gebäuden, wo Wissenschaftler Gene aufteilten und mühsam wieder zusammensetzten, wo Esperfamilien sich endlosen Testreihen unterwarfen, wo Bionikspezialisten Wunder vollbrachten, die jenseits des Verstandesvermögens lagen.

Aber er ging nicht zurück. Ein persönliches Erscheinen erschien ihm nicht nötig zu sein. Eine Nachricht würde genügen. Die Erde war nun für Martell ein fremder Planet, und er stellte es sich nicht als besonders angenehm vor, dorthin zurückzukehren und sein weiteres Leben in Atemanzügen zu verbringen. Er strich den Gedanken an eine Rückreise.

Dank der hervorragenden Ausrüstung in Nat Weiners Botschaft konnte Martell einen Bericht aufsetzen und zu Kirby nach Santa Fé senden. Er blieb in der marsianischen Botschaft, um dort auf die Antwort des Koordinators zu warten. Er hatte die Lage auf der Venus so beschrieben, wie sie sich ihm darstellte, und brachte seine große Befürchtung zum Ausdruck, daß die Harmonisten bereits zu weit vorangekommen seien und bald schon die Sterne erreichen konnten. Pünktlich erschien Kirbys Antwort. Er dankte Martell für seine wertvollen Nachrichten. Und er fügte eine beruhigende Notiz hinzu: Auch die Harmonisten seien Menschen, sagte er. Falls sie die Sterne erreichen sollten, sei das eine menschliche Errungenschaft; nicht ihrer, nicht unserer, sondern jedermanns Vorteil. Denn damit sei der Weg geöffnet. Ob Bruder Martell da mit ihm konform gehen könne, fragte Kirby zum Schluß.

Martell fühlte sich jeder Grundlage enthoben. Was wollte Kirby damit sagen? Mittel und Zweck schienen ihm hoffnungslos durcheinandergebracht und aus der Bahn geraten. War das Ziel der Bruderschaft etwa damit erreicht, wenn die Häretiker das Universum eroberten? Unglücklich stand er vor dem improvisierten Altar in dem Zimmer, das Weiner ihm überlassen hatte, und suchte Antworten auf Fragen, die nicht zu beantworten waren.

Ein paar Tage später ging er wieder zu den Harmonisten.

7

Martell stand mit Christopher Mondschein am Ufer eines funkelnden Sees. Durch die Wolken drang das dumpfe Leuchten der versteckten Sonne und spendete diesem See, der alles andere als Wasser führte, einen matten Glanz. Aber nicht das Tanzen der Sonnenstrahlen ließ den See funkeln; es wimmelte darin von Leuchttierchen, die sich am Grunde des Sees aufhielten. Deren Tentakel schaukelten in der Unterwasserströmung und produzierten so die leicht grünliche Strahlung.

Es hielten sich noch andere Lebewesen in dem Gewässer auf. Martell sah sie, wie sie unter der Wasseroberfläche schwammen: gerippte und knochige Wesen, mit knirschenden Reißzähnen und metallisch glänzenden Flossen. Hier und da stieß eine Schnauze durch das Wasser, und eine schlanke, häßliche Kreatur schoß sechs Meter durch die Luft, bevor sie wieder eintauchte. In der Tiefe ließen sich zuckende, mit Saugnäpfen versehene Ranken ausmachen, die irgendwelchen Monstern gehörten, auf deren Bekanntschaft Martell jedoch liebend gern verzichtete.

Mondschein sagte: „Ich dachte, ich würde Sie nie mehr wiedersehen."

„Wann? Als ich damals herauskam, um den Venusiern gegenüberzutreten?"

„Nein, später, als Sie sich bei den Marsianern einrichteten. Ich dachte, Sie träfen dort Vorbereitungen für eine Rückkehr zur Erde. Sie wissen doch, wie hoffnungslos es ist, hier eine Vorster-Gemeinde gründen zu wollen."

„Das weiß ich", sagte Martell. „Aber die Schuld am Tod des Jungen lastet auf meinem Bewußtsein. Ich kann nicht einfach verschwinden. Ich habe ihn dazu gebracht, daß er zu mir kam, und dafür ist er auch gestorben. Er würde heute noch leben, wenn ich ihn weggeschickt hätte. Und ich wäre jetzt tot, wenn mich nicht einer Ihrer anderen Jungen in Sicherheit teleportiert hätte."

„Elwhit war einer unserer besten Zöglinge“, sagte Mondschein bitter. „Wenn er nur nicht diesen ungestümen Zug an sich gehabt hätte – dieser Zug, der ihn andererseits auch zu uns geführt hat. Er war wirklich eine rastlose Persönlichkeit. Ich wünschte, Sie hätten ihn nicht behelligt.“

„Ich tat, was ich tun mußte“, antwortete Martell. „Es tut mir leid, daß soviel Unheil daraus erwachsen ist.“ Er folgte mit den Augen der verschlungenen Bahn einer schwarzen Schlange, die unter der Wasseroberfläche den See von rechts nach links durchquerte. Mit erschreckender Schnelligkeit streckte sie plötzlich teleskopartige Glieder aus und fing einen Vogel aus seinem niedrigen Flug.

Vorsichtig sagte Martell: „Ich bin nicht hierhier zurückgekehrt, um Sie auszuspionieren. Ich kam zurück, um Ihrer Bewegung beizutreten.“

Mondscheins hochgewölbte, blaue Stirn legte sich etwas in Falten. „Bitte, diese Sache haben wir doch schon längst ausdiskutiert.“

„Dann testen Sie mich! Lassen Sie einen Ihrer Esper in meinem Gehirn lesen! Ich schwöre Ihnen, Mondschein, daß ich es aufrichtig meine.“

„Man hat Ihnen in Santa Fé eine Reihe von hypnotischen Befehlen eingegeben, da bin ich mir ganz sicher. Ich habe so etwas ja am eigenen Leib schon einmal erfahren. Man hat Sie als Spion hierhergesandt, obwohl Sie selbst davon gar nichts wissen. Und wenn wir Sie testen würden, hätten wir sicher Schwierigkeiten, das Gewünschte zu finden. Sie speichern alles in sich auf, was Sie über uns herausfinden können, und dann kehren Sie nach Santa Fé zurück. Dort wird man Sie einem Telepathen vorsetzen, der alles aus Ihnen herauspumpt. Na, was sagen Sie dazu?“

„Nein, dem ist ganz und gar nicht so.“

„Sind Sie sich da sicher?“

„Hören Sie mal zu“, sagte Martell, „ich glaube nicht, daß man irgend etwas mit meinem Gehirn in Santa Fé angestellt hat.

Ich bin zu Ihnen gekommen, weil ich auf die Venus gehöre. Ich bin diesem Planeten angepaßt worden.“ Er streckte die Hände aus.

„Meine Haut ist blau. Mein Metabolismus ist der Alptraum jedes Biologen. Ich besitze Kiemen. Ich gehöre auf die Venus, denn das ist der Ort, wohin die Veränderten gehen. Als Vorster kann ich hier nicht bleiben, weil die Einheimischen mich nicht lassen. Daher muß ich mich Ihnen anschließen. Verstehen Sie das denn nicht?“

Mondschein nickte. „Ich halte Sie immer noch für einen Spion.“

„Ich sage Ihnen doch . . .“

„Regen Sie sich nicht auf“, sagte der Harmonist. „*Seien* Sie ein Spion. Dagegen gibt es doch kaum etwas einzuwenden. Sie können bleiben und bei uns eintreten. Sie werden unsere Brücke sein, Bruder. Sie werden das Verbindungsglied bilden, das die Vorster mit den Harmonisten verbindet. Arbeiten Sie für beide Seiten, wenn Ihnen das beliebt. Das verträgt sich ausgezeichnet mit unseren Plänen.“

Wieder einmal vermeinte Martell, der Boden unter seinen Füßen würde sich auftun. Er kam sich vor wie in einem Antigravschacht, bei dem plötzlich die gesamte Schwerkraft ausgesetzt hatte – und er fiel, fiel immer weiter, endlos tief. Er suchte und fand die milden Augen und entdeckte dort, daß Mondschein von irgendeiner verrückten ökumenischen Wunschvorstellung besessen war, von irgendeiner ganz persönlichen, märchenhaften Vorstellung, die . . .

Er sagte: „Versuchen Sie etwa, die beiden Bewegungen wieder zusammenzuführen?“

„Das ist keine fixe Idee von mir, sondern Bestandteil von Lazarus’ Plan.“

Martell dachte, Mondschein meinte damit seinen Assistenten Lazarus, und sagte daher: „Ist er denn hier der Vorgesetzte und nicht Sie?“

Lächelnd antwortete Mondschein: „Ich meine nicht unseren

Lazarus hier. Ich sprach von David Lazarus, dem Gründer unserer Bewegung."

„Er ist doch tot."

„Natürlich, aber wir verfolgen immer noch den Kurs, den er vor einem halben Jahrhundert für uns ausgearbeitet hat. Und dieser Kurs sieht letztlich die Wiedervereinigung beider Bewegungen vor. Das kann auch gar nicht ausbleiben, Martell. Beide verfügen über etwas, was der andere haben will. Sie besitzen die Erde und die Unsterblichkeit, wir die Venus und die Telekinese. Da muß es doch zu einem gewissen Interessenverbund kommen; und möglicherweise sind Sie einer der Männer, die das zustande bringen."

„Das können Sie ja wohl nicht ernst meinen."

„Ich meine es so ernst, wie mir das nur möglich ist", sagte Mondschein.

Martell bemerkte, wie das Gesicht des Harmonisten sich verhärtete; die liebenswürdige Maske verschwand. „Möchten Sie ewig leben, Martell?"

„Ich bin nicht scharf darauf, zu sterben. Ausgenommen natürlich für einen höheren Zweck."

„Mit anderen Worten heißt das, Sie wollen so lange wie möglich in Ehren leben."

„Richtig."

„Die Vorster kommen diesem Ziel von Tag zu Tag näher. Wir haben gewisse Vorstellungen von dem, was in Santa Fé vor sich geht. Einmal, vor ungefähr vierzig Jahren, haben wir den Inhalt eines ganzen Lebensverlängerungslabors gestohlen. Das half uns weiter, war aber nicht genug. Die Grundlage des Wissens fehlte uns immer noch. Auf der anderen Seite können wir auch auf einige Erfolge hinweisen; ich glaube, das ist Ihnen schon aufgefallen. Meinen Sie, das reicht für eine Wiedervereinigung aus? Wir bekommen die Sterne – Sie die Ewigkeit. Bleiben Sie hier und spionieren Sie, Bruder. Ich glaube – und ich weiß, daß Lazarus ebenso dachte –, je weniger Geheimnisse es zwischen uns gibt, desto schneller werden wir vorankommen."

Martell gab keine Antwort. Ein Junge trat aus dem Wald: ein junger Venusier, möglicherweise derjenige, der ihn vor dem Rad gerettet hatte; vielleicht der Bruder des toten Elwhit. In ihrer Fremdartigkeit waren sie kaum auseinanderzuhalten. Ganz plötzlich änderte sich Mondscheins Verhalten wieder. Er setzte ein breites Lächeln auf; die kosmischen Probleme waren fürs erste vergessen.

„Hol uns einen Fisch", erklärte er dem Jungen.

„Ja, Bruder Christopher."

Schweigen folgte. Adern pochten auf der Stirn des Jungen. In der Mitte des Sees kochte das Wasser, und weißer Schaum spritzte hoch. Ein Tier erschien daraus: geschuppt und von mattgelber Farbe. Es erhob sich in die Luft, war drei Meter Wut und Frustration; sein großer Unterkiefer öffnete und schloß sich vergebens. Das Tier sauste auf die Gruppe am Ufer zu.

„So einen nicht!" keuchte Mondschein.

Der Junge lachte. Der riesige Fisch glitt in den See zurück. Einen Augenblick später wand sich ein buntschillerndes Etwas auf dem Boden vor Martells Füßen – ein zahnbewehrtes, um sich schnappendes Wesen, etwa fünfzig Zentimeter lang, mit Flossen, die wie Beine aussahen, und einem fächerartigen Schwanz, dessen gefährliche Stacheln zuckten und sich drehten. Martell sprang zurück, begriff dann aber, daß er sich nicht in Gefahr befand. Der Kopf des Fisches sackte plötzlich hinunter, als habe eine unsichtbare Faust ihn getroffen, und das Tier lag still da. Martell bekam in diesem Moment furchtbare Angst. Der schmächtige, lachende Junge, der ihnen zunächst einen Streich spielen wollte und das Ungeheuer aus dem Wasser gezogen hatte und danach dieses ebenso tödliche Wesen, brauchte nur einmal mit dem Ohrläppchen zu zucken, um jemanden zu töten.

Martell starrte Mondschein an. „Ihre Telekineten – sind alle Venusier so veranlagt?"

„Alle."

„Ich hoffe, Sie können sie einigermaßen unter Kontrolle halten."

„Das hoffe ich auch“, antwortete Mondschein. Er packte den toten Fisch vorsichtig an einer der kräftigen Flossen und hielt ihn so, daß die Schwanzstacheln von ihm fort zeigten. „Eine besondere Delikatesse“, sagte er. „Natürlich muß man zuerst die Giftblasen entfernen. Wir fangen noch zwei bis drei weitere und werden heute abend ein Teufelsfisch-Dinner einnehmen, um Ihre Konvertierung zu feiern, Bruder Martell.“

8

Man wies ihm ein Zimmer zu und übertrug ihm einige niedere Hausarbeiten. In der Freizeit unterrichteten sie ihn in den Lehren der Transzendenten Harmonie. Martell hielt sein Zimmer für ausreichend, und über die Arbeit konnte er sich auch nicht beklagen. Wesentlich schwieriger erwies es sich aber, die Theologie der Harmonisten zu verdauen. Es gelang ihm nicht vorzugeben, daß die Lehre ihm überhaupt etwas bedeutete. Er hielt sie für aufgewärmtes Christentum, versehen mit einem Happen Islam und einer Prise Spät-Buddhismus – und das Ganze war über eine Basisstruktur gekippt worden, die schamlos von Vorst übernommen war – eine unverträgliche Mischung. Vorsts Lehre enthielt schon genug Synkretismus, aber das wurde von Martell so akzeptiert, weil er damit aufgewachsen war. Sich in Häresie zu üben war hingegen eine völlig andere Sache.

Für die Harmonisten begann alles bei Vorst; sie sahen ihn als Propheten an, so wie die Christen Moses und die Moslems Jesus verehren. Natürlich gab es auch hier die spätere Hauptfigur, eben David Lazarus. In den Vorsterschriften wurde Lazarus an keiner Stelle erwähnt. Martell kannte dessen Namen nur aus seinen Studien der Geschichte der Bruderschaft der Immanenten Strahlung; dort tauchte Lazarus lediglich als Randerscheinung auf: Er war ein früher Anhänger Vorsts gewesen und danach einer der ersten Dissidenten.

Aber Vorst lebte, und nach Auffassung beider Gruppen würde er ewig leben, im Einklang mit dem Kosmos als der erste Unsterbliche. Lazarus hingegen war tot, war ein Märtyrer seiner Aufrichtigkeit geworden: Die dominierenden Vorster hatten ihn im Moment ihres größten Triumphs auf der Erde grausam hintergangen und erschlagen.

Das Buch von Lazarus erzählte diese traurige Geschichte. Unter Martells Haut kribbelte es, als er sie las:

Lazarus war aufrichtig und ohne Falsch. Aber die Menschen, deren Herzen zu Stein geworden waren, kamen über ihn, erschlugen ihn in der Nacht und verfütterten seinen Leichnam an einen Konverter, so daß nicht ein Molekül von ihm übrigblieb. Und als Vorst von ihren Taten erfuhr, weinte er und sagte: „Ich wünschte, ihr hättet mich an seiner Stelle erschlagen; denn damit habt ihr ihm nun eine Unsterblichkeit verliehen, die er niemals wieder verlieren kann . . .“

Martell konnte in den Harmonistenschriften eigentlich keine Stelle entdecken, an der etwas Negatives über Vorst gesagt wurde. Selbst die Ermordung von Lazarus wurde klar und deutlich als Werk von untergeordneten Kräften dargestellt, die das ohne jegliches Wissen Vorsts und gegen seinen Wunsch getan hatten.

Und obwohl in den Schriften immer wieder die Hoffnung zum Ausdruck gebracht wurde, daß eines Tages der gemeinsame Glaube die beiden Bewegungen wiedervereinigen würde, betonten die Harmonisten doch ständig, daß diese Wiedervereinigung ihrerseits nur aus einer Position der Stärke und als absolut gleichwertiger Teil vonstatten gehen könne.

Noch vor wenigen Monaten hätte Martell diese Ansprüche als völlig absurd angesehen. Auf der Erde waren die Harmonisten nur eine winzige Bewegung; von Jahr zu Jahr verloren sie weitere Mitglieder. Jetzt aber, wo er unter ihnen lebte, wenn nicht sogar gänzlich von ihnen lebte, begriff er, daß er ihre

Macht furchtbar unterschätzt hatte. Die Venus gehörte ihnen. Die Hochstehenden mochten noch höhnen und ihre Messer ziehen, aber sie waren nicht länger die Herren dieser Welt. Bei den unterdrückten niedrigstehenden Venusiern gab es Esper – Telekineten immerhin –, und diese hatten ihr Schicksal in die Hände der Harmonisten gelegt.

Martell arbeitete fleißig. Er lernte, er hörte zu. Und er fürchtete sich.

Die stürmische Jahreszeit setzte ein. Aus den ewigen Wolken brachen Blitzzungen, die die ganze Venus beleuchteten. Wahre Sturzbäche von bitterem Regen überfluteten die flachen Ebenen, Bäume, die hundertfünfzig Meter hoch waren, wurden aus dem Boden gerissen und über große Entfernungen hinweggeschleudert. Von Zeit zu Zeit erschienen Hochstehende vor der Harmonistenkirche, um zu höhnen und zu drohen. Und im kreischenden Sturmwind brüllten sie ihren prahlerischen Trotz heraus, während im Gebäude grinsende niedrigstehende Jungen darauf warteten, ihre Lehrmeister, wenn nötig, zu verteidigen. Einmal sah Martell, wie drei hochstehende Männer sechs Meter weit vom Eingang fortgehoben wurden, als sie diesen aufbrechen wollten. „Ein Blitz hat dort eingeschlagen", versicherten sie sich gegenseitig. „Ein Glück, daß wir noch leben."

Der Frühling brachte dann die Wärme zurück. Nackt bis auf seine fremdartige Haut arbeitete Martell mit Bradlaugh und Lazarus auf den Feldern. Noch unterrichtete er nicht. Mittlerweile kannte er sich recht gut in den Harmonistenlehren aus; aber es war alles von außen hineingestopft worden, und eine anscheinend undurchdringliche Mauer aus Skepsis verhinderte, daß die Lehren tiefer eindrangen.

Dann, an einem dampfendheißen Tag, wo der Schweiß in Bächen aus den umgewandelten Poren der vier ehemaligen Erdmenschen rann, bereicherte Bruder Bradlaugh die gesegneten Reihen der Märtyrer. Es geschah ganz schnell. Sie arbeiteten auf den Feldern, ein Schatten zog über ihnen am Himmel dahin, und eine leise, innere Stimme in Martell schrie: „Paß auf!"

Martell war unfähig, sich zu rühren. Aber dies sollte nicht sein Todestag sein. Etwas stürzte vom Himmel, ein schweres Etwas mit ledernen Flügeln, und Martell sah, wie ein meterlanger Schnabel in Bradlaughs Brust fuhr; danach sprudelte das kupferartige Blut hinaus. Bradlaugh lag ausgestreckt da, und der Würger saß auf ihm. Der große Schnabel wurde herausgezogen, und Martell hörte zerrende und reißende Geräusche.

Man bedachte die Reste Bradlaughs mit den Beerdigungsriten. Bruder Mondschein leitete die Veranstaltung und rief danach Martell an seine Seite.

„Jetzt sind wir nur noch drei", sagte er. „Möchtest du unterrichten, Bruder Martell?"

„Ich bin keiner von euch."

„Du trägst eine grüne Robe. Du kennst unseren Glauben. Hältst du dich immer noch für einen Vorster, Bruder?"

„Ich . . . weiß selbst nicht, wohin ich gehöre", antwortete Martell. „Ich muß darüber nachdenken."

„Laß mich bald deine Antwort wissen. Hier gibt es viel zu tun, Bruder."

Martell konnte nicht ahnen, daß er schon nach einem Tag wußte, wo er wirklich stand.

Einen Tag nach Bradlaughs Beerdigung landete das Passagierschiff vom Mars, das alle drei Wochen die Venus anlief. Martell wußte nichts davon, bis Mondschein ihn aufsuchte und sagte: „Nimm einen Jungen im Wagen mit und beeile dich. Ein Mann muß gerettet werden."

Martell stellte keine Fragen. Irgendwie war die Nachricht über die Esperkette angekommen, und Martells Aufgabe bestand lediglich im Gehorchen. Er bestieg den Wagen. Einer von den kleinen venusischen Altardienern setzte sich neben ihn.

„Wohin?" fragte Martell.

Der Junge gab ihm ein Zeichen. Martell drückte auf den Startknopf. Der Wagen raste die Straße hinunter auf den Landeplatz zu. Als sie knapp fünf Kilometer zurückgelegt hatten, grunzte der Junge, er solle anhalten. Der Wagen hielt.

Eine Gestalt in einer blauen Tunika stand an der Straßenseite und lehnte sich mit dem Rücken an den Stamm eines mächtigen Baums. Zwei Koffer lagen offen auf der Straße, und ein Untier mit einem rasiermesserscharfen Rückenkamm, einer flachen Schnauze und keilerartigen Hauern wühlte darin herum. Währenddessen attackierte sein Gefährte den neu angekommenen Vorster. Der bedrängte Mann schlug und trat nach dem Tier.

Der Junge sprang aus dem Wagen. Ohne sichtbare Anstrengung zwang er die beiden Tiere, sich in die Luft zu erheben und gegen einen großen Baum auf der anderen Straßenseite zu krachen. Sie stürzten zu Boden und wirkten verdutzt, hatten ihren Kampfgeist aber noch nicht aufgegeben. Der Junge hob sie wieder hoch und ließ ihre Köpfe gegeneinander sausen. Als sie diesmal am Boden ankamen, warfen sie sich herum und flohen ins Unterholz.

Martell sagte: „Die Venus scheint Neuankömmlinge immer so zu begrüßen. Mein Empfangskomitee bestand aus einem Wesen, das Rad genannt wird, und von dem ich hoffe, daß Sie ihm nie begegnen werden. Ich wäre heute ein Bündel Streifen, wenn dieser venusische Junge nicht so freundlich gewesen wäre, das Tier umzustoßen. Sind Sie ein Missionar?“

Der Mann war noch zu durcheinander, um sofort darauf antworten zu können. Er preßte die Hände ineinander, löste sie wieder und richtete dann seine Tunika. Schließlich sagte er: „Ja – ja, ich bin von der Erde.“

„Dann sind Sie also chirurgisch umgewandelt worden.“

„Das stimmt.“

„Mit mir hat man das auch gemacht. Ich heiße Nicholas Martell. Wie stehen denn mittlerweile die Dinge in Santa Fé, Bruder?“

Der Neuankömmling preßte die Lippen zusammen. Er war ein schmächtiger, kleiner Mann und ein oder zwei Jahre jünger als Martell. Er sagte: „Was sollte Sie das kümmern, wenn Sie Martell sind? Martell, der Häretiker? Martell, der Renegat?“

„Nein“, sagte Martell. „Die Sache verhält sich so: Ich . . .“

Er schwieg. Seine Hände verkrampften sich im Stoff seiner grünen Harmonistenrobe. Seine Wangen brannten. Schmerzhaft wurde ihm bewußt, wie es in Wahrheit um ihn stand – der Wechsel hatte sich von innen her vorgearbeitet. Und plötzlich konnte er den Blick seines umgewandelten Nachfolgers in der Venus-Missionierung nicht mehr ertragen. Er wandte sich ab und starrte in das Dickicht des gar nicht mehr so fremdartigen venusischen Walds.

Lazarus steht wieder auf
2152

1

Die Mars-Einschienenbahn Nummer eins, die Hauptlinie, verlief in Ost-West-Richtung wie ein Betongürtel, der die westliche Hemisphäre des Planeten flankierte. Nördlich davon lag der Seedistrikt mit seinen fruchtbaren Feldern; südlich davon, etwas näher am Äquator gelegen, befand sich der Gürtel der donnernden Kompressoranlagen, die soviel geleistet hatten, um das Marswunder zu fördern. Ein genauer Beobachter konnte immer noch die alten Krater und Senken in der Landschaft ausmachen; jetzt lagen sie unter einer dichten Vegetationsschicht aus Steppengras verborgen, die gelegentlich von Pinienwäldchen unterbrochen wurden.

Die Reihe der grauen Betonträger der Einschienenbahn erstreckte sich bis zum Horizont. Verbindungsstreben trugen die Bahn bis zu den entlegensten Siedlungen. Ständig wurden neue Strecken gebaut, sobald neue Siedlungen entstanden. Aus logistischen Gesichtspunkten wäre es einfacher gewesen, wenn alle Marsianer in einer großen Stadt leben würden; aber die Marsbewohner waren eben ein ganz eigener Menschenschlag.

Die Strecke 7–Y war gerade dem Netz hinzugefügt worden; in plumpen Windungen schob sie sich bis zu der neuen Siedlung Beltram Lakes vor. Die Träger hatten bereits drei Viertel der Strecke von der Hauptlinie bis zur Siedlung zurückgelegt. Eine riesige Maschine schuf die Fundamente für die Träger. Sie arbeitete sich durch die Landschaft vor, fraß Sand- und Erdreich in einem Umkreis von bis zu drei Metern und warf dafür vorgefertigte Träger aus, die sie im Boden verankerte. Auffressen, auswerfen, verankern und wieder ein Stück vorrücken – und wieder auffressen, auswerfen und verankern. Die Maschine bewegte sich zügig voran; sie wurde von einem kleinen kybernetischen Gehirn gelenkt und auf Kurs gehalten. Hinter ihr kamen die anderen Maschinen, die zwischen den Trägern die Schienen und die Versorgungsleitungen verlegten. Den marsianischen Siedlern standen vielfältige technische Wunder zur Verfügung; doch der Mikrowellentransport von nutzbarer elektrischer Energie gehörte nicht dazu – noch nicht. Daher mußten die Versorgungsleitungen wie in der vortechnischen Zeit von einem Ort zum anderen verlegt werden.

Die Einschienenbahn war hauptsächlich für den Gütertransport vorgesehen. Die Marsianer selbst fuhren, wie alle anderen Menschen auch, mit Schnellgleitern, um von einem Ort zum anderen zu reisen. Doch die schlanken, kleinen Gleiter ließen sich kaum für den Transport von Baumaterialien einsetzen; und dies war eine Welt in der Aufbauphase – jetzt, da die Einrichtungsperiode endlich vorüber war. Die Terranisierung war abgeschlossen. Noch war der Mars wie ein Urwald, jetzt, im Jahre des Herrn 2152. Die anstehende Aufgabe hieß, eine Zivilisation auf einem endlich bewohnbar gemachten Planeten zu errichten.

Mittlerweile lebten mehrere Millionen Menschen auf dem Mars. Sie hatten ihre Grenzerphase hinter sich gebracht und machten sich nun daran, die Annehmlichkeiten eines gesunden Wirtschaftswachstums zu genießen. Und die Einschienenbahn marschierte immer weiter, Kilometer um Kilometer, überspannte die Meere und überquerte die Seen und Flüsse.

Die Knochenarbeit wurde von intelligenten Maschinen ausgeführt. Allerdings mußten sie von Menschen überwacht werden. Man konnte nie vorhersagen, wann die Kybernetik – und sei es auch nur ein ganz kleines bißchen – durcheinandergeraten würde und die Maschine Amok lief. Vor ein paar Jahren war so etwas einmal geschehen: Irgendwie waren die Abstellrelais aus dem Stromkreis ausgeklinkt, und bevor irgend etwas dagegen unternommen werden konnte, standen auf einer Streckenlänge von dreißig Kilometern kreuz und quer in der Gegend verteilt Träger im Holliman-See; zweihundertvierzig Meter tief unter der Wasseroberfläche. Marsianer hassen Verschwendung. Die

Maschinen hatten bewiesen, daß man ihnen nicht hundertprozentig vertrauen konnte, also wurden sie von dieser Zeit an überwacht.

Die Bauaufsicht über diese Abzweigung von Einschienenbahn Nummer eins lag in den Händen eines schlanken, sonnengebräunten Mannes im Alter von achtundsechzig Jahren. Paul Weiner verfügte über ausgezeichnete politische Beziehungen. Ihm gleichberechtigt zur Seite stand ein dicker, rothaariger Mann namens Hadley Donovan, der keinerlei Beziehungen aufweisen konnte. Im rein statistischen Sinn waren rote Haare auf dem Mars selten. Dicke waren auch nicht häufig vertreten, aber lange nicht mehr so selten wie einst. Das Leben war in diesen Tagen nicht mehr so beschwerlich, und die jungen Marsianer wurden weicher.

Donovan amüsierte sich über das archaische Verhalten der Altvorderen, die mit der Waffe immer schnell bei der Hand gewesen waren, über ihre steife Etikette, ihre theatralische Hartgesottenheit und ihre allzu übertriebene Selbsteinschätzung. Vielleicht hatte solches Gebaren in der Pionierzeit des Mars durchaus einen Sinn gehabt, dachte Donovan, aber diese Zeit war nun schon seit über dreißig Jahren vorbei. Er selbst gestattete sich den Luxus eines mäßig runden Bauchs. Er wußte, daß Paul Weiner ihn deswegen scheel ansah.

Dieses Gefühl beruhte auf Gegenseitigkeit.

Die beiden Männer saßen nebeneinander in einem Geländewagen und rollten über die weglose Landschaft, fünfunddreißig Kilometer von der Träger-Baustelle entfernt. Die Transponder piepsten in regelmäßigen Intervallen; auf dem vor ihnen liegenden Kontrollpanel erschienen Farben und verschwanden in ständig wechselndem Fluß wieder. Weiners Aufgabe bestand darin, die Arbeit auf der Baustelle hinter ihnen zu überwachen; Donovan fuhr die Route der zu bauenden Strecke ab; er hatte dabei auf dicht unter der Oberfläche liegende Sumpflöcher zu achten, denn um die zu erkennen, reichte die Maschinenintelligenz nicht aus.

Donovan bemühte sich, mit beiden Aufgaben allein fertig zu werden. Er lehnte es ab, einem Mann mit solchen politischen Verbindungen wie Weiner irgendwelche Verantwortlichkeiten bei der Arbeit zu übertragen.

Paul war der Neffe von Nat Weiner, der einen hohen Posten im Regierungsrat bekleidete, über hundert Jahre alt war und alle paar Jahre zur Erde reiste, um sich von den Vorstern die Bauchspeicheldrüse, eine Niere oder eine Halsschlagader herausnehmen und durch ein passendes künstliches Organ ersetzen zu lassen. Nat Weiner würde wahrscheinlich ewig leben. Er füllte planmäßig die gesamte Verwaltung mit seinen Familienmitgliedern auf. Hadley Donovan bemühte sich, einen Job zu erledigen, der eigentlich die volle Aufmerksamkeit von zwei Männern erfordert hätte. Er spürte daher leichte Verzweiflung in sich aufsteigen, als er sein eigenes Panel überwachte und gleichzeitig alle dreißig Sekunden oder so einen heimlichen Blick auf Weiner warf.

Irgend etwas glühte purpurn auf dem Anomalitätenanzeiger. Donovan fragte sich kurz, was das wohl sein könnte, war aber mit seiner restlichen Arbeit zu beschäftigt, um darüber groß Aufhebens zu machen. Dann meinte Weiner plötzlich in affektiertem Tonfall: „Ich habe hier etwas Merkwürdiges, Donovan. Was sollen wir damit machen, Freier Bürger?“

Donovan trat auf die Bremse und brachte den Wagen zum Stehen. Er studierte den Anzeiger. „Sieht aus wie eine unterirdische Felshöhle. Liegt etwa fünf bis sechs Kilometer abseits von der Straße.“

„Meinen Sie nicht, wir sollten einmal nachsehen?“

„Warum sollten wir uns darum kümmern?“ fragte Donovan. „Die Trasse kommt nicht einmal in die Nähe des Loches.“

„Sind Sie denn gar nicht neugierig? Vielleicht ist das eine Schatzkammer, die noch von den alten Marsbewohnern zurückgelassen wurde?“

Donovan würdigte ihn keiner Antwort.

„Wofür halten Sie es denn?“ fragte Weiner. „Vielleicht ist es ja auch eine Höhle, die ein unterirdischer Fluß gegraben hat. Oder was meinen Sie? Irgendwo muß doch das ganze unterirdische Wasser stecken, das der Mars besaß, bevor er terranisiert wurde, oder? Die Flüsse, die unter der roten Wüste flossen!"

Donovan spürte, daß der Mann keine Ruhe geben wollte, und sagte: „Wahrscheinlich ist es nur ein Hohlraum, den die Terraformer zurückgelassen haben. Ich weiß wirklich nicht, warum – ach, zum Henker. In Ordnung, dann wollen wir mal nachforschen. Lassen Sie alle Maschinen für eine halbe Stunde abstellen. Was soll ich mich aufregen?"

Er ließ den Wagen wieder an.

Es war eine dumme, sinnlose Unterbrechung, aber wenigstens wurde der Neugierde des älteren Mannes Genüge getan. Eine Schatzhöhle! Ein unterirdischer Fluß!

Donovan mußte sich allerdings insgeheim eingestehen, daß er auch keinen vernünftigen Grund wußte, warum sich dort ein unterirdisches Loch befand. Geologisch gesehen ergab das nicht viel Sinn.

Sie erreichten die Stelle. Die Höhle lag etwa sechs Meter tief unter ihnen, und darüber wuchs wie selbstverständlich Gras. Eine vor Ort durchgeführte genauere Untersuchung zeigte, daß das Loch drei Meter lang, vier Meter breit und zweieinhalb Meter hoch war.

Donovan war überzeugt, daß es von den Terraformern stammte. Aber rein gar nichts auf den Karten deutete auf seine Existenz hin. Über Funk rief er einen Schürfroboter und ließ ihn mit der Arbeit beginnen.

Nach zehn Minuten lag das Dach der Höhle frei: eine Platte aus grünem Fusionsglas. Donovan schüttelte sich leicht. Weiner sagte: „Wissen Sie was – ich glaube, wir haben es hier mit einem Grab zu tun."

„Wir sollten besser wieder gehen. Das hier gehört nicht zu unserem Aufgabengebiet. Wir setzen einen Bericht auf und . . ."

„Ja, was haben wir denn hier?" fragte Weiner. Er ließ die Hand in eine Öffnung gleiten und schien dort etwas leicht zu berühren. Rasch zog er die Hand wieder zurück, als ein gelbes Glühen die ganze Platte überzog.

Eine Stimme sagte: „Möge der Segen der ewigen Harmonie über euch kommen, Freunde. Ihr seid auf die Ruhestätte von Lazarus gestoßen. Eine qualifizierte medizinische Behandlung wird mich wiederbeleben. Ich bitte euch um Hilfe. Bitte versucht nicht, diese Kammer ohne qualifizierte medizinische Ausrüstung zu öffnen."

Die Stimme schwieg.

Dann setzte sie wieder ein: „Möge der Segen der ewigen Harmonie über euch kommen, Freunde. Ihr seid auf die . . ."

„Ein Endlosband", murmelte Donovan.

„Da, sehen Sie!" keuchte Weiner und zeigte auf das gläserne Höhlendach. Die Glasplatte wurde von unten beleuchtet und war jetzt durchsichtig. Donovan spähte in die rechteckige Kammer hinunter: Ein dünner Mann mit einem Raubvogelgesicht lag auf dem Rücken in einer Nährlösung. Verbindungsleitungen führten zu seinen Gliedern und dem Rumpf. Das Ganze erinnerte an eine Nichts-Kammer, wirkte aber weit ausgeklügelter. Der Schläfer trug ein Lächeln auf den Lippen. Geheimnisvolle Zeichen waren auf den Wänden der Kammer angebracht. Donovan erkannte sie als Symbole der Harmonisten, diesem venusischen Kult. Er spürte Verwirrung in sich aufsteigen. Worauf waren sie hier bloß gestoßen? „Die Ruhestätte von Lazarus", sagte das Endlosband. Lazarus war der Prophet der Harmonisten. In Donovans Augen waren alle diese Religionen gleichermaßen schwachsinnig. Jetzt mußte er diese Entdeckung bekanntgeben, die Arbeit würde unterbrochen werden, er selbst würde ungewollt in die Schlagzeilen kommen und . . .

Und nichts davon würde eintreten, wenn Weiner wie gewöhnlich vor sich hingedöst hätte. Warum war ihm bloß diese Anomalie auf dem Anzeiger aufgefallen? Warum nur?

„Wir machen wohl besser eine Meldung darüber", sagte Weiner. „Ich glaube, das ist eine ganz heiße Sache."

2

In einem kleinen, vom Dschungel begrenzten Gebäude auf der Venus starrten acht Menschen, die eigentlich kaum noch als solche zu bezeichnen waren, einen neunten an. Alle trugen die zyanidblaue Venusierhaut; aber nur drei von ihnen waren mit dieser Haut geboren worden.

Bei den anderen handelte es sich um chirurgische Veränderungen, um Erdenmenschen, die in Venusier umgewandelt worden waren. Aber nicht nur ihre Körper waren einer Veränderung unterzogen worden: Die sechs Angepaßten waren bis zu einem bestimmten Zeitpunkt in ihrer geistigen Entwicklung Vorster gewesen.

Die Vorster waren die mächtigste Bewegung auf der Erde. Aber dies hier war nicht die Erde, sondern die Venus, und der zweite Planet befand sich fest in der Hand der Harmonisten, die man manchmal auch nach David Lazarus, ihren seines Glaubens wegen ermordeten Gründer, Lazariten nannte. Lazarus, der Prophet der Transzendenten Harmonie, war vor über sechzig Jahren von Vorster-Funktionären der unteren Ränge ermordet worden. Aber nun, zur übergroßen Verwirrung seiner Anhänger . . .

„Bruder Nicholas, können wir jetzt deinen Bericht hören?" fragte Christopher Mondschein, der Chef der Harmonisten auf der Venus.

Nicholas Martell, ein schlanker, zäher Mann am Beginn der mittleren Jahre, sah seine Brüder unbehaglich an. In den letzten Tagen war er nur selten zum Schlafen gekommen, und sein geistiges Gleichgewicht hatte etliche derbe Tiefschläge hinnehmen müssen. Er war zum Mars geflogen, um den ungeheuerlichen Bericht zu überprüfen, der kurze Zeit zuvor alle drei von Menschen bewohnten Planeten in helle Aufregung versetzt hatte.

Martell sagte: „Es ist alles genauso, wie es in der Nachricht zum Ausdruck kam. Zwei Arbeiter haben zufällig eine unterirdische Kammer entdeckt, als sie gerade den Bau einer Einschienenbahn vorbereiteten."

„Hast du die Kammer gesehen?" fragte Mondschein.

„Ich sah die Kammer. Man hat eine Absperrung darum gelegt."

„Und was ist mit Lazarus?"

„Eine Gestalt lag in der Kammer. Sie wies sehr große Ähnlichkeit mit dem Bildnis von Lazarus in Rom auf. Und sie glich allen Porträts. Die Höhle birgt eine Art Nichts-Kammer, und eine Gestalt ist darin verankert. Die Marsianer haben die Schaltung des Gehäuses untersucht und festgestellt, daß ringsherum wahrscheinlich alles in die Luft fliegt, falls jemand daran herumpfuscht."

„Und die Gestalt ..." beharrte ein hohlwangiger Mann namens Emory. „Ist sie Lazarus?"

„Sie sieht aus wie Lazarus", sagte Martell. „Bitte vergeßt nicht, daß ich Lazarus noch nie persönlich gesehen habe. Als er starb, war ich noch nicht einmal geboren; *falls* er gestorben ist."

„Das darfst du nicht sagen", schnappte Emory. „Es handelt sich hier eindeutig um einen Betrug. Lazarus ist gestorben, das steht fest. Man hat ihn in einen Konverter gesteckt. Nichts außer freifliegenden Protonen, Elektronen und Neutronen ist von ihm übriggblieben."

„So steht es in den Schriften", erklärte Mondschein vorsichtig.

Er schloß für einen Moment die Augen. Mondschein war der älteste der anwesenden Männer; er befand sich seit fast sechzig Jahren auf der Venus und hatte diese Abteilung seiner Bewegung zu ihrer gegenwärtigen Größe geführt. Er sagte: „Man darf nie die Möglichkeit ausschließen, daß unsere Schriften gefälscht sind."

„*Nein!*" platzte es aus dem jungen und konservativen Emory heraus. „Wie kannst du wagen, so etwas zu sagen?"

Mondschein zuckte die Achseln. „Die ersten Jahre unserer Bewegung liegen im dunkeln, Bruder. Wir wissen, daß es einen

Lazarus gegeben hat, daß er mit Vorst in Santa Fé arbeitete, daß er mit Vorst über Verfahrensfragen in Streit geriet und ermordet wurde; oder zumindest beiseite geschafft wurde. Es gibt in unserer Bewegung niemanden mehr, der mit Lazarus viel zu tun gehabt hat. Wir bestehen noch nicht so lange wie die Vorster, wie Ihr sicherlich wißt. Wenn es also so war, daß man Lazarus nicht in den Konverter steckte, sondern ihn lediglich vor sechzig oder siebzig Jahren scheintot zum Mars brachte und ihn dort in eine Nichts-Kammer legte . . .“

Schweigen herrschte im Zimmer. Martell warf Mondschein von der Seite her einen kummervollen Blick zu. Emory durchbrach schließlich das Schweigen: „Und wenn er wiederbelebt wird und danach behauptet, der echte Lazarus zu sein? Was wird dann aus unserer Bewegung?“

Mondschein antwortete: „Damit befassen wir uns, wenn es soweit ist. Nach Bruder Nicholas' Worten scheinen Zweifel zu bestehen, ob die Kammer überhaupt geöffnet werden kann.“

„Das ist richtig“, sagte Martell. „Wenn sie so justiert ist, daß sie explodiert, sobald jemand an ihr herumfummelt . . .“

„Hoffen wir, daß es so ist“, warf Bruder Ward ein, der sich bis jetzt noch nicht zu Wort gemeldet hatte.

„Für unsere Zwecke ist ein toter Lazarus der beste Lazarus. Wir können die Kammer als Schrein bewahren, Pilger zu ihr entsenden und möglicherweise sogar die Marsianer dafür interessieren. Aber wenn er wiederaufersteht und uns alles durcheinanderbringt . . .“

„Wer auch immer in der Kammer steckt, *es ist nicht Lazarus*“, sagte Emory.

Mondschein starrte ihn überaus verwundert an. Emory schien kurz vor einem hysterischen Zusammenbruch zu stehen.

„Vielleicht solltest du dich etwas ausruhen“, schlug Mondschein vor. „Du scheinst dir die Sache zu sehr zu Herzen zu nehmen.“

Martell sagte: „Es ist schon wirklich eine verwirrende Angelegenheit, Christopher. Wenn du das Wesen in der Kammer gesehen hättest – es sah so engelhaft aus, so überzeugt, daß es wiederauferstehen wird ..."

Emory knurrte. Mondschein zog einen Moment lang eine Braue hoch, und als Antwort öffnete sich die Tür, und einer der venusischen Eingeborenen trat herein – einer der Esper, die die Harmonisten seit langer Zeit auf der Venus zusammenfaßten.

„Bruder Emory ist müde, Neerol", sagte Mondschein. Der Venusier nickte. Seine Hand umfaßte Emorys Handgelenk; dunkles Purpur auf dunklem Indigoblau. Eine Verbindung wurde hergestellt. Einen kurzen Moment lang flossen beide Nervensysteme im Gleichklang. Irgendwo in Emorys Gehirn öffneten sich Schleusen; er entkrampfte sich. Der Venusier brachte ihn auf sein Zimmer.

Mondschein sah die anderen an. „Wir müssen unter der Voraussetzung weiteroperieren", sagte er, „daß der echte Körper des David Lazarus auf dem Mars aufgetaucht ist, daß unsere Schriften sich in der Frage seines Schicksals irren und daß zumindest eine Möglichkeit besteht, den Körper in der Kammer zum Leben zu erwecken. Das Problem heißt nur: Wie sollen wir reagieren?"

Martell, der die unterirdische Anlage mit eigenen Augen gesehen hatte und danach nie mehr derselbe sein würde, sagte: „Ihr wißt doch, daß ich dem charismatischen Gehalt der Lazarus-Legende immer mit Skepsis begegnet bin. Aber ich sehe auch eine Möglichkeit, wie wir die ganze Sache zu unserem Vorteil ausnutzen können: Wenn wir die Kammer zum symbolischen Zentrum unserer Bewegung machen und damit über ein Instrument verfügen, die Phantasie der Menschen zu erregen ..."

„Ganz genau", sagte Ward. „Bislang war es immer unser großer Trumpf, daß wir einen Mythos anbieten können. Unsere Konkurrenz hat Vorst und seine medizinischen Wunder, hat Santa Fé und all den anderen Kram; aber sie hat nichts, was die Herzen bewegen kann. Wir besitzen den Märtyrertod von Lazarus, und das hat uns geholfen, die Venus zu kontrollieren, wozu die Vorster nie in der Lage waren. Und jetzt, wo Lazarus höchstpersönlich von den Toten wiederaufersteht ..."

„Du hast dabei das Wesentliche vergessen", sagte Mondschein leise. „Was sich auf dem Mars ereignet hat, paßt nicht mit dem Mythos zusammen. Lazarus ist nicht dazu *ausersehen*, leiblich wiederaufzuerstehen. Er wurde in Atome zerblasen. Stellt euch vor, Archäologen würden entdecken, daß Christus in Wirklichkeit enthauptet und nicht gekreuzigt wurde? Stellt euch vor, es stellte sich heraus, daß Mohammed nie einen Fuß nach Mekka gesetzt habe? Wir haben uns in unserer eigenen mythologischen Falle gefangen – wenn es sich bei dieser Person wirklich um Lazarus handelt. Das könnte uns vernichten. Das könnte alles zerstören, was wir aufgebaut haben."

3

Dreißig Kilometer von der wunderlichen alten Stadt Santa Fé entfernt erhoben sich die ständig erweiterten Labors des Noel-Vorst-Zentrums für Biologische Forschungen innerhalb eines Kreises dunkler Berge. Hier verwandelten Chirurgen lebende Wesen in fremdartige Kreaturen. Hier waren Biotechniker emsig damit beschäftigt, Gene zu manipulieren. Hier unterwarfen sich ganze Esperfamilien endlosen Experimentreihen. Und hier entnahmen Bioniker gnadenlos ihren Testpersonen Gewebeproben, um diese einem neuen Existenzbereich zuzuführen. Das Zentrum war eine gewaltige Maschine, in der es unermüdlich vor Effektivität brodelte.

Unfaßbar alte Männer bildeten das Herz der Maschine.

Das Herzstück der Bewegung war ein kuppelartiges Gebäude ganz in der Nähe des Großen Versammlungsraums. Hier lebte Noel Vorst, wenn er sich in Santa Fé aufhielt. Vorst, der Gründer der Bewegung, hatte bereits mehr als fünf Vierteljahrhunderte Lebenszeit hinter sich gebracht. Und es gab auch solche, die behaupteten, Vorst sei in Wahrheit schon gestorben, und der Vorst, der gelegentlich in den Kirchen der Bruderschaft auftauchte, sei ein Roboter, ein bloßes Abbild. Vorst selber amüsierte sich über solche Vorstellungen. Zu dieser Zeit bestand sein Körper aus mehr künstlichen Teilen denn aus eigenem Fleisch, aber unzweifelhaft lebte er und hatte noch überhaupt keine Lust zu sterben. Falls er wirklich vorgehabt hätte zu sterben, hätte er sich niemals der Mühe unterzogen, die Bruderschaft der Immanenten Strahlung zu gründen. Die ersten Jahre waren sehr hart gewesen. Es war nicht angenehm, wie damals als Spinner verhöhnt zu werden.

Unter jenen, die Vorst damals einen Spinner genannt hatten, war auch sein jetziger Stellvertreter gewesen: Hemisphärenkoordinator Reynolds Kirby. Kirby war zu einer Zeit zu den Vorstern gestoßen, als er unter starkem persönlichen Streß gestanden und nach einem Zufluchtsort vor seinem Lebenssturm gesucht hatte. Das war im Jahr 2077 gewesen. Heute, fünfundsiebzig Jahre später, klammerte er sich immer noch an diesen Zufluchtsort. Mittlerweile war er wirklich Vorsts Alter ego geworden, der Gehilfe von Vorsts Seele.

Allerdings war der Gründer bei dieser Lazarus-Entdeckung nicht eben aufrichtig zu Kirby gewesen. Zum ersten Mal seit vielen Jahren hatte Vorst die Details über ein Projekt ganz für sich behalten. Es gab eben Dinge, die man nicht mit anderen teilen konnte. Zum Beispiel dann, wenn diese Dinge David Lazarus betrafen. Vorst hielt sie *in pectore*, und es war ihm unmöglich, den Stellvertreter hier in sein Vertrauen einzubeziehen.

Der Gründer saß bequem in einem Webschaumnetz, das ihn von dem Großteil der Schwerkraft befreite. Vor Zeiten war er ein kräftiger, dynamischer Riese von einem Mann gewesen; und wenn es darauf ankam, konnte er auf diese Eigenschaften immer noch zurückgreifen. Aber er zog den Komfort vor. Er mußte mit seinen Kräften haushalten. Sein Plan war bisher zu seiner Zufriedenheit verlaufen, aber er wußte auch, daß ohne seine Anwesenheit und persönliche Führung alles im Sande verlaufen könnte.

Vor ihm saß Kirby, ein schmallippiger, ergrauter Mann, dessen Körper ebenso wie der Vorsts ein Sammelsurium von künstlichen Organen darstellte. Die Labors des Vorst-Zentrums waren nicht länger auf solche groben Methoden angewiesen, um einem Menschen die Jugend zu erhalten. In der letzten Generation war es ihnen gelungen, den Körper zu selbständiger Regeneration zu stimulieren – die Wiedergeburt aus sich selbst heraus; man war dem bestmöglichen Weg ziemlich nahe gekommen. Kirby war dafür jedoch zu früh zur Bewegung gestoßen; und so war es auch Vorst ergangen. Für sie beide bedeutete der Organaustausch die Möglichkeit zu einer begrenzten Unsterblichkeit. Mit etwas Glück konnten sie zwei oder drei Jahrhunderte lang leben, so lange sie sich zu bestimmten Zeiten einer Generalüberholung unterwarfen. Jüngere Menschen, die in den letzten vierzig Jahren zur Bewegung gekommen waren, konnten hoffen, etliche hundert Jahre länger als die beiden zu leben. Und einige Menschen würden niemals sterben, wie Vorst wußte.

Der Gründer sagte: „Um noch einmal auf diese Sache zurückzukommen . . .“

Seine Stimme kam aus einem Vokoder. Die Stimmbänder waren ihm schon vor sechzig Jahren wegoperiert worden. Allerdings klang die künstliche Stimme ausreichend menschlich.

„Wir können unsere Leute etwas unternehmen lassen“, sagte Kirby. „Ich kann Nat Weiner einen Wink geben. Eine Bombe auf diese Kammer, und wir haben Mr. Lazarus zu seiner ewigen Ruhe verholfen.“

„Nein.“

„Nein?“

„Natürlich nicht“, sagte Vorst. Er senkte die Klappen, die die Lider ersetzten. „Nichts darf dieser Kammer oder dem Mann, der in ihr steckt, geschehen. Wir schleusen unsere Leute ein, und Sie lassen Ihre Beziehungen zu Weiner spielen. Aber keine Bomben. Wir rufen David Lazarus ins Leben zurück.“

„Wir rufen . . .“

„Als ein Geschenk für unsere Freunde, die Harmonisten. Um unsere immerwährende Zuneigung zu unseren Brüdern in der Einheit des Kosmos zu demonstrieren.“

„Nein“, sagte Kirby. Muskeln zuckten in seinem eingefallenen, faltigen Gesicht. Vorst bemerkte die zahlreichen Adrenalinstöße, die Kirby sich zuführte, um gegenüber diesem Angriff auf sein Logikverständnis ruhig zu bleiben.

„Lazarus ist der Prophet der Häretiker“, sagte Kirby gefaßt. „Ich weiß, daß Sie Ihre Gründe haben, deren Wachstum an manchen Orten zu fördern, Noel. Aber ihnen ihren Propheten zurückzugeben, das will mir nicht in den Kopf.“

Vorst drückte auf einen Knopf auf seinem Schreibtisch. Ein Fach öffnete sich, und der Gründer zog dort das Buch von Lazarus heraus, die häretische Heilige Schrift. Kirby schien verwirrt zu sein, dieses Werk hier, im Herzen der Bruderschaft zu finden.

„Sie haben das sicher auch gelesen, oder?“ fragte Vorst.

„Natürlich.“

„Es rührt einen zu Tränen, wie meine ruchlosen Schergen diesen bewunderungswerten und guten Menschen David Lazarus gejagt und beseitigt haben. Eine der größten Blasphemien seit der Kreuzigung, nicht wahr? Der dunkle Fleck auf unserer Weste. Wir sind die Schufte in der Lazarus-Legende. Und jetzt findet sich dieser Lazarus wieder, seit sechzig Jahren wie eine saure Gurke auf dem Mars eingelegt. Seinem Körper ist kein Leid angetan worden, trotz allem, was dieses Buch zu sagen hat. Sehr schön! Ausgezeichnet! Wir werden in Santa Fé keine Kosten und Mühen scheuen, um ihn ins Leben zurückzurufen. Das große ökumenische Händereichen. Ganz sicher wissen Sie von meiner großen Hoffnung, die auseinanderstrebenden Zweige unserer Bewegung wieder zu vereinen.“

Kirbys Augen loderten auf. „Davon sprechen Sie schon seit sechzig oder siebzig Jahren, Noel. Seit dem Zeitpunkt, da sich die Harmonisten selbständig gemacht haben. Aber ist das wirklich Ihr großes Ziel?"

„Ich bin in allen Fragen aufrichtig", sagte Vorst unbeschwert. „Natürlich möchte ich die Harmonisten wieder bei uns haben, allerdings zu meinen Bedingungen – aber willkommen sind sie trotzdem. Wir alle streben dem gleichen Ziel zu, wenn auch auf unterschiedlichen Wegen. Haben Sie Lazarus eigentlich gekannt?"

„Eigentlich nicht. Ich war noch ein sehr unbedeutendes Mitglied der Bruderschaft, als er starb."

„Ich vertue mich immer wieder", sagte Vorst. „Es fällt mir schwer, alle Leute in die richtige zeitliche Position einzuordnen. Ständig gleite ich in der Zeit vor und zurück. Aber natürlich, Sie stiegen ja erst auf, als Lazarus verschwand. Ich habe diesen Mann respektiert, Kirby. Es schmerzte mich, als er starb, mochte er mit seinen Vorstellungen auch noch so falsch liegen. Ich habe vor, den Fleck von der Weste der Bruderschaft zu entfernen, indem ich Lazarus aufwecken lasse. Er hat eigentlich den passenden Namen, im symbolischen Sinn, verstehen Sie?"

Kirby nahm eine glänzende Metallkugel vom Schreibtisch, eine Art Briefbeschwerer, und beschäftigte seine Finger damit. Vorst wartete. Er hatte die Kugel dort absichtlich liegen, damit Besucher sich mit ihr befassen und an ihr ihre Spannungen abreagieren konnten. Vorst wußte, daß vielen Leuten eine Unterredung mit Vorst wie der Gang zum Berg Sinai vorkam, um dort die Zehn Gebote zu empfangen. Vorst fand das entzückend. Er beobachtete Kirbys innere Kämpfe.

Nach einer Weile sagte Kirby, der als einziger auf der Erde Vorst mit dem Vornamen anreden durfte, mit schwerer Stimme: „Verdammt noch mal, Noel, was für ein Spiel betreiben Sie eigentlich?"

„Spiel?"

„Sie sitzen da mit diesem Grinsen auf den Lippen und erzählen mir, daß Sie Lazarus wiederbeleben wollen; mir entgeht es nicht, daß Sie Grundlagen der Welt wie Billardkugeln herumschieben, und ich habe keine Ahnung, worum sich alles dreht. Was sind Ihre Motive? Wäre es nicht besser, dieser Lazarus wäre tot?"

„Nein, als Toter wird er zum Symbol. Als Lebender kann man ihn manipulieren. Das ist alles, was ich dazu zu sagen habe." Vorsts lodernder Blick traf auf Kirbys bestürzte Augen und hielt sie fest. „Glauben Sie, ich sei jetzt endgültig senil geworden? Daß ich den Plan schon so lange in Gedanken verfolge, daß er mittlerweile dort verwest ist? Ich weiß genau, was ich tue. Ich brauche einen lebenden Lazarus, oder . . . oder ich hätte die ganze Sache gar nicht erst begonnen. Setzen Sie sich mit Nat Weiner in Verbindung. Bringen Sie diese Kammer in Ihren Besitz; es ist mir gleich, wie. Wir verrichten unsere Arbeit an Lazarus hier in Santa Fé."

„In Ordnung, Noel. Wie Sie wollen."

„Vertrauen Sie mir."

„Was bleibt mir auch anderes übrig?"

Kirby machte, daß er so schnell wie möglich aus dem Zimmer kam. Vorst entspannte sich, führte seinem Blutkreislauf neue Hormone zu und schloß die Augen. Die Welt verwehte. Einen Moment lang spürte Vorst, wie er dahintrieb, und dann befand er sich wieder im Jahr 2071. Er baute wieder Kobalt-Reaktoren in einem schmutzigen Keller zusammen und mietete Räume als Kirchen für seinen Kult an. Er prallte zurück und wirbelte schwindelerregend nach vorn zurück, in die Jetztzeit und ein wenig darüber hinaus. Vorst war ein unterschwelliger Esper. Seine Fähigkeiten waren eigentlich sehr begrenzt, aber manchmal vollführte sein Geist merkwürdige Dinge. Er sah auf die Grenze zum Morgen und hielt sich verzweifelt an der Gegenwart fest.

Mit einem präzisen Griff seiner Finger öffnete Vorst den Schreibtisch-Kommunikator und sprach kurz mit einem Arzt in der geschlossenen Esper-Abteilung, ohne sich jedoch zu erkennen zu geben. Ja, erklärte man dem Gründer, eine Esperin befinde sich auf der Station und sei kurz davor auszubrennen.

Nein, sie habe keine Überlebenschance ...

„Halten Sie sie bereit", sagte Vorst. „Der Gründer möchte sie sehen."

Vorsts Assistenten wirbelten um ihn herum und machten ihn für seinen Besuch bereit. Der alte Mann war bestrebt, ein möglichst aktives Leben zu führen, und weigerte sich, sich dem Komfort der Unbeweglichkeit auszuliefern. Ein Aufzug brachte ihn ins Erdgeschoß. Dann überquerte er mit der üblichen Kavalkade von Speichelleckern, die ihn überallhin verfolgten, den Großen Platz des Zentrums und betrat die geschlossene Abteilung.

Ein halbes Dutzend kranker Esper, die durch dicke Wände voneinander getrennt lagen und von anderen Espern beschützt wurden, standen kurz vor ihrem Tod. Immer wieder gab es Leute, die über zu gewaltige Fähigkeiten verfügten, auf die mehr Energie einströmte, als sie ertragen konnten, und von der sie schließlich vernichtet wurden. Von Anfang an hatte Vorst Anstrengungen unternommen, sie zu retten, denn sie waren die Esper, die er am dringendsten benötigte. Die Rettungsquote las sich heutzutage auch recht gut – aber noch nicht gut genug.

Vorst wußte, warum Esper ausbrannten. Es waren meist jene, die in der Zeit trieben, die viel zu schwach in ihrer Gegenwart verankert waren. Sie trieben vor und zurück, reisten kreuz und quer von der Vergangenheit in die Gegenwart und waren unfähig, ihre Bewegungen zu kontrollieren. Und so baute sich schließlich eine solche Masse an Zeitkraft auf, daß diese endlich den Geist dieser Esper zerstörte. Ein Schwanken im eigenen Zeitgefühl machte sich breit, ein tödlicher Schwindelanfall. Vorst selbst hatte so etwas schwach verspürt. Vor einem Jahrhundert hatte er sich zehn Jahre lang für geistesgestört gehalten, bis er seine Fähigkeiten erkannte. Er hatte die Grenzen der Zeit gesehen, eine Vision von der Zukunft gehabt, die ihn am Boden zerstörte und gleichzeitig wieder aufrichtete. Und er wußte, daß diese Erfahrung nur die Spur des Erlebnisbereichs gewesen war, den die richtigen Esper wahrnahmen.

Die ausbrennende Esperin war eine junge Asiatin; wie es schien, erwies sich diese Kombination als fatal. Gut achtzig Prozent aller ausbrennenden Esper gehörten der mongolischen Rasse an und waren meist heranwachsende Mädchen. Solche Personen wurden nie mehr erwachsen. Diese Esperin hier konnte höchstens sechzehn sein, obwohl sich das nur schwer abschätzen ließ; sie hätte zwischen zwölf und fünfundzwanzig sein können. Das Mädchen lag auf der Liege, und sein Körper bäumte sich ständig auf; es war fast nackt und verkrallte sich in seinem Todeskampf in die Laken. Schweißperlen glänzten auf der gelbbraunen Haut. Der Rücken der Esperin bäumte sich auf, sie verzog das Gesicht und fiel auf das Bett zurück. Die verrutschte Robe zeigte ihre Brüste; sie sahen aus wie die eines Kindes.

Blaugekleidete Vorster flankierten die Liege. Die Anwesenheit des Gründers versetzte sie in höchste Aufregung. Vorst sagte: „In einer Stunde ist es wohl mit ihr vorbei, nicht wahr?"

Jemand nickte. Vorst trat näher heran. Er packte den Arm des Mädchens mit seinen dürren Fingern. Ein anderer Esper trat hinzu, legte eine Hand auf Vorst und die andere auf das Mädchen; er hatte so die vom Gründer gewünschte Verbindung geschaffen. Plötzlich stand Vorst in geistigem Kontakt mit dem Mädchen.

Ihr Verstand stand in Flammen. Sie stieß vor und zurück in der Zeit, und Vorst trieb mit ihr, wurde wie ein Anhalter von ihr mitgezerrt. Licht flammte in seinem Verstand auf, als würde ein Blitz in ihm tanzen. Das Gestern und das Morgen wurden eins. Sein magerer Körper schwankte wie ein Riedrohr im Wind. Bilder tanzten wie Dämonen in seinem Kopf, schattengleiche Figuren aus der Vergangenheit, dunkle Vorboten des Morgens. *Sag es mir, sag es mir, sag es mir,* flehte Vorst in Gedanken. *Zeig mir den Weg!* Er stand an der Schwelle des Wissens. Siebzig Jahre lang war er Stück für Stück auf diesem Weg gegangen, indem er sich der verzerrten und gepeinigten Körper dieser ausbrennenden Esper als Brücken zum Morgen bediente; so zog er sich selbst Stück für Stück an der Weltlinie seines großen Plans vorwärts.

Laß mich sehen, bat Vorst.

Die Gestalt des David Lazarus beherrschte breitbeinig das Bild der Zukunft, genau wie Vorst es vorhergesehen hatte. Wie ein Koloß stand Lazarus da, war durch eine unerwartete Wiederbelebung auferstanden und breitete die Arme aus für alle Brüder in den grünen Roben seiner Häresie. Vorst schauderte. Das Bild verwischte sich und verschwand. Die runzlige Hand des Gründers lockerte ihren Griff.

„Sie ist tot“, sagte Vorst. „Bringt mich fort.“

4

Ein alter Mann hatte eine Anordnung gegeben, ein anderer gehorchte, und ein dritter wurde um einen Gefallen gebeten. Nat Weiner, Mitglied des marsianischen Präsidialrates, war gewillt, seinem alten Freund Reynolds Kirby gefällig zu sein. Die beiden kannten sich schon seit mehr Jahren, als sie bereit waren zuzugeben.

Weiner war wie fast alle Marsianer weder Vorster noch Harmonist. Marsianer konnten mit Glaubenskulten wenig anfangen; sie steuerten einen neutralen Kurs, der nichtsdestoweniger seinen Profit abwarf. Mittlerweile waren die Vorster dabei, auf der Erde eine weltweite Regierung einzurichten; und ihr Einfluß war auch auf diesem Planeten deutlich spürbar. So war es von seiten des Mars schlicht Klugheit, mit dem Hauptquartier der Vorster in ständiger guter Verbindung zu bleiben, denn der Mars wickelte einen Großteil seines Handels mit der Erde ab. Bei der Venus, der Welt der umgewandelten Menschen, sah die Sachlage ganz anders aus. Niemand konnte mit Sicherheit sagen, was einem von diesem Planeten noch alles ins Haus stand; außer, daß die Harmonisten es geschafft hatten, nach den letzten dreißig bis vierzig Jahren dort ziemlich fest im Sattel zu sitzen, und eines Tages sogar als Bevollmächtigte der Venus auftreten konnten, so wie die Vorster für die Erde sprachen. Weiner war im Verlauf seiner Dienstzeit auch marsianischer Botschafter auf der Venus gewesen; daher glaubte er, die blauhäutigen Bewohner recht gut verstehen zu können. Und er mochte sie nicht besonders. Aber er hegte schon lange keine extremen Gefühle mehr; diese Eigenschaft hatte er mit seinem hundertsten Geburtstag abgelegt.

Zu ungeheuerlichen Kosten hatte Reynolds Kirby in Santa Fé eine Direktverbindung zu Weiner herstellen lassen und bat ihn jetzt um einen Gefallen. Zwölf Jahre waren vergangen, seit sie einander zum letztenmal begegnet waren – das war Weiners bislang letzter Besuch in den Zellauffrischungslabors in Santa Fé gewesen. Es war nicht vorgesehen, daß Nicht-Gläubige in den Genuß einer Behandlung in Zellauffrischungsanlagen gelangten, aber Weiner und ein paar weitere marsianische Freunde konnten dank Kirbys Arrangements zur regelmäßigen Behandlung nach Santa Fé kommen.

Weiner war ziemlich klar, daß Kirby im stillen eine Art Dank für diesen Gefallen verlangen würde und daß es nicht mehr allzu lange dauern konnte, bis eine Gelegenheit kam, um Dankbarkeit zu zeigen. Dagegen gab es auch nichts einzuwenden; Weiner war es am wichtigsten, weiter und weiter leben zu können. Er wäre sogar bereit, ein Vorster zu werden, falls sich das nicht umgehen ließ, um weiterhin Santa Fé aufsuchen zu können. Natürlich hätte das seiner politischen Stellung auf dem Mars geschadet, wo man sowohl Vorster als auch Harmonisten allgemein als subversive Kräfte ansah. So wie die Dinge jetzt standen, genoß Weiner alle Vorteile, ohne irgendwelche Risiken einzugehen; und das verdankte er seinem alten Freund Kirby. Weiner war zu beträchtlichem Entgegenkommen bereit, um seine Schuld an Kirby zurückzuzahlen.

Der Vorster sagte: „Haben Sie sich schon die angebliche Ruhestätte von Lazarus angesehen, Nat?“

„Ich war vor zwei Tagen draußen. Wir lassen den Ort streng bewachen. Wissen Sie, daß mein Neffe die Kammer gefunden hat? Ich könnte ihn dafür umbringen."

„Warum?"

„Das letzte, was wir brauchen können, ist ein harmonistischer Firlefanz draußen bei Beltram Lakes. Warum habt ihr ihn nicht auf der Venus begraben können, wo seine Leute sind?"

„Warum glauben Sie, daß wir ihn vergraben haben sollen, Nat?"

„Wart ihr es denn nicht, die ihr ihn getötet habt? Oder eingefroren oder was auch immer ihr mit ihm angestellt habt?"

„Das geschah alles vor meiner Zeit", sagte Kirby. „Nur Vorst kennt die wahre Geschichte und vielleicht sogar er noch nicht einmal. Aber ganz sicher müssen es Lazarus' eigene Anhänger gewesen sein, die ihn in dieser Grabkammer vergraben haben, meinen Sie nicht?"

„Überhaupt nicht", antwortete Weiner. „Warum sollten sie ihren eigenen Mythos so gründlich zerstören? Er ist schließlich ihr Prophet. Wenn sie ihn dorthin gesteckt hätten, müßten sie sich doch auch daran erinnern und um seine Auferstehung beten, oder? Aber die Harmonisten waren am meisten überrascht, als er plötzlich auftauchte." Weiner runzelte die Stirn. „Auf der anderen Seite steckt die Botschaft, die von seiner Kammer ausgestrahlt wird, voller harmonistischer Losungen. Und dann die harmonistischen Symbole auf der Grabkammer. Ich wünschte, ich könnte mir darauf einen Reim machen. Oder besser noch: Ich wünschte, wir hätten ihn nie gefunden. – Aber warum rufen Sie eigentlich an, Ron?"

„Vorst will ihn."

„Wen will er? Lazarus?"

„Genau – um ihn wiederzubeleben. Wir bringen die ganze Kammer nach Santa Fé, öffnen sie und erwecken ihn. Vorst will das morgen vor der gesamten Weltpresse und auf allen Kanälen ankündigen."

„Das können Sie nicht, Ron. Wenn ihn schon einer kriegt,

dann sollten es die Harmonisten sein. Er ist ihr Prophet. Wie soll ich ihn da euch Burschen überlassen? Ihr seid die Hauptverdächtigen an seinem Tod, und da . . .“

„Und da wollen wir ihn wiederbeleben, was, wie jedermann bekannt sein dürfte, jenseits der Fähigkeiten der Harmonisten liegt. Sie sind herzlich eingeladen, ihr Glück zu versuchen, falls sie das möchten; aber schlicht gesagt, verfügen sie über keinerlei der hierfür nötigen Einrichtungen. Bei uns steht alles bereit, Lazarus auferstehen zu lassen. Danach überlassen wir ihn den Harmonisten, und er kann was und soviel beten, wie er will. Alles, was wir wollen, ist die Kammer in unserem Gewahrsam.“

„Sie verlangen eine ganze Menge“, sagte Weiner.

„Wir haben Ihnen auch eine ganze Menge gegeben, Nat.“

Weiner nickte. Er begriff, daß die Schuld jetzt eingelöst werden sollte.

Er sagte: „Die Harmonisten werden dafür meinen Kopf fordern.“

„Ihr Kopf sitzt recht fest auf Ihrem Hals, Nat. Finden Sie einen Weg und überlassen Sie uns die Kammer. Vorst wird uns allen gegenüber ziemlich unangenehm werden, falls Sie es nicht schaffen.“

Weiner seufzte: „Sein Wille geschehe.“

Aber wie, fragte sich der Marsianer, als die Leitung unterbrochen worden war. Durch eine *höhere Macht*? Einfach die Kammer herausgeben und sich den Teufel um die Öffentlichkeit scheren? Und wenn die Venus deshalb unangenehm würde? Bislang hatte es noch keinen interplanetarischen Krieg gegeben, aber möglicherweise war die Zeit nun reif dafür. Ganz natürlich verlangten die Harmonisten den Körper ihres Gründers – und sie hatten alles Recht auf ihrer Seite. Letzte Woche noch war dieser Konvertierte, Martell – derjenige, der zur Venus gegangen war, um eine Vorster-Zelle ins Leben zu rufen, und dann zum Harmonistenlager überlief –, hiergewesen, um die Grabkammer zu sehen. Daran dachte Weiner jetzt, und auch daran, daß er sofort ans Pläneschmieden gegangen war, um die Kammer in den Besitz der Harmonisten zu bringen. Martell und sein Chef, Mondschein, würden aus der Haut fahren, wenn sie entdecken mußten, daß der Leib des Lazarus nach Santa Fé verschifft worden war.

Die Angelegenheit erforderte also sehr viel Fingerspitzengefühl.

In Weiners Verstand schwirrte und klickte es wie in einem Computer; alternierende Möglichkeiten wurden entwickelt und wieder verworfen, ein Stromkreis nach dem anderen geschlossen und wieder unterbrochen. Es war nicht allein das Dienstalter, das Weiner an der Macht hielt. Er war immer noch sehr agil. Und seit dieser Nacht in New York, wo er wie ein betrunkener, junger Bauernlümmel Amok durch die Stadt gelaufen war, hatte er deutlich an geistiger Gewandtheit und List gewonnen.

Drei Stunden und etliche tausend Dollar Telefongebühren für interplanetarische Gespräche später hatte Weiner einen befriedigenden Plan ausgearbeitet.

Die Kammer war im Besitz der marsianischen Regierung und galt offiziell als Artefakt. Daher durfte die marsianische Stimme bei der Frage der Aushändigung nicht überhört werden. Trotzdem erkannte auch die marsianische Regierung den einmaligen symbolischen Wert dieses Funds. Daher wollte sie die religiösen Autoritäten der anderen Welten konsultieren. Ein Komitee sollte einberufen werden und sich folgendermaßen zusammensetzen: drei Harmonisten, drei Vorster und drei Marsianer (von Weiner ernannt). Es war vorauszusehen, daß die Harmonisten und Vorster sich nur für ihre jeweilige Seite stark machen würden; die marsianischen Komiteedelegierten würden dagegen strikt überparteilich bleiben und sich unbeeinflußt und frei ein Urteil bilden.

Natürlich, so mußte es klappen.

Das Komitee würde zusammentreten, um über das Schicksal der Grabkammer zu beraten. Die Harmonisten würden sie natürlich für sich beanspruchen. Die Vorster, die öffentlich ihr Angebot unterbreitet hatten, mit all ihren wissenschaftlichen

Mitteln und Einrichtungen Lazarus zum Leben zu erwecken, würden darauf drängen, eine Gelegenheit dazu zu bekommen. Die Marsianer schließlich würden alle Möglichkeiten sorgfältig abwägen.

Dann, dachte Weiner, würde es zur Abstimmung kommen.

Ein marsianischer Delegierter würde für die Harmonisten stimmen – um den äußeren Schein zu wahren. Die beiden anderen würden sich zugunsten der Vorster und ihrer Arbeit an dem Schläfer aussprechen; natürlich nur unter strengen Auflagen, damit in Santa Fé keine „Dummheiten“ gemacht wurden. Mit fünf zu vier Stimmen würde die Kammer somit den Vorstern überlassen werden. Natürlich würde Mondschein an die Decke gehen. Aber die Auflagen in der Übereinkunft würden es einigen Repräsentanten der Harmonisten gestatten, für eine kurze Zeit die geheimen Labors im Noel-Vorst-Zentrum zu betreten; das müßte sie doch wohl irgendwie wieder versöhnen. Natürlich wäre damit das ärgerliche Murren noch nicht aus der Welt geschafft, aber wenn Kirby Wort hielt und Lazarus wiederbelebt und seinen Anhängern übergeben würde – was sollten die Harmonisten dann noch ernsthaft einwenden können?

Weiner lächelte. Kein Problem war so verknotet, daß man es nicht lösen konnte. Man mußte eben nur richtig nachdenken. Weiner war zufrieden. Wenn er vierzig Jahre jünger gewesen wäre, hätte er an diesem Abend die Puppen tanzen lassen. Aber nun war er zu alt dazu.

5

„Geh nicht“, sagte Martell.

„Mißtrauisch?“ fragte Christopher Mondschein. „Immerhin ist es eine Möglichkeit, ihre Anlagen kennenzulernen. Seit meiner Jugend bin ich nicht mehr in Santa Fé gewesen. Warum sollte ich nicht gehen?“

„Gar nicht auszudenken, was dir dort alles zustoßen könnte. Die würden dich mit Freuden in die Hände kriegen. Du bist die tragende Säule unserer ganzen Bewegung auf der Venus."

„Und sie werden mich vor den Augen von drei Planeten zu Asche zerstrahlen, was? Sei doch mal vernünftig, Nicholas. Wenn der Papst Mekka besucht, dann lassen sie es ihm dort besonders gut ergehen. Mir droht also in Santa Fé keine Gefahr."

„Und was ist mit den Espern? Man wird dich ‚durchleuchten'."

„Ich nehme Neerol mit als meinen Gedankenschild", sagte Mondschein. „Sie werden nichts entdecken können. Ich halte ihn für besser als alle Esper, die sie dort aufbieten können. Davon abgesehen habe ich vor Noel Vorst nichts zu verbergen. Das solltest du doch am ehesten von uns wissen. Wir haben dich aufgenommen, obwohl dein Unterbewußtsein voller vorsterscher Spionagebefehle steckte. Es lag in unserem Interesse, Vorst davon wissen zu lassen, wie weit wir schon gekommen waren."

Martell versuchte es nun von einer anderen Flanke. „Indem du nach Santa Fé gehst, segnest du diesen angeblichen Lazarus im Namen unserer Gemeinde ab."

„Jetzt sprichst du wie Bruder Emory! Willst du mir erzählen, das Ganze sei ein Betrug?"

„Ich würde dazu raten, daß wir die Sache vorerst so ansehen sollten. Es widerspricht doch wirklich unserer Lazarus-Legende. Es könnte doch auch eine Vorster-Kreatur sein, die sie geschaffen haben, um uns zu verwirren. Was machen wir denn, wenn sie uns einen laufenden, sprechenden Lazarus präsentieren, damit wir unseren ganzen Glauben um ihn herum neu ordnen?"

„Es ist eben eine delikate Angelegenheit, Nicholas. Wir haben unseren Glauben auf einem heiligen Märtyrer aufgebaut. Wenn er jetzt plötzlich kein Märtyrer mehr ist . . ."

„Sehr richtig. Es wird uns zerschmettern."

„Das bezweifle ich", sagte Mondschein. Der alte Harmonist fuhr mit der Hand leicht über seine Kiemen; eine nervöse Geste. „Du siehst nicht weit genug voraus, Nicholas. Die Vorster haben uns im Moment ausmanövriert. Sie haben es geschafft, diesen Lazarus in die Hände zu bekommen, und sie sind bereit, ihn an uns zurückzugeben. Zwar ist das ziemlich ärgerlich, aber was können wir dagegen tun? Trotzdem, die nächsten Züge führen wir aus. Falls Lazarus stirbt, brauchen wir unsere Schriften nur geringfügig umzuarbeiten. Falls er lebt und versucht, sich bei uns einzumischen, werden wir aufdecken, daß er eine Art Kunstwerk ist, das die Vorster zusammengebaut haben, um Unheil zu stiften – und wir vernichten ihn. Wie es auch kommt, der Zug geht an uns – unsere ursprüngliche Geschichte steht unangetastet da, und wir können die Vorster als finstere Ränkeschmiede überführen."

„Und wenn er wirklich Lazarus ist?" fragte Martell.

Mondscheins Gesicht glühte auf. „Dann haben wir einen Propheten mitten unter uns, Bruder Nicholas. Wir gehen eben ein Risiko ein. Und ich gehe nach Santa Fé."

6

Auf der Erde brodelte es im Noel-Vorst-Zentrum weit mehr als gewöhnlich, während die Vorbereitungen für die Ankunft der Fracht vom Mars getroffen wurden. Ein ganzer Block war auf dem Laborgelände nur für die Wiedererweckung von Lazarus eingerichtet worden. Zum ersten Mal seit Gründung des Vorst-Zentrums war es Videokameras gestattet, der Welt ein kleines Stück aus dem Innenleben der Stätte zu zeigen. Der Ort würde von Fremden überlaufen sein – selbst eine Delegation der Harmonisten war dabei. Konservativen Vorstern wie zum Beispiel Reynolds Kirby mußte das undenkbar vorkommen. Zwielichtigkeit schien ihm eine alltägliche Selbstverständlichkeit geworden zu sein. Die Anordnung war jedoch von Vorst persönlich gekommen; und mit dem Gründer konnte keiner streiten. „Ich glaube, es ist an der Zeit, den Deckel ein wenig zu heben", hatte Vorst gesagt.

Kirby hob von sich aus den Deckel ein wenig, als der große Tag näher kam. Er machte sich Sorgen um gewisse Gedächtnislücken. Kraft seiner Stellung als zweithöchster Funktionär durchstöberte er die Vorster-Archive, um diese Lücken zu schließen. Das größte Problem bestand darin, daß Kirby sich an überhaupt nichts über David Lazarus' Leben vor seinem Märtyrertod erinnern konnte; und er begriff, wie wichtig es war, etwas mehr als nur die offizielle Darstellung zu kennen. Wer war dieser Lazarus eigentlich gewesen? Wie war er auf die Vorsterbühne getreten – und wie hatte er sie wieder verlassen?

Kirby selbst war im Jahr 2077 eingetreten, während er vor dem Blauen Feuer eines Kobalt-Reaktors in New York kniete. Als frisch Konvertierter hatte er sich wenig um die Politik der höheren Stellen in der Bruderschaft gekümmert. Der Kult hatte auch so eine ganze Menge zu bieten: Stabilität, die Hoffnung auf ein langes Leben und den Traum, die Sterne zu erreichen, indem die Fähigkeiten der Esper zusammengekoppelt wurden. Kirby interessierte sich sehr dafür, daß die Menschen eines Tages die anderen Sternsysteme bereisen würden, aber er ging nicht so weit, sein ganzes Leben auf dieses Ziel auszurichten. Auch die Möglichkeit, ewig zu leben – immerhin der Magnet für Millionen von Vorster-Konvertiten –, wollte ihm nicht als übermäßig interessant erscheinen.

Was ihn im Alter von vierzig Jahren wirklich in die Bewegung geführt hatte, war im Grunde die Disziplin und die Ordnung, die sie anzubieten hatte. Seinem damaligen Leben hatte es an Struktur gemangelt, und die Welt um ihn herum war in einem dermaßen chaotischen Zustand, daß Kirby von einem synthetischen Paradies ins nächste floh. Und da tauchte Vorst auf und bot einen geschmeidigen neuen Glauben an, von dem Kirby sich gefangen fühlte. Die ersten Monate war er es zufrieden gewesen, ein gewöhnlicher Gläubiger zu sein. Bald darauf war er Altardiener geworden. Und dann, als sein natürliches Organisationstalent nicht mehr zu übersehen war, fiel er rasch von einem Posten zum nächsten die hierarchische Treppe hinauf, bis er im Alter von achtzig Jahren Vorsts rechte Hand geworden war; jetzt interessierte er sich auch weit mehr für seine persönliche Lebensverlängerung.

Nach der offiziellen Version hatte David Lazarus' Märtyrertod im Jahr 2090 stattgefunden. Damals war Kirby bereits dreizehn Jahre in der Vorster-Bewegung gewesen und mittlerweile Distrikt-Inspektor geworden, der Tausende von Brüdern unter sich hatte.

Soweit er sich erinnern konnte, hatte er vor dem Jahr 2090 nie von Lazarus gehört.

Ein paar Jahre später hatten die Harmonisten, die Häretiker-Bewegung, eine beachtliche Größe erreicht; sie kleideten sich in grüne Roben und verhöhnten auch auf andere Weise die weltliche und machtpolitische Orientierung der Vorster. Sie behaupteten, die Gefolgsleute des ermordeten David Lazarus zu sein. Aber selbst zu jener Zeit hatten sie nicht sonderlich viel von ihrem Propheten erzählt, grübelte Kirby. Erst später, als die Harmonisten-Bewegung erstarkte und sie Vorst die Venus wegnahm, legten diese Leute großes Gewicht auf den Lazarus-Mythos und führten ihn ständig im Munde. *Wie kommt es,* dachte Kirby, *daß ich, der ich ein Zeitgenosse von Lazarus war, niemals vorher seinen Namen hörte?*

Er ging zum Archivgebäude.

Es war ein milchigweißes, geodätisch brillantes Gebäude, das mit einem ineinandergreifenden Material bedeckt war, welches ihm ein Gefüge hart wie Haifischhaut gab. Kirby lief durch einen mit Kacheln ausgelegten Gang, wies sich vor den Wachrobotern aus und trat durch eine Schleusentür. Dann befand er sich in dem olivgrünen Raum, wo die Kassetten aufbewahrt wurden. Kirby aktivierte den Knopf mit dem Fragezeichen und brachte seinen Wunsch vor.

LAZARUS, DAVID

Trommeln dröhnten im Innern der Erde. Mikrofilme kamen nach oben und drängten sich zum Kuß der Bildschirme, um dann Bilder zu schicken, die vor dem wartenden Kirby abflossen. Gelbe Leuchtschrift erschien auf dem Leseschirm.

Ein Steckbrief, kurz und kärglich.

GEBOREN 13. 3. 2051
AUSBILDUNG Grundschule, höhere Schule in Chikago, Studium '72 in Harvard, Dr. phil. (Anthropologie) '75 in Harvard.
KÖRPERMASSE (1. 1. '88) Größe: 187 cm, Gewicht: 179 Pfund,
Augenfarbe: dunkel, Haarfarbe: dunkel,
besondere Kennzeichen: keine
AUFNAHME 11. 4. '71 Cambridge-Gemeinde; Altardiener 17. 3. '73

Danach folgte eine Liste der aufeinanderfolgenden Stufen, auf denen Lazarus in der Hierarchie aufgestiegen war. Der Steckbrief endete mit dem knappen Eintrag:

TOD 9. 2. '90

Das war alles. Ein dürrer, allzu spärlicher Lebenslauf; ohne Erläuterungen, ohne beigefügte Beurteilungen, wie sie, und das wußte Kirby, in seinem eigenen Steckbrief zu finden waren – und kein Hinweis auf Lazarus' Auseinandersetzungen mit Vorst. Nichts. Kirby dachte unglücklich, daß so ein Lebenslauf in fünf Minuten heruntergetippt und ins Archiv gesteckt werden konnte, und zwar . . . zu jeder Zeit.

Er stöberte weiter in der Datenbank herum und hoffte, noch irgendwelche zusätzlichen Details über den Erzhäretiker aufzufischen. Aber er fand rein gar nichts. Das reichte als Grund allerdings noch nicht völlig aus, um mißtrauisch zu werden. Lazarus war schon vor langer Zeit gestorben, und möglicherweise war die Datenspeicherung damals noch nicht so ausgeklügelt gewesen. Aber man geriet dennoch ins Grübeln. Kirby verließ das Gebäude. Altardiener starrten ihn unterwegs an, als ginge Vorst höchstpersönlich hier vorbei. Zweifellos spürten manche von ihnen das Verlangen, vor Kirby auf die Knie zu fallen. *Wenn sie nur wüßten*, dachte er dumpf, *wie unwissend ich bin. Selbst nach fünfundsiebzig Jahren an Vorsts Seite. Wenn sie nur wüßten . . .*

7

Die Glaskammer des David Lazarus war unbeschädigt und unter enormen Kosten vom Mars transportiert worden und ruhte jetzt im Zentrum des Operationssaals unter den wachsamen Augen der Videokameras, die an Decke und Wänden angebracht waren. Ein sorgfältig errichteter Wald an Ausrüstungsgegenständen war um die Kammer aufgebaut worden: Polygraphen, Kompressoren, Zentrifugen, Surgistate, Bildschirme, Enzymkalibratoren, Laserskalpelle, Retraktoren, Impakter, Brustkabel, Gehirnleitungen, eine Herz-Lungen-Maschine, Nierensurrogate, künstliche Hände, Bioptikone, Elsevire, ein Helium-II-Druckgenerator und ein monströser, glühender Kryostat. Die Ansammlung war beeindruckend, und das war auch so beabsichtigt. Die Vorster demonstrierten hier den Stand ihrer Wissenschaft, und der ganze ehrfurchterregende Überfluß in diesem Saal hatte seinen bestimmten Zweck in der Orchestrierung der Effekte zu erfüllen.

Vorst selbst war nicht anwesend. Das gehörte ebenfalls zur Inszenierung. Er beobachtete mit Kirby die Ereignisse von seinem Büro aus. Das rangmäßig höchststehende anwesende Mitglied der Bruderschaft war der rundliche, freundliche Capodimonte, ein Distrikt-Inspektor. Neben ihm stand Christopher Mondschein von den Harmonisten. Mondschein und Capodimonte hatten sich während seiner kurzen, auf spektakuläre Weise erfolglosen Karriere 2095 als Altardiener in Santa Fé kennengelernt. Jetzt wirkte die Gestalt des Harmonisten erschreckend; sein umgewandelter Körper steckte in einem Atemanzug. Aber er wirkte immer noch alptraumhaft und grotesk. Ein Venusgeborener, der noch weit bizarrer aussah, klebte an Mondschein wie eine zweite Haut. Die Delegation der Harmonisten machte einen ernsten und gespannten Eindruck.

Der Fernsehkommentator sagte: „Man hat bereits festgestellt, daß sich die Atmosphäre in der Kammer aus trägen Gasen zusammensetzt, hauptsächlich Argon. Lazarus selbst liegt in einem Nährbad. Esper haben Lebenszeichen entdeckt. Die Sperren am Schloß der Kammer wurden gestern geöffnet, unter Aufsicht der Delegation der venusischen Harmonisten. Im Moment werden die Gase aus der Kammer gepumpt, und bald schon werden die empfindlichen Instrumente der Chirurgen den schlafenden Mann erreichen und mit dem unendlich komplexen Prozeß der Wiedererweckung zum Leben beginnen."

Vorst lachte.

Kirby sagte: „Soll es etwa nicht so ablaufen?"

„Mehr oder weniger. Abgesehen davon, daß der Mann schon jetzt so lebendig ist wie Sie und ich. Alles, was man dort unten zu tun braucht, ist den Deckel zu öffnen und Lazarus rauszuholen."

„Das wäre allerdings nicht besonders dramatisch."

„Ganz sicher nicht", stimmte Vorst zu. Der Gründer faltete die Hände auf dem Bauch zusammen und spürte, wie die künstlichen Teile in ihm schlugen. Der Kommentator spulte endlos Berichte und Beschreibungen ab. Die spinnenartige Ansammlung von Instrumenten, die die Kammer umgab, war jetzt voll in Aktion getreten. Arme und Glieder wehten wie die Extremitäten eines Wesens umher, das mehrere Körper besaß. Vorst heftete die Augen fest auf das umgewandelte Gesicht von Christopher Mondschein. Er hätte nicht darauf wetten wollen, daß Mondschein wirklich noch einmal nach Santa Fé käme. Ein bewunderungswerter Mensch, dachte der alte Mann. Er hatte wirklich eine ordentliche Portion an Mißgeschick einstecken müssen; besonders, wenn man daran dachte, wie er in seine Lebensaufgabe vor fast sechzig Jahren hineingetaumelt war.

„Die Kammer ist offen", sagte Kirby.

„Das sehe ich auch. Jetzt beobachten Sie, wie die Mumie von Tutenchamun aufsteht und losläuft."

„Die Sache scheint Ihnen ja wirklich Vergnügen zu bereiten, Noel."

„Hm", sagte der Gründer. Kurz flackerte ein Lächeln auf seinen Lippen auf. Er regulierte den Zufluß seiner Hormone. Auf dem Bildschirm wurde die geöffnete Kammer fast vollständig von den Instrumenten verborgen, die in die Kammer eingetaucht waren, um sich mit dem Schläfer zu befassen.

Plötzlich regte sich etwas schwach in der Kammer. Lazarus bewegte sich! Der Märtyrer war zurückgekehrt!

„Zeit für meinen großen Auftritt", murmelte Vorst.

Alles war schon dafür vorbereitet. Ein glitzernder Tunnel transportierte ihn rasch zum Operationssaal. Kirby folgte ihm nicht. Der Rollstuhl des Gründers rollte gelassen in den Raum, gerade als die Gestalt des David Lazarus sich von sechzig Jahren Schlaf zu befreien und in eine sitzende Stellung zu bringen versuchte.

Eine zitternde Hand streckte sich aus. Eine heisere Stimme bemühte sich um eine klare Aussprache.

„V-V-Vorst!" keuchte Lazarus.

Der Gründer lächelte gütig und hob seinen runzeligen Arm zu Gruß und Segen. Delikaterweise betätigte in diesem Moment eine unbemerkte Hand einen Kontrollschalter, und das Blaue Feuer erleuchtete die Wände des Saals, um dem Ganzen die rechte theatralische Stimmung zu verleihen. Christopher Mondschein, dessen verändertes Gesicht hinter der Atemmaske unbeweglich blieb, ballte wütend die Fäuste, als das Blaue Feuer ihn umhüllte.

Vorst sagte: „Und da ist das Licht, wie es vor und hinter unserem Horizont liegt; und dafür wollen wir dankbar sein.

Und da ist die Hitze, vor der wir uns bescheiden.

Und da ist die Energie, für deren Empfang wir uns gesegnet fühlen wollen . . .

Willkommen im Leben, David Lazarus. In der Kraft des Spektrums, der Quanten und des heiligen Angstöm, Friede sei mit dir, und vergib denen, die dir Übles antaten!"

Lazarus stand auf. Seine Hände fanden den Rand der Kammer und hielten sich dort fest. Unentzifferbare Gefühle zuckten über sein Gesicht.

Er murmelte: „Ich . . . habe geschlafen."

„Sechzig Jahre, David. Und die, die mich beschimpfen und dir folgen, sind zu einer starken Bewegung herangewachsen. Siehst du? Siehst du die grünen Roben? Die Venus gehört dir. Du befiehlst über ein mächtiges Heer. Geh zu ihnen, David. Erteile ihnen Rat. Ich habe dich für sie wiederhergestellt. Du bist mein Geschenk an deine Gefolgschaft. *Und er, der gestorben war, stand wieder auf* . . . Befreit ihn von den Kabeln und laßt ihn in Frieden ziehen."

Lazarus gab keine Antwort. Mondschein stand mit offenem Mund da und stützte sich schwer auf den Venusier an seiner Seite. Kirby, der auf dem Bildschirm alles beobachtete, verspürte ein Anklingen von Ehrfurcht, die einen Moment lang all seinen Skeptizismus verdrängte. Und wie durch ein Wunder hielt auch das Geschwätz des Fernseh-Kommentators einen Augenblick lang inne.

Das Glühen des Blauen Feuers überströmte alles und stieg höher und höher und höher, wie die Flammen der Dämmerung, die bis nach Walhalla reichen. Und im Zentrum stand Noel Vorst, der Gründer, der erste Unsterbliche; klar und strahlend stand sein alter Körper aufrecht da, die Augen glühten, und die Hände waren zu dem Mann ausgestreckt, der vorher tot gewesen war. Jetzt fehlte nur noch ein zehntausendköpfiger Chor, der die Hymne der Wellenlängen sang, während eine kosmische Orgel das Lied der Freude anschlug.

8

Und Lazarus lebte, wandelte wieder unter den Seinen und redete mit ihnen.

Und Lazarus wunderte sich sehr.

Er hatte geschlafen – nur einen Moment lang, nur für die Dauer eines Lidaufschlags. Jetzt umringten ihn merkwürdige, blauhäutige Gestalten – Venusier, die sich wie Dämonen gekleidet hatten, um sich vor der giftigen irdischen Luft zu schützen – und priesen ihn als ihren Propheten. Und im ganzen Umkreis reckte sich Vorsts Metropolis gen Himmel; beeindruckende Gebäude, die von der gegenwärtigen Macht der Bruderschaft der Immanenten Strahlung kündeten.

Der pausbäckige Venusier – hieß er nicht Mondschein? – drückte Lazarus ein Buch in die Hände. „Das Buch von Lazarus“, sagte er. „Das Verzeichnis Ihres Lebens und Ihrer Werke.“

„Und meines Todes?“

„Ja, und Ihres Todes.“

„Da werden Sie bald eine neue, überarbeitete Auflage benötigen“, sagte Lazarus. Er lächelte, aber er war der einzige, der das lustig fand.

Lazarus fühlte sich kräftig. Wie hatten die Muskeln es nur geschafft, in seinem langen Schlaf nicht zu verkümmern? Wie war es möglich, daß er aufstehen und sich unter den Menschen bewegen konnte, daß seine Stimmbänder gehorchten und sein Körper den Anstrengungen des Lebens gewachsen war?

Er war allein mit seinen Jüngern. In ein paar Tagen würden sie ihn mit zur Venus nehmen, wo er abgekapselt in einer künstlichen Atmosphäre leben mußte. Vorst hatte ihm angeboten, ihn in einen Venusier zu verwandeln. Aber Lazarus war wie betäubt, daß so etwas überhaupt möglich war; und er war sich nicht sicher, ob es ihm gefallen würde, in Zukunft als Kiemenwesen herumzulaufen. Er brauchte Zeit, um mit alldem fertig zu werden. Die Welt, die er so unerwartet wieder betreten hatte, unterschied sich sehr von derjenigen, die er verlassen hatte.

Sechzig seltsame Jahre. Anscheinend hatte Vorst jetzt den ganzen Planeten unter Kontrolle. Diesem Ziel hatten auch schon damals, in den achtziger Jahren, seine Anstrengungen gegolten; damals, als es zwischen ihm und Vorst zum Streit gekommen war. Vorst hatte eine religiös-naturwissenschaftliche Bewegung ins Leben gerufen, als Lazarus eingetreten war; Hokuspokus mit Kobalt-Reaktoren, eine Litanei auf das Spektrum und das Elektron, eine ganze Menge schmalzigen Spiritismus und an dessen Basis eine unverblümt materialistische Weltanschauung, deren größter Schlager das Versprechen eines langen (ewigen?) Lebens war. Lazarus hatte das überzeugt. Aber bald nachdem Vorst seine Macht spürte, hatte er seine Leute in die Parlamente geschickt und Banken, öffentliche Einrichtungen, Krankenhäuser und Versicherungsgesellschaften übernehmen lassen.

Lazarus hatte sich dagegen gewandt. Damals war Vorst noch zugänglich gewesen, und Lazarus erinnerte sich, wie er mit ihm über seinen Drang, die Finanzwelt und Politik zu majorisieren, gestritten hatte. Aber Vorst hatte nur gesagt: „Der Plan verlangt es."

„Es ist eine Pervertierung Ihrer religiösen Motive."

„Es bringt uns dorthin, wo wir hinwollen."

Lazarus hatte widersprochen. Heimlich hatte er einige Gleichgesinnte um sich versammelt und eine innere Oppositionsgruppe gegründet – obwohl er nach außen hin Vorst immer noch loyal ergeben war. Seine ständige Nähe zum Gründer hatte ihn zu einem Experten darin gemacht, wie man eine Religionsgemeinschaft gründet. Er proklamierte schließlich die Herrschaft der Ewigen Harmonie, gab seinen Leuten grüne Roben,

Symbole, reformerischen Eifer, Gebete und eine ausbaufähige Liturgie. Er konnte nicht behaupten, seine Bewegung sei im Schatten des mächtigen Vorster-Apparats zu einer großen Kraft angewachsen; aber zumindest war es die stärkste Häretikerbewegung, die jeden Monat Hunderte neuer Anhänger zu sich herüberzog. Lazarus hatte eine Missionierungsbewegung vorgesehen; er wußte nämlich, daß seine Lehre eine größere Chance hatte, auf der Venus und vielleicht auch auf dem Mars Fuß zu fassen, als die von Vorst.

Und an jenem Tag im Jahr 2090 kamen die Männer in den blauen Roben zu ihm und verschleppten ihn, nachdem sie seine Esperwache ausgeschaltet hatten. Ohne große Mühe entführten sie ihn, so als handle es sich bei ihm nur um einen Klumpen Blei. Danach hörte seine Erinnerung auf und setzte erst wieder bei seinem Erwachen in Santa Fé ein. Man sagte ihm, mittlerweile sei das Jahr 2152 angebrochen und die Venus befinde sich unter der Kontrolle seiner Anhänger.

Mondschein sagte: „Wollen Sie sich umwandeln lassen?“

„Ich weiß es nicht, aber ich denke darüber nach.“

„Das wird sicher ziemlich schwierig für Ihre Aufgabe, wenn Sie sich hier nicht chirurgisch verändern lassen.“

„Ich könnte ja vielleicht auf der Erde bleiben“, schlug Lazarus vor.

„Unmöglich. Sie haben ja überhaupt keine Anhängerschaft hier, auf die Sie sich stützen könnten. Und so weit wird Vorsts Zuvorkommenheit nicht gehen. Er wird Sie hier nicht länger dulden, nachdem sich die Aufregung um ihre Rückkehr wieder gelegt hat.“

„Sie haben recht“, seufzte Lazarus. „Dann werde ich mich also umwandeln lassen. Ich komme mit zur Venus und werde sehen, was Sie dort erreicht haben.“

„Es wird Sie angenehm überraschen“, versprach Mondschein.

Lazarus war seit seiner Inkarnation schon genug überrascht worden. Man ließ ihn allein, und er studierte die Schriften seiner

Bewegung; die Märtyrerrolle, die sie um seine Person geschrieben hatten, faszinierte ihn. Ein Buch der Harmonistengeschichte klärte ihn über seine Bedeutung auf: Wo die religiösen Gefühle der Bruderschaft sich verbotenerweise auf die altersgraue Persönlichkeit Vorsts konzentrierten, konnten die Harmonisten ruhigen Gewissens auf ihren gütigen Märtyrer verweisen. *Wie furchtbar muß es für sie sein, daß ich zurückgekehrt bin*, dachte Lazarus.

Vorst besuchte ihn nicht im Krankenhaus der Bruderschaft. Aber ein Mann namens Kirby kam; sein Gesicht war im Alter hart wie Stein geworden, und er stellte sich als Hemisphärenkoordinator und Vorsts engster Mitarbeiter vor.

„Ich trat vor Ihrem Verschwinden in die Bruderschaft ein", sagte Kirby. „Haben Sie je von mir gehört?"

„Ich fürchte, nein."

„Damals war ich auch eine recht unbedeutende Persönlichkeit", sagte Kirby. „Ich nehme an, Sie hatten gar keine Gelegenheit, von mir zu hören. Aber ich habe gehofft, Sie würden sich genau daran erinnern können, falls wir je zusammengetroffen wären. Mein Gedächtnis wird von all den Jahren, die dazwischen liegen, blockiert; aber Sie können darauf zurückblicken, als sei es gestern gewesen."

„Mein Gedächtnis funktioniert sehr gut", sagte Lazarus gelassen. „Aber Sie tauchen dort nirgends auf."

„Mit Ihnen geht es mir genauso."

Der Wiederbelebte zuckte die Achseln. „Ich habe an Vorsts Seite gearbeitet und hart mit ihm diskutiert. Das steht außer Frage. Schließlich habe ich mich von ihm getrennt und die Harmonistenbewegung gegründet. Dann bin ich verschwunden. Und jetzt bin ich hier. Macht es Ihnen etwa Schwierigkeiten, mir zu glauben?"

„Vielleicht hat man mein Gedächtnis manipuliert", sagte Kirby. „Ich wünschte, ich könnte mich an Sie erinnern."

Lazarus ließ sich auf sein Bett zurücksinken. Er starrte auf die grünen, gummiartigen Wände. Die Instrumente, die seine Lebensfunktionen regulierten, schwirrten und klickten. Ein scharfer Geruch lag in der Luft: Sterilisationsmittel. Kirby wirkte irreal. Lazarus fragte sich, was für eine Ansammlung von Pumpen und Stützstreben diesen Körper unter der dicken und warmen blauen Robe zusammenhielt.

Kirby sagte: „Ihnen ist klar, daß Sie nicht auf der Erde bleiben können, nicht wahr?“

„Sicher.“

„Das Leben wird für Sie auf der Venus nicht angenehm, wenn Sie sich nicht umwandeln lassen. Wir können das durchführen. Ihre Leute können auch die Operation überwachen. Ich habe darüber bereits mit Mondschein gesprochen. Wie steht's? Haben Sie Interesse?“

„Ja“, sagte Lazarus. „Wandeln Sie mich um.“

Sie kamen schon am nächsten Tag, um ihn zu einem Venusier zu machen. Er mochte das öffentliche Interesse an seiner Operation nicht, aber warum sollte er sich länger vormachen, daß sein Leben ihm allein gehörte? Sie sagten, es werde mehrere Wochen dauern, bis die Umwandlung abgeschlossen sei. Man würde Lazarus mit Kiemen versorgen, die ihn dazu befähigten, den giftigen Dreck zu atmen, aus dem sich die Venus-Atmosphäre zusammensetzte, und ihn dann freilassen. Lazarus ergab sich in sein Schicksal. Sie schnitten ihn auseinander, setzten ihn wieder zusammen und machten ihn reisefertig.

Vorst besuchte ihn jetzt; eine zusammengefallene, aber immer noch dominierende Gestalt mit einer brüchigen Stimme. Er sagte: „Sie müssen wissen, daß ich mit Ihrer Entführung damals nichts zu tun hatte. Es geschah gegen meinen Willen – und war die Arbeit von Unfähigen.“

„Natürlich.“

„Ich begrüße Meinungsverschiedenheiten. Mein Weg muß nicht notwendig der einzig richtige sein. Ich spürte das Fehlen eines Dialogs mit der Venus seit vielen Jahren schmerzlich. Sobald Sie sich dort eingerichtet haben, bin ich mir sicher, daß Sie mit mir in den Dialog treten wollen.“

Lazarus sagte: „Ich werde meinen Geist nicht vor Ihnen versperren, Vorst. Sie haben mir das Leben geschenkt. Ich werde hören, was Sie zu sagen haben. Ich kann mir keinen Grund denken, warum wir nicht zusammenarbeiten sollten, solange wir gegenseitig die Einflußsphäre des anderen respektieren."

„Sehr richtig! Trotz allem ist unser Ziel dasselbe. Wir können unsere Kräfte zusammentun."

„Behutsam", sagte Lazarus.

„Behutsam, ja. Aber aus reinem Herzen." Vorst lächelte und ging.

Die Chirurgen brachten ihre Arbeit zu Ende. Lazarus, der nun für die Erde ein Fremder geworden war, reiste mit Mondschein und dem Rest der Harmonisten-Delegation zur Venus zurück. Und es wurde natürlich eine triumphale Heimkehr – soweit man von Heimkehr auf eine Welt sprechen kann, auf der man noch nie zuvor gewesen ist.

Brüder in grünen Roben und mit blauer Haut empfingen ihn. Lazarus sah die Harmonistenschreine und die heiligen Ikonen seiner Bewegung.

Sie hatten das spiritistische Element noch weiter ausgebaut, als er sich das je vorgestellt hatte, und verehrten ihn, Lazarus, praktisch als gottähnliches Wesen. Und er hatte auch gar nicht vor, dies rückgängig zu machen; denn er wußte, wie gefährdet seine Position hier war. In seiner Organisation gab es Männer mit fest umrissenen Machtbereichen, aus denen sie sich nicht vertreiben ließen; und diese mochten im geheimen gar nicht so glücklich über die Rückkehr des Propheten sein. Vielleicht wollten sie ihn auch ein zweites Mal zum Märtyrer machen, wenn er ihren Interessen zuwiderhandelte. Lazarus nahm sich vor, auf der Hut zu sein.

„Wir haben bei den Espern große Fortschritte erreicht", erklärte ihm Mondschein. „Wir sind Vorsts Bemühungen auf diesem Gebiet deutlich voraus – soweit wir das beurteilen können."

„Haben Sie schon Telekineten?"

„Seit zwanzig Jahren. Und wir entwickeln diese Fähigkeit ständig weiter. In einer weiteren Generation . . .“

„Ich würde gern eine Demonstration erleben.“

„Dafür ist schon vorgesorgt“, sagte Mondschein.

Und sie zeigten ihm, wozu sie fähig waren: Sie griffen in einen Holzblock hinein und ließen die Moleküle dort so lange tanzen, bis das Holz Feuer fing . . . sie bewegten einen Felsblock über den Himmel . . . sie huschten von Ort zu Ort. Ja, es war wirklich beeindruckend und überstieg die eigene Vorstellungskraft. Ganz sicher waren die Fähigkeiten hier weiter entwickelt als bei der Bruderschaft auf der Erde.

Stundenlang sprangen die venusischen Esper für Lazarus herum. Mondschein glühte vor Befriedigung. Er sprach von Schwellen, von Levitation, von telekinetischem Antrieb, von Stützpunkten der Einheit und von anderen Dingen, die Lazarus einerseits verwirrten, ihn andererseits aber auch ermutigten.

Der Zurückgekehrte deutete auf das graue Wolkenband, das den Himmel verdeckte.

„Wie lange noch?“ fragte Lazarus.

„Wir sind zu interstellaren Transporten noch nicht in der Lage“, antwortete Mondschein. „Noch nicht einmal zu interplanetaren. Doch nach der Theorie dürfte das eine nicht schwieriger sein als das andere. Wir arbeiten noch daran. Lassen Sie uns etwas Zeit, und wir schaffen es.“

„Können wir ohne Hilfe Vorsts zurechtkommen?“ fragte Lazarus.

Mondscheins Selbstzufriedenheit schien einen Riß bekommen zu haben. „Welche Hilfe könnte *er* uns schon geben? Ich habe Ihnen doch gesagt, daß wir seinen Espern eine ganze Generation voraus sind.“

„Und reichen Esper allein aus? Vielleicht kann er uns das geben, was uns darüber hinaus fehlt. Ein gemeinsames Risiko . . . Harmonisten und Vorster arbeiten zusammen . . . meinen Sie nicht, daß dieser Gedanke zumindest eine Überlegung wert wäre, Bruder Christopher?“

Mondschein lächelte süßlich. „Wieso? Ja, ja doch, natürlich. Unbestreitbar sollten wir uns das überlegen. Ich gebe zu, daß wir an diese Variante noch nie gedacht haben; Sie haben uns da wirklich eine ganz neue Einsicht in unsere Probleme gegeben. Ich würde die Sache gerne mit Ihnen weiterdiskutieren – sagen wir, nachdem Sie sich hier eingelebt haben."

Lazarus gab sich fürs erste mit Mondscheins Wortschwall zufrieden. Er war ja nun wirklich nicht so lange fort gewesen, um nicht mehr zwischen den Zeilen lesen zu können.

Und er wußte, wenn ihn jemand auf den Arm nahm.

9

Als die Invasion der wenig erwünschten Harmonisten vorüber war, kehrte in Santa Fé wieder der Alltag ein. Lazarus war auferstanden und auf die Welten losgelassen worden; die Fernsehleute waren wieder abgezogen, und die eigentliche Arbeit konnte wieder aufgenommen werden: die Tests, die Experimente, die Untersuchung der Geheimnisse des Lebens und des Verstands – die unvermeidlichen Forschungsschwerpunkte der Vorster-Bewegung in Santa Fé eben.

Kirby sagte: „Hat jemals ein echter David Lazarus gelebt, Noel?"

Vorst warf ihm einen flammenden Blick aus seinem thermoplastischen Kokon zu. Kaum hatten die Chirurgen ihre Arbeit an Lazarus beendet, da mußten sie sich schon wieder um den Gründer kümmern, der an einer krankhaften Erweiterung einer Schlagader litt, die schon zweimal wiederhergestellt worden war. Sensoren hatten den Krankheitsherd aufgespürt, Spachtel waren unter die Haut gefahren, Mikrobänder waren dazugestoßen, und ein Netzwerk aus Zwirn und sich windenden Polymeren war an die Stelle der gefährlichen Blase getreten. Vorst waren solche Operationen nichts Neues.

Er sagte: „Sie haben Lazarus mit eigenen Augen gesehen, Kirby."

„Ich sah, wie ein Wesen aus der Kammer kam, aufstand und zusammenhängend redete. Ich habe mich auch mit ihm unterhalten. Und ich war Zeuge, wie man es in einen Venusier verwandelt hat. Das heißt aber noch lange nicht, daß es sich dabei auch um den echten Lazarus handelte. Sie könnten einen Lazarus bauen, nicht war, Noel?"

„Wenn ich wollte – aber warum sollte ich?"

„Das liegt doch auf der Hand: um die Harmonisten unter Kontrolle zu bekommen."

„Wenn ich etwas gegen die Harmonisten hätte", erklärte Vorst geduldig, „hätte ich sie schon vor fünfzig Jahren ausgelöscht, noch bevor sie die Venus übernehmen konnten. Sie sind schon ganz in Ordnung. Und dieser junge Mann, Mondschein – aus dem ist doch wirklich etwas geworden."

„Er ist kein junger Mann mehr, Noel. Er zählt mindestens achtzig Jahre."

„Also ein Kind."

„Wollen Sie mir sagen, ob dieser Lazarus echt ist?"

Vorsts Lider zitterten irritiert: „Er ist echt, Kirby. Zufrieden?"

„Wer hat ihn in die Kammer gesteckt?"

„Ich nehme an, seine eigenen Leute."

„Die dann schnell alles wieder vergessen haben?"

„Nun, vielleicht waren es auch meine Leute – ohne von mir dazu autorisiert worden zu sein, ohne mir etwas davon zu sagen. Das ist alles schon so lange her." Vorsts Hände bewegten sich mit raschen, aufgeregten Gesten. „Wie soll ich mich an das alles noch erinnern können? Man hat ihn gefunden, und wir haben ihn zum Leben wiedererweckt. Ich habe ihm das Leben zurückgegeben. Sie gehen mir auf die Nerven, Kirby."

Kirby bemerkte, daß er gerade ein Minenfeld betreten hatte. Er hatte Vorst so weit in die Enge getrieben, wie das bei ihm nur irgend möglich war; jeder weitere Schritt würde für Kirby verheerende Folgen haben. Er hatte miterlebt, wie andere Leute sich zu stark auf ihr vertrautes Verhältnis zu Vorst verlassen hatten; und er hatte miterlebt, wie dieses Verhältnis unwiederbringlich zerbrochen war.

„Es tut mir leid“, sagte Kirby.

Vorsts schlechte Laune verschwand. „Sie überschätzen meine Intrigen, Kirby. Hören Sie auf, sich Gedanken über Lazarus' Vergangenheit zu machen. Setzen Sie sich lieber mit der Zukunft auseinander. Ich habe ihn den Harmonisten überreicht. Und er wird sich für sie als wertvoll erweisen, ob sie das nun selbst auch so sehen oder nicht. Sie sind mir zu Dank verpflichtet. Ich habe ihnen eine ordentliche und schwere Schuldenlast auf die Schultern gelegt. Glauben Sie nicht, daß so etwas ganz nützlich ist? Sie schulden mir jetzt etwas. Und wenn der richtige Moment gekommen ist, werde ich diese Schuld eintreiben.“

Kirby blieb stumm. Er spürte, daß Vorst irgendwie das Machtgleichgewicht zwischen den beiden Kulten verändert hatte; daß die Harmonisten, die sich bislang immer auf dem aufsteigenden Ast befunden hatten, seit sie die Venus und ihre reiche Ernte an Espern in die Hand bekommen hatten, auf den Teppich zurückgeholt worden waren. Aber er wußte nicht, wie Vorst das alles in die Wege geleitet hatte, und er hegte auch keine Lust, erneut Nachforschungen anzustellen.

Vorst war gerade mit seinem Kommunikator beschäftigt. Er sah zu Kirby auf.

„Ein Esper steht kurz vor dem Ausbrennen“, sagte er. „Da will ich dabeisein. Begleiten Sie mich, ja?“

„Selbstverständlich“, sagte Kirby.

Er folgte dem Gründer durch das Labyrinth der Gänge. Sie erreichten die geschlossene Abteilung. Ein Esper lag dort im Sterben. Diesmal war es ein Junge, möglicherweise ein Hawaiianer. Sein Körper wand sich, als stecke er an einem Spieß.

Vorst sagte: „Wie schade, Kirby, daß Sie keine PSI-Fähigkeiten haben. Sie könnten dann nämlich einen Blick in die Zukunft tun.“

Vorst rollte näher an das Sterbelager heran und gab einem wartenden Esper ein Zeichen. Die Verbindung wurde hergestellt; Kirby beobachtete die Szene. Was mochte Vorst jetzt erfahren? Die Lippen des Gründers bewegten sich, schienen sich irgendwie zu einem Hohnlächeln zu verziehen und fuhren mit jeder Bewegung des Esperkörpers vom Zahnfleisch zurück. Der Junge würde auf der Zeitlinie hin und her gestoßen, so sagte man. Für Kirby war das ohne Bedeutung. Und der Körper des Gründers schien mit ihm hin und her zu stoßen; er sah nebelhaft das Bild der Welt jenseits der Mauer der Zeit.

Jetzt – jetzt – vor – zurück –

Einen Moment lang kam es Kirby so vor, als sei er Teil der Verbindung geworden und schaukele ebenfalls auf der Zeitlinie wie der andere Mitreisende des Espers. War er im Chaos des Gestern? Und jetzt im goldenen Glanz des Morgen? Jetzt . . . jetzt – *verdammt sollst du sein, du alter Ränkeschmied; was hast du jetzt wieder mit mir angestellt?* Lazarus überragte alles andere, ein Lazarus, der noch nicht einmal echt war, nur ein androidenhafter Brocken, der in irgendeinem geheimen Labor auf Vorsts Geheiß hin zusammengebaut worden war; eine nützliche Marionette, dachte Kirby, Lazarus hatte die Hand nach dem Morgen ausgestreckt und war gerade dabei, es zu stehlen . . .

Der Kontakt erlosch – der Esper war tot.

„Wir haben wieder einen unnütz verloren“, murmelte Vorst. Der Gründer sah zu seinem Stellvertreter. „Ist Ihnen nicht gut?“ fragte er.

„Nein, ich bin nur müde.“

„Ruhen Sie sich eine Weile aus. Hören Sie sich ein halbes Dutzend Geschichtsbänder an – und dann in einen Regenerationstank. Wir haben das Schlimmste hinter uns. Lazarus ist nicht mehr unmittelbar unsere Sache.“

Kirby nickte. Jemand zog eine Decke über den toten Körper des Espers. In einer Stunde würden die Nervenzellen des Jungen irgendwo in einem angeschlossenen Gebäude in der Kühlabteilung aufbewahrt liegen. Langsam folgte Kirby Vorst aus dem Zimmer, so als lasteten acht Jahrhunderte auf seinen Schultern und nicht nur eins. Inzwischen war es Nacht geworden, und die Sterne verbreiteten ihre für New Mexico typische Helligkeit; und die Venus stand direkt über dem Berghorizont und war der hellste Stern von allen. Dort oben hatten sie jetzt ihren Lazarus. Sie hatten einen Märtyrer verloren und einen Propheten gewonnen. Und Kirby begann zu begreifen, daß das ganze Häretikervolk von Vorst elegant in die Tasche gesteckt worden war. Der alte Mann war ein Teufel. Kirby wickelte sich tiefer in seinen Kapuzenmantel ein und bemühte sich angestrengt, mit Vorst Schritt zu halten, der mit seinem Rollstuhl ziemlich schnell zum Büro fuhr. Kirbys Kopf schmerzte immer noch von diesem kurzen, unfaßbaren Kontakt mit dem Esper. Erst nach zehn Minuten fühlte er sich besser.

Er dachte daran, in eine Kirche zu gehen und dort zu beten. Aber was hatte das für einen Sinn? Warum sollte er vor dem Blauen Feuer niederknien? Kirby brauchte nur zu Vorst zu gehen und sich von ihm segnen lassen – Vorst, sein Lehrmeister seit nahezu acht Jahrzehnten. Vorst, der Kirby sich immer noch wie ein Kind fühlen lassen konnte. Vorst, der Lazarus von den Toten aufgeweckt hatte.

Öffnet den Himmel!
2164

1

Der chirurgische Operationssaal war kühl und wie ein Amphitheater geformt; beleuchtet wurde er von einem blaßvioletten Glühen. An der Nordseite ließ die zweite Fensterreihe das frostige Sonnenlicht über New Mexico herein. Noel Vorst konnte von seinem Sitzplatz aus den ganzen Operationstisch überblicken. Jetzt besah er sich die bläulichen Berge, die in mittlerer Entfernung jenseits der Grenzen des Forschungszentrums standen. Die Berge interessierten Vorst nicht. Auch die Ereignisse auf dem Operationstisch ließen ihn völlig unbewegt. Aber er wußte sein Desinteresse für sich zu behalten.

Natürlich mußte Vorst der Operation nicht persönlich beiwohnen; er wußte jetzt schon, wie sie verlaufen würde; genau wie jeder andere das auch wußte. Aber der Gründer war jetzt hundertvierundvierzig Jahre alt, und deshalb hielt er es für äußerst sinnvoll, sich so oft in der Öffentlichkeit zu zeigen, wie seine Körperkräfte dies zuließen. Es war überhaupt nicht wünschenswert, wenn die Leute glaubten, er sei der Senilität anheimgefallen.

Unten drängten sich die Chirurgen dicht um ein offengelegtes Gehirn zusammen. Vorst hatte mitbekommen, wie sie die Schädeldecke geöffnet hatten und mit ihren Laserskalpellen tief in die runzlige graue Masse eingedrungen waren. In dieser Gehirnmasse gab es zehn Milliarden Neuronen, eine unbegrenzte Menge an axonalen Endungen und verästelten Rezeptoren. Die Chirurgen hofften, das Synapsennetz in diesem Gehirn umarrangieren und die protein-molekularen Schaltstellen verändern zu können, um den Patienten noch besser für Vorsts großen Plan zu qualifizieren.

Blanker Unsinn, dachte der alte Mann. Er behielt seinen Pessimismus jedoch für sich und saß ganz still da, während er dem Pochen des Blutes in seinen eigenen, hervorragend gefertigten künstlichen Arterien lauschte.

Dennoch mußte man die Arbeit dort unten natürlich als bemerkenswert bezeichnen. Unter dem Einsatz aller Einrichtungen der modernen Mikrochirurgie wandelten die führenden Ärzte des Noel-Vorst-Zentrums für Biologische Forschung die Protein-Protein-Rekognitationsmuster eines menschlichen Gehirns um: hier ein wenig die Kreisläufe umdirigieren, dort die transsynaptischen Strukturen ändern, um eine bessere Verbindung zwischen den prä- und den postsynaptischen Membranen herzustellen, und dort die einzelnen synaptischen Inputs von einem dendritischen Netz zu einem anderen umzuleiten. Kurz gesagt, sie wollten das Gehirn so umprogrammieren, daß es in der Lage war, das zu leisten, was Vorst von ihm an Fähigkeiten sich erhoffte.

Und das hieß im Klartext nichts anderes, als daß das Gehirn als Antriebskraft gebraucht wurde, um ein Entdeckungsteam über das Meer der Lichtjahre zu einem anderen Sternsystem zu transportieren.

Es war ein ganz und gar außergewöhnliches Projekt. Seit mindestens fünfzig Jahren hatten die Chirurgen hier in Vorsts Santa-Fé-Forschungszentrum daran gearbeitet, indem sie an den Gehirnen von Katzen, Affen und Delphinen experimentiert hatten. Jetzt waren sie schließlich soweit, es auch an Menschen zu versuchen. Der Patient auf dem Operationstisch war ein mittelmäßig begabter Esper; er konnte in die Zukunft sehen, war aber zu schwach im Zeitstrom verankert. Seine Lebenserwartung betrug noch sechs Monate; dann mußte mit seinem Ausbrennen gerechnet werden. Der Esper wußte darüber Bescheid; das war auch der Grund gewesen, warum er sich freiwillig zu diesem Experiment gemeldet hatte. Jetzt arbeiteten die fähigsten Chirurgen der Welt an seinem Gehirn.

Aber Vorst wußte, daß zwei Dinge an diesem Projekt grundverkehrt waren:

Mit einem Erfolg konnte kaum gerechnet werden.

Und ein sichtbarer Nutzen ließ sich nicht feststellen.

Dennoch sagte man einer Gruppe von Fachleuten nicht ins Gesicht, daß ihr Lebenswerk sinnlos sei. Davon abgesehen gab es immer eine schwache Hoffnung, daß es doch gelingen könnte, auf künstliche Weise dort unten einen Esper zu schaffen, der Gegenstände gewegen konnte – einen Telekineten. Also nahm Vorst pflichtgemäß an der Operation teil. Die Männer auf der eigentlichen Operationsfläche wußten, daß der gottgleiche Gründer unter ihnen weilte. Obwohl sie niemals zu der Galerie hinaufsahen, wo Vorst saß, wußten sie genau, daß der verwelkte, aber immer noch tatkräftige Mann, der seine gealterten Glieder durch den Webschaumsessel vor der irdischen Schwerkraft schützte, gnädig auf sie hinablächelte.

Vorsts Augenlinsen waren synthetisch. Die Windungen seiner Innereien waren durch wirksame Polymere ersetzt worden. Das unermüdlich pumpende Herz stammte von der Organbank des Zentrums. Außer dem Gehirn war nur wenig vom eigentlichen Noel Vorst übriggeblieben; dieses war bis auf die eingebauten Antikoagulantien, die es vor Blutgerinnseln schützen sollten, noch intakt.

„Sitzen Sie bequem, Sir?“ fragte der blasse junge Altardiener an seiner Seite.

„Ausgezeichnet. Und Sie?“

Der Altardiener lächelte über den kleinen Scherz Vorsts. Er war erst zwanzig Jahre alt und voller Stolz, daß er an der Reihe war, den Gründer heute bei seinem alltäglichen Ausflug zu begleiten. Vorst mochte junge Menschen sehr gern in seiner Nähe haben. Sie zitterten natürlich fast vor Ehrfurcht, aber es gelang ihnen, ihm herzlich und respektvoll zu begegnen, ohne gleich zu Speichelleckern zu werden. In Vorsts Körper pochten die Organe von vielen jungen, freiwillig spendenden Vorstern: Einer hatte ein Stück Lunge gegeben, ein anderer ein Stück Netzhaut, und ein Zwillingspärchen hatte je eine Niere gegeben. Vorst war ein zusammengestückeltes Wesen, der das Fleisch seiner eigenen Bewegung in sich trug.

Die Chirurgen beugten sich jetzt unten tief über das freigelegte Gehirn. Vorst konnte nicht erkennen, was sie nun taten. Eine Kamera, die direkt in eines der chirurgischen Instrumente eingebaut worden war, übertrug die Szene auf einen hellen Bildschirm, der in Höhe der Besuchergalerie angebracht war, aber selbst auf der vergrößerten Wiedergabe konnte Vorst nicht viel erkennen. Obwohl er enttäuscht und gelangweilt war, behielt er seine Miene von höchstem Interesse bei.

Unbemerkt drückte er auf einen Knopf an seinem Armlehnenkommunikator und sagte: „Wird Koordinator Kirby bald erscheinen können?"

„Er spricht gerade mit der Venus, Sir."

„Mit wem spricht er – mit Lazarus oder Mondschein?"

„Mondschein, Sir. Ich richte ihm aus, daß er direkt danach zu Ihnen kommen soll."

Vorst lächelte. Das Protokoll verlangte, daß solche Gipfelgespräche auf der administrativen Ebene vorbereitet werden mußten, und zwar von hohen Funktionären, aber nicht von den Propheten. Deshalb sprachen die Stellvertreter miteinander: Hemisphärenkoordinator Reynolds Kirby verhandelte im Namen der Vorster auf der Erde und Christopher Mondschein für die Harmonisten, die die Venus unter Kontrolle hatten. Aber nach einer gewissen Zeit würde es notwendig sein, die Verhandlungen in einer Gesprächsrunde zwischen den beiden zu einem Ergebnis zu führen, die der Ewigen Einheit am nächsten standen – und das würde die Aufgabe von Noel Vorst und David Lazarus sein.

... die Verhandlungen zu einem Ergebnis führen ...

Die aufkommende Erregung ließ Vorsts Rechte sich zu einer Klaue verkrampfen. Aufmerksam wirbelte der Altardiener herum und wollte verschiedene Knöpfe drücken, um das metabolische Gleichgewicht des Gründers wiederherzustellen. Grimmig zwang Vorst die Hand dazu, sich wieder auszustrecken.

„Mit mir ist alles in Ordnung", sagte er betont.

... den Himmel zu öffnen ...

Sie befanden sich jetzt dem Ende so nahe, daß ihm alles wie ein Traum vorkam. Ein Jahrhundert der Maskerade, wo man Schach mit ungeborenen Antagonisten spielte, wo man ein phantastisches theokratisches Gefüge zusammensetzte, das auf eine einzige spärliche, arrogante Hoffnung gegründet war . . .

War es Wahnsinn, dachte Vorst, sich eine solche Unordnung des Geschichtsmusters zu wünschen?

Und wurde man zu einem Monster, fragte er sich, wenn man damit auch noch Erfolg hatte?

Auf dem Operationstisch ruderte ein Bein des Patienten aus dem Lakenmeer und trat konvulsiv und epileptisch in die Luft. Die Finger des Anästhesisten rasten über seine Konsole, und der Esper, der für solche Fälle bereitstand, machte sich an seine unhörbare Arbeit. Um den ganzen Tisch herum wirbelte alles in hektischer Aktivität.

In diesem Moment betrat ein eingefallener, großer alter Mann die Galerie und trat auf Vorst zu.

„Wie läuft die Operation?“ fragte Reynolds Kirby.

„Der Patient ist gerade gestorben“, sagte Vorst. „Dabei machte alles zunächst einen so erfolgversprechenden Eindruck.“

2

Kirby hatte nicht viel von der Operation erwartet. Er hatte lang und breit die ganze Sache am Tag zuvor mit Vorst diskutiert. Obwohl er selbst kein Mediziner war, versuchte der Koordinator, ständig über den Stand der Forschungen im Zentrum informiert zu sein. Sein eigener Aufgabenbereich lag im Verwaltungssektor; Kirbys Arbeit bestand darin, die weit auseinander gefächerten Aktivitäten der religiösen Bewegung zu koordinieren, die im wahrsten Sinn des Wortes den ganzen Planeten beherrschte. Es war nun annähernd neunzig Jahre her, daß Kirby diesem Glauben beigetreten war; und er hatte mit eigenen Augen das gewaltige Wachstum der Bewegung verfolgen können.

Politische Macht war, obwohl ihr Besitz durchaus sehr nützlich sein konnte, dennoch nicht das erklärte Ziel der Bruderschaft. Die Essenz der Bewegung lag in ihrem Forschungsprogramm, das in den Labors von Santa Fé durchgeführt wurde. Hier hatte sich im Verlauf der Jahrzehnte eine unübertroffene Fabrik der Wunder etabliert, die von den Spenden und Abgaben von Milliarden Vorstern auf allen Kontinenten in Gang gehalten wurde. Und es waren wirklich Wunder produziert worden. Die Arbeiten am körpereigenen Regenerationsprozeß garantierten nun allen Neugeborenen eine Lebenserwartung von drei bis vier Jahrhunderten, vielleicht sogar noch mehr, denn wer konnte schon mit Sicherheit vorhersagen, daß die Unsterblichkeit erreicht sei, bevor nicht einige Jahrtausende der Tests verstrichen waren? Die Bruderschaft konnte zweifellos eine gehörige Portion Langlebigkeit anbieten; und das war eine anerkennenswerte Erfüllung der Versprechungen, auf deren Basis die Bewegung der Vorster vor hundert Jahren gegründet worden war.

Das andere Ziel zu erreichen jedoch – die Sterne – war der Bruderschaft ungleich schwerer gefallen.

Die Menschheit war durch die unüberwindliche Grenze der Lichtgeschwindigkeit in ihrem Sonnensystem eingesperrt. Raketen, die mit flüssigem Brennstoff angetrieben wurden, und selbst solche, die über einen Ionenantrieb verfügten, brauchten schlichtweg viel zu lange, um irgendwo hinzukommen. Mars und Venus befanden sich noch innerhalb vertretbarer Grenzen, was man von den trostlosen äußeren Planeten schon nicht mehr sagen konnte. Und mit dem gegenwärtigen Stand der Technologie würde die Reise zur nächsten Sonne und wieder zurück mehrere Jahrzehnte dauern; im günstigsten Fall würde allein die Hinreise neun Jahre erfordern. Also hatte der Mensch den Mars in eine bewohnbare Welt und sich selbst in ein Wesen umgewandelt, das auf der Venus leben konnte. Er beutete die Bodenschätze auf den Jupiter- und Saturnmonden aus, schickte gelegentlich Teams zum Pluto und Roboter zum Merkur und den Gasriesenplaneten, um dort Forschungen zu tätigen. Und währenddessen sah er hoffnungslos zu den Sternen hinauf.

Die Relativitätsgesetze regierten die Bewegung von festen Körpern durch den Einsteinraum, aber sie waren nicht zwingend in paranormalen Ebenen in Kraft. Noel Vorst hatte erkannt, daß der einzige Weg zu den Sternen in den paranormalen PSI-Fähigkeiten lag. Daher hatte er alle möglichen Arten von Espern in Santa Fé versammelt; und seit Generationen wurden in seinem Zentrum an ihnen Zuchtprogramme und Genmanipulationen vorgenommen. Die Arbeit der Bruderschaft hatte interessante PSI-Fähigkeiten hervorbringen können; aber bislang war niemand dabei, der lebende Körper durch den Raum schicken konnte. Währenddessen war es auf der Venus spontan zu telekinesebegabten Mutationen gekommen; ironischerweise ein Nebenprodukt der Anpassung des Menschen an diese Welt.

Die Venus lag jenseits aller direkten Vorster-Kontrolle. Und die Harmonisten auf der Venus verfügten über die Telekineten, die Vorst so dringend brauchte, um in den Kosmos vorstoßen zu können. Sie zeigten jedoch nur geringes Interesse, mit den Vorstern zum Zweck einer solchen Reise zusammenzuarbeiten. Seit Wochen schon verhandelte Reynolds Kirby mit seinem entsprechenden Gegenpart auf der Venus und bemühte sich, zu einem akzeptablen Ergebnis zu kommen.

Währenddessen hatten die Chirurgen in Santa Fé zu keiner Zeit aufgehört, ihren Traum zu verwirklichen; sie wollten aus Erdmenschen Telekineten und somit die Zusammenarbeit mit den schwer einschätzbaren Venusiern unnötig machen. Das Projekt der Synapsenumgruppierung schien endlich in ein Stadium getreten zu sein, wo man mit einer gewissen Erfolgsaussicht am Menschen direkt arbeiten konnte.

„Es klappt ja doch nicht“, hatte Vorst zu Kirby gesagt. „Sie sind immer noch fünfzig Jahre vom geringsten Erfolg entfernt.“

„Das verstehe ich nicht, Noel. Die Venusier besitzen doch das

Telekinese-Gen, oder? Warum duplizieren wir es nicht einfach? Wenn man daran denkt, was wir schon alles mit nukleonischen Säuren erreichen konnten . . ."

Vorst lächelte. „Es gibt kein Telekinese-Gen als solches, müssen Sie wissen. Die Telekinese ist nur bei einer gewissen Konstellation der Genmuster möglich. Wir versuchen seit dreißig Jahren mit allen Mitteln, diese Konstellation zu duplizieren, und wir sind noch nicht einmal in die Nähe eines Erfolgs gerückt. Wir haben es auch durch Körperumwandlung versucht – immerhin haben die Venusier daher ihre Fähigkeiten gewonnen –, aber auch dabei war uns kein Erfolg beschieden. Und dann gibt es da auch noch diese Synapsengeschichte: Man ändert das Gehirn und nicht die Genmuster. Das könnte uns vielleicht weiterbringen. Aber ich will nicht noch fünfzig Jahre warten."

„Sie werden sicher noch so lange leben."

„Ja", stimmte Vorst zu, „aber ich kann trotzdem nicht länger warten. Die Venusier haben die Leute, die wir brauchen. Es wird langsam Zeit, daß wir sie für unsere Sache gewinnen."

Geduldig hatte Kirby die Häretiker umworben. Und nun ließen sich auch Zeichen für einen Fortschritt in den Verhandlungen ausmachen. In Anbetracht des Scheiterns der Operation an dem Esper war eine Übereinkunft mit der Venus noch notwendiger geworden.

„Kommen Sie mit mir", sagte Vorst, als der tote Patient hinausbefördert wurde. „Sie testen gleich diesen Gnom, und da möchte ich dabeisein."

Kirby folgte dem Gründer aus dem Operationssaal hinaus. Ständig standen Altardiener bereit, um sofort eingreifen zu können. In diesen Tagen bemühte sich Vorst kaum noch, zu Fuß zu gehen; er rollte lieber in seinem fahrbaren Webschaumnetz. Kirby dagegen zog es immer noch vor, sich auf den eigenen Beinen zu bewegen, obwohl er fast so alt wie Vorst war. Der Anblick dieser beiden Männer, wenn sie sich über die Plätze des Forschungszentrums bewegten, erregte immer noch allgemeine Aufmerksamkeit.

„Macht Ihnen das Scheitern der Operation von eben eigentlich nichts aus?“ fragte Kirby.

„Warum sollte es? Ich habe Ihnen doch gesagt, daß es noch zu früh für einen Erfolg war.“

„Und was ist mit diesem Gnom? Kann der uns etwa weiterbringen?“

„Was uns weiterbringt“, sagte Vorst leise, „ist die Venus. Dort verfügt man bereits über Telekineten.“

„Warum versuchen wir denn, hier ebenfalls solche Leute zu züchten?“

„Wegen der Schwungkraft. Die Bruderschaft hat in ihrem Elan in den letzten hundert Jahren nicht nachgelassen. Und da werde ich jetzt keinen Knüppel in die Speichen werfen wollen. Noch nicht einmal in die Speichen jener Räder, die hoffnungslos sind. Es ist eben alles bloß eine Frage der Erhaltung der Schwungkraft.“

Kirby zuckte die Achseln. Trotz all der Macht, die er in Händen hielt – und die war alles andere als zu verachten –, hatte er nie das Gefühl gehabt, wirklich aus sich heraus initiativ geworden zu sein. Alle Pläne der Bewegung wurden von Noel Vorst gemacht; und das war schon von Anfang an so gewesen. Er und nur er wußte, welches Spiel eigentlich hier gespielt wurde. Und was würde aus dem Spiel, wenn Vorst an diesem Nachmittag sterben würde? Was würde dann aus der Bewegung werden? Würde ihre eigene Schwungkraft sie weitertreiben? Und bis zu welchem Ziel, fragte sich Kirby.

Sie betraten ein viereckiges, glitzerndes kleines Gebäude aus irrisierendem grünen Schaumglas. Hektische Ehrfurcht lief den beiden Männern voraus: Vorst kommt! Männer in blauen Roben strömten hinaus, um den Gründer willkommen zu heißen. Sie führten ihn in einen Raum, der im rückwärtigen Teil des Gebäudes lag und wo sich der Gnom befand. Kirby ging mit und ignorierte die Altardiener, die bereitstanden, um ihn zu stützen, falls er ermatten sollte.

Der Gnom saß da und war völlig von Haltestreben eingehüllt.

Er bot keinen erfreulichen Anblick. Er war dreizehn Jahre alt und neunzig Zentimeter groß; er war auf groteske Weise deformiert, ein tauber Krüppel. Die Hornhaut war bedeckt und die Haut fleckig und körnig. Der Gnom war ein Mutant, aber ein solcher, der nicht in einem Labor gezüchtet worden war. Er litt am Hurler-Syndrom, ein natürliches und angeborenes Fehlverhalten des Metabolismus, das erstmals vor zweieinhalb Jahrhunderten von Wissenschaftlern entdeckt worden war. Die unglücklichen Eltern hatten das bedauernswerte Monstrum in Stockholm in eine Kirche der Bruderschaft gebracht. Sie hatten die Hoffnung gehegt, daß ein Strahlenbad im Blauen Feuer des Kobaltreaktors seine Defekte beheben könnte. Natürlich hatte er dort nicht geheilt werden können, aber ein Esper, der sich in der Kirche aufhielt, hatte bei dem Gnom latente PSI-Kräfte entdeckt. Daher hatte man ihn nach Santa Fé gebracht, um ihn hier zu testen und zu studieren. Kirby fühlte sich urplötzlich von dem Wesen abgestoßen.

„Wie kann es ein solches Wesen geben?" fragte er den Arzt an seiner Seite.

„Abnormale Gene. Sie rufen metabolische Fehler hervor, die zu einer Überanhäufung an Mukopolysacchariden im Körpergewebe führen."

Kirby nickte düster. „Und daraus soll eine direkte Verbindung zu PSI-Fähigkeiten herrühren?"

„Das ist nur ein Zufall", sagte der Arzt.

Vorst war ganz nahe an die Kreatur herangetreten, um sie zu begutachten. Die künstlichen Lider des Gründers klickten, als er ihn beäugte. Der Gnom saß gekrümmt und so fest eingepackt da, daß er kein einziges Glied bewegen konnte. Die milchigen Augen kündeten von unsäglichem Elend. Der Kerl gehört in einen Euthanasiekonverter, dachte Kirby. Und von so einem Monstrum erhoffte sich Vorst die Reise zu den Sternen!

„Beginnen Sie mit der Untersuchung", murmelte Vorst.

Zwei Esper traten vor; Menschen, die über keinerlei Anomalien verfügten: Der eine war eine schlanke junge Frau mit gekräuseltem Haar, der andere ein dicklicher Mann mit einem traurigen Gesichtsausdruck. Kirby, dessen eigene PSI-Fähigkeiten irgendwo zu Null hin tendierten, beobachtete schweigend, wie die unhörbare Untersuchung begann. Was machten sie nur mit dem Krüppel? Welche Kanäle suchten sie im Hirn dieser zusammengekauerten Kreatur? Kirby wußte es nicht, und er beruhigte sich mit der Tatsache, daß Vorst es wahrscheinlich auch nicht wußte. Der Gründer verfügte ebenfalls über keine herausragenden PSI-Fähigkeiten.

Zehn Minuten verstrichen. Dann sah die Frau auf und sagte: „Hauptsächlich eine schwache pyrogene Begabung.“

„Er kann also Moleküle bewegen?“ sagte Vorst. „Dann verfügt er ja über so etwas wie Telekinese.“

„Nur in Spuren“, sagte der andere Esper. „Nicht mehr als andere auch haben. Außerdem besitzt er schwache telepathische Kräfte. So wie er da sitzt, verlangt er von uns, daß wir ihn töten.“

„Ich würde eine Sezierung vorschlagen“, sagte die Frau. „Unser Subjekt hat nichts dagegen einzuwenden.“

Kirby fröstelte. Diese beiden kühl sachlichen Esper hatten dem verkrüppelten Wesen ins Gehirn geschaut, und das allein hätte doch schon bewirken müssen, daß ihre Gefühle Sturm liefen. Wenn man selbst auf empathische Weise feststellen konnte, was es hieß, ein dreizehnjähriger Gnom zu sein, mit diesen milchigen Augen die Welt sehen zu müssen . . .! Aber für diese beiden war es nur ihr Job. Sie waren nicht zum ersten Mal in das Gehirn eines Monstrums eingedrungen.

Vorst winkte mit der Hand. „Nein, er soll weiter untersucht werden. Möglicherweise kann er sich noch als nützlich für uns erweisen. Wenn er wirklich pyrogen veranlagt ist, sollen die üblichen Schutzvorkehrungen beachtet werden.“

Der Gründer drehte seinen Rollstuhl und machte sich daran, den Raum zu verlassen. Im selben Moment stürzte ein Altardiener herein, um eine Nachricht zu überbringen. Er erstarrte beim unerwarteten Anblick Vorsts und stand kurz davor, mit dem

Rollstuhl des Gründers zu kollidieren. Vorst lächelte väterlich und umfuhr den jungen Mann, der vor Schuldgefühlen unfähig war, sich zu rühren.

Der Altardiener sagte schließlich: „Eine Nachricht für sie, Koordinator Kirby.“

Kirby nahm sie entgegen und stieß den Daumen auf das Siegel. Der Umschlag öffnete sich.

Die Nachricht stammte von Mondschein.

„LAZARUS IST BEREIT, MIT VORST ZU SPRECHEN“, stand darin zu lesen.

3

Vorst sagte: „Ich war einmal geisteskrank, müssen Sie wissen. Ungefähr zehn Jahre lang. Später entdeckte ich dann das eigentliche Unheil. Ich litt nämlich an einer zu geringen Verankerung im Zeitstrom.“

Die bleiche Esperin sah ihn mit großen Augen an. Die beiden waren allein in den Privatgemächern des Gründers. Sie war eine magere Frau mit schmächtigen Gliedmaßen, und sie war dreißig Jahre alt. Schwarze Haare hingen wie bemaltes Stroh in Strähnen zu beiden Seiten des Gesichts herunter. Sie hieß Delphine. In all den Monaten, in denen sie Vorst versorgte, hatte sie sich doch nie an seine Offenheit gewöhnen können. Ihr blieb auch kaum eine Gelegenheit dazu; sobald sie sein Büro nach einem Treffen verließ, löschten andere Esper in ihr alle Erinnerungen an den Besuch aus.

Sie sagte: „Soll ich mich bereitmachen?“

„Jetzt noch nicht, Delphine. Haben Sie sich selbst eigentlich schon einmal für geisteskrank gehalten? In den Augenblicken, wo es besonders hart kommt, in den Augenblicken, wo sie am Zeitstrang entlangsuchen und nicht mehr daran glauben, jemals in die Jetztzeit zurückzukehren?“

„Manchmal kann man es schon mit der Angst zu tun bekommen."

„Aber Sie kehren zurück; und das ist das eigentlich Wunderbare daran. Wissen Sie überhaupt, wie viele Zeitschwimmer schon ausgebrannt sind?" fragte Vorst. „Hunderte. Ich selbst wäre ausgebrannt, wenn ich nicht ein so schwacher Zeitschwimmer wäre. Aber damals trieb ich immer wieder auf dem Zeitstrom fort und schwamm an ihm entlang. Ich sah die ganze Bruderschaft, wie sie sich vor mir ausbreitete. Man mag es eine Vision nennen oder einen Traum – fest steht, Delphine, ich habe es gesehen, auch wenn die Ränder verwischten."

„Genauso wie Sie es in Ihrem Buch beschrieben haben?"

„Mehr oder weniger", sagte der Gründer. „Die Jahre von 2055 bis 2063 – da war es am schlimmsten mit diesen Visionen. Alles begann, als ich fünfunddreißig Jahre alt war. Damals war ich ein gewöhnlicher Techniker, ein Niemand; und dann bekam ich das, was man eine göttliche Eingebung nennen könnte. Nun, ganz nüchtern gesehen war es nur ein kurzer Blick in meine eigene Zukunft. Ich dachte aber, ich sei dabei, den Verstand zu verlieren. Erst später begriff ich."

Die Esperin schwieg. Vorst schloß die Augen. Die Erinnerungen glühten in ihm nach: Nach Jahren eines inneren Chaos und Kollapses war er geläutert aus der Feuerprobe des Wahnsinns gestiegen und sich seiner Aufgabe bewußt geworden. Er sah, wie er die Welt umkrempeln konnte. Mehr noch, er sah, wie er die Welt umgekrempelt *hatte*. Danach bestand das Problem eigentlich nur noch darin, einen Anfang zu finden, die ersten Kirchen zu gründen, sich die Riten seines Kults auszudenken und sich mit jenen fähigen Wissenschaftlern zu umgeben, die zur Erreichung seiner Ziele zwingend notwendig waren. Lag seiner Aufgabe etwa Paranoia zugrunde, ein bißchen Hitler, eine Spur Napoleon, eine Kleinigkeit Dschingis Khan? Vielleicht. Vorst gefiel sich darin, sich selbst als Fanatiker oder gar als Größenwahnsinnigen anzusehen – aber als einen nüchternen, logisch denkenden Größenwahnsinnigen, dem auch noch Erfolg beschieden war. Er hatte sich fest vorgenommen, sich von keinem Hindernis bei der Erreichung seiner Ziele aufhalten zu lassen. Und er konnte genügend weit in die Zukunft sehen, um zu wissen, daß er sie erreichen würde.

Er sagte: „Man lädt eine große Verantwortung auf sich, wenn man auszieht, die Welt zu verändern. Man muß schon ein wenig verrückt sein, um es überhaupt zu versuchen oder selbst daran zu denken, daß man es versuchen sollte. Doch gleichzeitig hilft die Verrücktheit einem auch zu erkennen, wie alles ausgehen wird. Und man kommt sich nicht mehr so idiotisch vor, wenn man weiß, daß man nur das Unvermeidliche ausführt."

„Das nimmt dem Leben allerdings die Herausforderung", sagte die Esperin.

„Ach, Delphine, Sie legen den Finger auf eine klaffende Wunde! Aber natürlich wissen Sie darüber Bescheid. Wie schrecklich ist es doch, sein eigenes Schicksal vor sich ablaufen zu sehen, zu wissen, was einen erwartet. Zumindest wurde mir die Gnade des Unwissens in weniger wichtigen Angelegenheiten zuteil. Ich selbst kann auch nicht sehr gut in die Zeit sehen; deshalb muß ich mich Zeitschwimmern wie Ihnen anschließen, dann sind auch meine Visionen klar. Aber Sie können klar sehen, nicht wahr, Delphine? Sie sind auch schon an Ihrer persönlichen Zeitlinie entlanggeschwommen. Haben Sie schon den Zeitpunkt Ihres Ausbrennens ausgemacht, Delphine?"

Die Wangen der Esperin röteten sich. Sie blickte nach unten und gab keine Antwort.

„Tut mir leid, Delphine", sagte Vorst. „Ich hatte kein Recht, das zu fragen. Ich nehme es zurück. Machen Sie sich für mich bereit, Delphine. Zeigen Sie Ihre Fähigkeiten. Nehmen Sie mich mit auf die Reise. Ich habe heute bereits genug geredet."

Scheu bereitete sich das Mädchen auf die bevorstehende Anstrengung vor. Vorst wußte, daß sie sich besser als alle anderen verankern konnte. Wo die meisten anderen Zeitschwimmer schließlich ihrer Vertäung entwichen, hatte Delphine ihre Kräfte unter Kontrolle halten können. Damit war sie das geworden, was man eine gereifte, alte Esperin nennen konnte. Natürlich würde auch sie eines Tages ausbrennen, sobald ihre Kräfte erschöpft waren. Aber bis jetzt war sie für Vorst von unschätzbarem Wert gewesen; sie war seine Kristallkugel, die nützlichste von allen Zeitschwimmern, die ihm bislang bei der Bestimmung seines Kurses geholfen hatten. Und wenn sie nur noch einige Zeit lang aushalten könnte, bis er die Route hinter den letzten Hindernissen erkannt hatte, würde die lange Reise zu Ende gehen, und beide konnten sich etwas Ruhe gönnen.

Sie lockerte ihre Vertäuung in der Gegenwart und begab sich in eine Existenzebene, wo alle Augenblicke im Jetzt zusammenliefen.

Vorst sah zu. Er wartete, bis die Frau ihn mit auf ihre Zeitreise nahm. Vorst konnte von sich aus nicht in der Zeit schwimmen, aber er konnte bei einem anderen mitreisen. Nebel umgaben ihn, und er trieb unsicher am Zeitstrang entlang, wie er das so oft zuvor schon getan hatte. Er sah sich selbst, hier und da und dort; er sah andere, schattenartige Gestalten, traumhafte Figuren, die hinter den Vorhängen der Zeit lauerten.

Lazarus? Ja, dort war Lazarus, auch Kirby. Mondschein. Alle waren da, alle Figuren in dem großen Spiel. Vorst sah den Glanz einer Andersartigkeit, sah eine Landschaft, die weder der Erde noch dem Mars noch der Venus angehörte. Er schwankte. Vorst sah zu einem Baum hoch, der zweihundertvierzig Meter hoch war und dessen Wipfel azurblaue Blätter hoch in den bewölkten Himmel streckte. Dann wurde er fortgerissen und in die stinkende Verwirrung einer verregneten Großstadtstraße versetzt. Er stand vor einer seiner ersten Kirchen. Das Gebäude brannte trotz des Regens, und der Gestank von verkohltem, regennassem Holz fuhr ihm unangenehm in die Nase. Und dann lächelte er in das betäubte, ausgedörrte Gesicht von Reynolds Kirby. Und dann . . .

Das Gefühl der Bewegung verließ ihn. Er schlüpfte in seine eigene Zeitmatrix zurück und führte dann seinem Körper Adrenalinstöße zu, um sich von den Anstrengungen zu erholen. Die

Esperin lag erschöpft in ihrem Stuhl; schweißbedeckt und betäubt rief Vorst per Knopfdruck einen Altardiener herbei.

„Bringen Sie sie auf die Station“, sagte er. „Man soll sie dort aufpäppeln, bis sie wieder zu Kräften kommt.“

Der Altardiener nickte und hob die Frau hoch. Vorst blieb bewegungslos sitzen, bis die beiden verschwunden waren. Er war mit dem Ergebnis dieser Reise zufrieden. Sie hatte seine intuitiven Vorstellungen über die eingeschlagene Richtung bestätigt; und so etwas befriedigte immer.

„Capodimonte soll kommen“, sprach Vorst in den Kommunikator.

Wenige Minuten später betrat eine mollige Gestalt in einer blauen Robe den Raum. Wenn Vorst in Santa Fé weilte, verlor man keine Zeit, sobald er einen in sein Büro bestellte. Capodimonte war der Distriktinspektor für die Region Santa Fé. Im allgemeinen war er hier der Chef; das änderte sich natürlich, wenn solche Persönlichkeiten wie Vorst oder Kirby sich im Zentrum aufhielten. Capodimonte war ein schwerfälliger, loyaler und nützlicher Mensch. Vorst vertraute ihm gern delikate Aufgaben an. Kurz segneten die beiden Brüder sich gegenseitig.

Dann sagte Vorst: „Capo, wie lange würden Sie brauchen, die geeignete Gruppe für eine interstellare Expedition zusammenzustellen?“

„Inter . . .“

„Sagen wir, für eine Abreise Ende dieses Jahres. Gehen Sie die Personalarchive durch und suchen Sie ein paar geeignete Teams zusammen.“

Capodimonte fand wieder zu seiner äußeren Gelassenheit zurück. „Und wie groß sollen die Teams sein?“

„Alle Größen: von zwei Personen bis zu einem Dutzend. Beginnen Sie mit einem Adam-und-Eva-Paar, und machen Sie dann weiter bis zu . . . na, sagen wir . . . sechs Pärchen. Richten Sie sich nach folgenden Kriterien: Sie müssen gesund, anpassungsfähig, verträglich, fruchtbar und in verschiedenen Gebieten zu Hause sein.“

„Wie steht's mit Espern?"

„Nur bedingt. Sie können ein oder zwei Emphaten hinzufügen und ebenso viele PSI-Heiler. Lassen Sie aber die Finger von den Exoten. Und denken Sie immer daran, daß sie Pioniere sein werden. Diese Leute müssen also flexibel sein. Damit kann man bei dieser Reise getrost auf ungeschickte Eierköpfe verzichten."

„Möchten Sie, daß ich Ihnen oder Kirby Nachricht gebe, wenn ich die Listen fertiggestellt habe?"

„Nur mir, Capo. Ich möchte nicht, daß Sie auch nur eine Silbe gegenüber Kirby oder jemand anderem darüber äußern. Gehen Sie also ins Archiv und sehen Sie sich die Gruppen an, die wir bereits einprogrammiert haben. Ich weiß noch nicht, wie groß die Gruppe ausfällt, die wir schicken. Daher möchte ich mehrere Gruppen bereitstehen haben, die sich in jedem Fall selbst erhalten können – ob es nun zwei, vier, acht oder wie viele Personen auch immer sein sollen. Nehmen Sie sich zwei, drei Tage Zeit dafür. Sobald Sie das erledigt haben, setzen Sie ein Dutzend Ihrer besten Leute daran, die logistischen Vorarbeiten dieser Reise zu erledigen. Gehen sie von einer esperbetriebenen Raumkapsel aus und suchen Sie die besten Modelle aus. Wir hatten Jahrzehnte Zeit, uns damit auseinanderzusetzen. Mittlerweile müßte uns ein ganzes Arsenal an Entwürfen zur Verfügung stehen. Sehen Sie sie in Ruhe durch. Das ist von nun an Ihr Baby, Capo."

„Sir, dürfte ich wohl eine subversive Frage stellen?"

„Schießen Sie los."

„Befasse ich mich mit einer hypothetischen Übung, oder handelt es sich hier um den Ernstfall?"

„Das weiß ich selbst nicht", sagte Vorst.

4

Das blaue Gesicht eines Venusiers sah aus dem Bildschirm; ein fremdartiges, abstoßendes Gesicht, obwohl sein Träger auf der Erde geboren war. Die irdische Herkunft verriet sich in der Kopfform, der Anordnung der Lippen und dem vorgeschobenen Kinn. Das Gesicht gehörte David Lazarus, dem Gründer und wiederbelebten Chef der Transzendenten Harmonie. In den letzten zwölf Jahren seit der Wiedererweckung des Erzhäretikers hatte Vorst oft mit Lazarus konferiert. Und bei jedem Gespräch hatten die beiden Propheten sich den Luxus eines visuellen Kontakts erlaubt. Es war unvorstellbar teuer, nicht nur Stimmen, sondern auch noch Bilder über die Relaisstationen zwischen der Erde und der Venus zu schicken; aber Geld spielte für diese beiden Männer keine Rolle. Und Vorst bestand auf einem visuellen Kontakt. Er wollte Lazarus' umgewandeltes Gesicht beim Sprechen sehen. Dadurch besaß er etwas, womit er sich während der langen und langweiligen Pausen in ihren Gesprächen beschäftigen konnte. Selbst bei lichtschnellen Sendungen verstrich doch eine ganze Weile, um eine Nachricht von einem Planeten zum anderen zu schicken. Schon ein einfacher Gedankenaustausch dauerte auf diese Weise über eine Stunde an.

Vorst saß bequem in seinem Webschaumnetz und sagte: „Ich halte es für an der Zeit, unsere Bewegungen zu vereinigen, David. Wir ergänzen uns. Und durch ein Andauern der Teilung können wir nichts gewinnen."

„Man kann durch eine solche Vereinigung auch etwas verlieren", sagte Lazarus. „Wir sind der jüngere Zweig. Wenn Sie uns wieder zu sich führen, könnten wir leicht von Ihrer Hierarchie geschluckt werden."

„So wird es nicht sein. Ich garantiere Ihnen, daß Ihre Harmonisten die volle Autonomie behalten werden. Mehr noch, ich garantiere Ihnen eine dominante Rolle in der Bestimmung der gemeinsamen Politik."

„Welche Garantien können Sie denn anbieten?“

„Lassen Sie das mal, darauf können wir später noch zurückkommen“, sagte Vorst. „Ich habe hier ein interstellares Team, das nur darauf wartet, loszufliegen. In ein paar Monaten ist es vollständig ausgerüstet, und wenn ich *vollständig* sage, dann meine ich es auch so. Das Team kann mit allem fertig werden, was ihm über den Weg läuft. Aber es braucht eine Möglichkeit, um das Sonnensystem verlassen zu können. Geben Sie uns diesen Stoß, David. Sie verfügen bereits über die nötigen Leute. Wir haben Kenntnisse von Ihren Experimenten.“

Lazarus nickte, und seine Kiemenfalten zitterten. „Ich will nicht abstreiten, was wir erreicht haben. Wir können eintausend Tonnen von hier zum Pluto bewegen. Und wir können die gleiche Masse bis in die Unendlichkeit schicken.“

„Wie lange brauchen Sie denn dafür, die Ladung zum Pluto zu bringen?“

„Es geht sehr schnell. Ich kann Ihnen die genaue Geschwindigkeit nicht nennen . . . sagen wir einfach mal so: Die Sterne sind in Reichweite gerückt. Und diesen Stand haben wir schon vor acht bis zehn Monaten erreicht. Wir könnten ein Schiff in . . . na, sagen wir . . . in einem Jahr zu den Sternen bringen. Natürlich verfügen wir über keine Möglichkeit, den Kontakt mit dem Schiff aufrechtzuerhalten. Wir können einen Gegenstand mehrere Dutzend Lichtjahre weit schicken, aber reden können wir mit den Passagieren nicht. Haben Sie da eine Möglichkeit in petto?“

„Nein“, sagte Vorst.

„Der Kontakt zu der Expedition würde abbrechen, sobald sie die Radiowellengrenze überschritten hat. Sie muß eben ein konventionelles Relaisschiff ausschicken, um von ihrer sicheren Ankunft zu berichten. Das würde allerdings Jahrzehnte dauern. Aber versuchen sollten wir es. Geben Sie uns Ihre Leute zu diesem Vorhaben, David.“

„Ist Ihnen klar, daß dabei etliche unserer vielversprechenden jungen Leute ausbrennen würden?“

„Das ist mir bewußt. Geben Sie uns trotzdem Ihre Leute. Wir beherrschen mittlerweile Techniken, um Ausgebrannte zu reparieren. Lassen Sie sie das Schiff zu den Sternen schicken, und wenn sie zusammenbrechen, versuchen wir, sie wieder auf die Beine zu stellen. Dafür ist Santa Fé schließlich da."

„Erst wollen Sie sie in den Zusammenbruch treiben und sie dann wieder zusammenflicken?" fragte Lazarus. „Das ist grausam. Sind die Sterne denn so wichtig? Mir wäre es wirklich lieber, die Jungen entwickelten ihre Fähigkeiten auf der Venus in Ruhe weiter und blieben heil."

„Wir brauchen sie aber."

„Wir auch."

Vorst nutzte die nächste Gesprächspause, um seinem Kreislauf wieder neue Stimulantien zuzuführen. Alles bebte und prickelte mit Macht in ihm, bis es endlich an der Zeit für seine Antwort war.

Er sagte: „David, Sie gehören mir. Ich habe Sie zu dem gemacht, was Sie sind, und jetzt will ich Sie. Ich habe Sie 2090 in den Schlaf geschickt, als Sie noch ein Nichts, ein Emporkömmling waren. Und ich habe Sie 2152 ins Leben zurückgerufen und Ihnen eine ganze Welt geschenkt. Sie schulden mir alles, und jetzt möchte ich diese Schuld bezahlt haben. Ich habe hundert Jahre gewartet, um in diese Lage zu kommen. Sie haben endlich die Esper, die meine Leute zu den Sternen schicken können. Ganz gleich, wie viele Leute das auf Ihrer Seite kostet, ich will, daß sie ihre Kräfte einsetzen."

Die Anstrengung dieser Rede ließ Vorst völlig erschöpft und ermüdet zurück. Aber ihm stand jetzt Zeit zur Verfügung, um sich zu erholen. Er hatte Zeit zum Nachdenken, während er auf eine Antwort wartete.

Er hatte bei diesem Spiel seinen Einsatz gemacht; jetzt war Lazarus an der Reihe. Vorst blieben nicht mehr viele Trümpfe übrig, die er noch ausspielen konnte.

Die blaugesichtige Gestalt auf dem Bildschirm rührte sich nicht; Vorsts Worte waren noch nicht angekommen. Und Lazarus' Antwort brauchte sehr lange, bis sie endlich auf der Erde vernommen werden konnte.

Lazarus sagte: „Ich hätte nicht gedacht, daß Sie so plump sind, Vorst. Warum sollte ich Ihnen dafür danken, daß Sie mich wiederbelebt haben, wenn Sie mich vorher in dieses Loch gesteckt haben? Oh, ich kann mir schon denken, was Sie jetzt sagen wollen: Weil meine Bewegung damals, als Sie mich ihr nahmen, noch unbedeutend war und weil sie eine große Kraft war, als Sie mich zurückholten. Wollen Sie sich wirklich auch noch den Erfolg meiner Bewegung gutschreiben?" Er hielt einen Moment inne. „Aber das ist ja auch egal. Ich habe gar kein Interesse daran, Ihnen meine Esper zu geben. Züchten Sie sich doch Ihre eigenen, wenn Sie so versessen auf die Sterne sind."

„Jetzt reden Sie Unsinn. Sie wollen nämlich auch zu den Sternen. Aber Ihnen mangelt es dort oben in den Hinterwäldern der Venus an den technischen Kapazitäten, um eine Expedition auszurüsten. Die wiederum besitze ich. Lassen Sie uns unsere Mittel zusammenwerfen. In Wahrheit wollen Sie das auch, ganz gleich, wie hart Sie sich jetzt geben. Lassen Sie mich Ihnen sagen, was Sie noch von einer Zustimmung abhält, David. Sie haben Angst davor, was Ihre Leute sagen, wenn sie herausfinden, daß Sie einer Zusammenarbeit zugestimmt haben. Sie werden sagen, Sie hätten sich an die Vorster verkauft. Sie sitzen gefangen in Ihrer Position, auch wenn Sie nicht daran glauben wollen; denn Ihnen mangelt es an wirklicher Unabhängigkeit. Behaupten Sie sich, David. Setzen Sie Ihre Kräfte ein. Ich habe Ihnen die Venus in die Hand gegeben. Jetzt möchte ich den Lohn von Ihnen dafür."

„Wie soll ich denn vor Mondschein, vor Martell und vor all die anderen treten und ihnen erklären, daß ich mich demütig in Ihre Hand gegeben und mich zur Zusammenarbeit bereit erklärt habe?" fragte Lazarus. „Es hat sie ja schon nicht gerade völlig kalt gelassen, daß ihnen ein wiederauferstandener Märtyrer vor die Nase gesetzt worden ist. Manchmal warte ich nur darauf, daß sie mich erneut den Märtyrertod sterben lassen und daß sie diesmal gründlich arbeiten. Ich brauche irgend etwas, was ich ihnen vorzeigen kann.“

Vorst lächelte. Sein endgültiger Sieg stand unmittelbar bevor.

Er sagte: „Erklären Sie ihnen, David, daß ich Ihnen die Oberherrschaft über beide Welten anbiete. Erklären Sie ihnen, daß die Bruderschaft die Harmonisten nicht nur mit offenen Armen empfangen, sondern auch, daß Sie das alleinige Oberhaupt von beiden Glaubensrichtungen werden.“

„Von *beiden*?“

„Von beiden.“

„Und was wird aus Ihnen?“

Vorst erklärte es ihm. Und als die Worte über seine Lippen gekommen waren, da sank der Gründer auf seinen Sitz zurück; die Erleichterung hatte ihn erschöpft. Er wußte, daß er den endgültigen Zug in einem Spiel gemacht hatte, das hundert Jahre lang gedauert hatte; und er wußte, daß von nun an alles seinen richtigen Gang ging.

5

Reynolds Kirby war gerade bei seinem Therapeuten, als das Signal ertönte, welches anzeigte, er solle zu Vorst kommen. Der Hemisphärenkoordinator lag in einem Nährbad; es handelte sich dabei um eine weiterentwickelte Nichts-Kammer, deren Zweck nicht im Vergessen, sondern in der körperlichen Regeneration bestand. Falls Kirby Lust darauf gehabt hätte, vorübergehend ins Nichts zu entfliehen, hätte er sich in einer Nichts-Kammer von der Außenwelt abkapseln und in die völlige Verdrängung eintreten können. Aber längst schon war er solchen Vergnügungen entwachsen. Heutzutage war er damit zufrieden, wenn er sich im Nährbad wälzen konnte und nach einem anstrengenden Tag die Lebenskräfte auffrischte, während ein Espertherapeut ihm die Knoten aus der Seele löste.

Für gewöhnlich duldete Kirby keine Störungen bei solchen Erholungsphasen. In seinem Alter brauchte er jede Ruhepause, deren er habhaft werden konnte. Er war zu früh geboren worden, um die Quasi-Unsterblichkeit jüngerer Generationen erhalten zu können; sein Körper konnte nicht im Handumdrehen wieder vital werden, so wie das bei den Körpern der Menschen möglich war, die im zweiundzwanzigsten Jahrhundert geboren waren. Denn Kirby standen zum Zeitpunkt seiner Geburt noch nicht die Segnungen eines Jahrhunderts Vorster-Forschung zur Verfügung.

Eine Ausnahme ließ Kirbys Wunsch nach Erholung jedoch zu: eine Aufforderung von Vorst stand an erster Stelle, selbst noch über dem dringend benötigten Nährbad.

Der Therapeut wußte dies ebenfalls. Flink brachte er die Sitzung zu einem vorzeitigen Ende und befähigte Kirby zur Rückkehr in die alltäglichen Zwänge dieser Welt. Nach kaum einer halben Stunde befand sich der Koordinator schon auf dem Weg zu dem Gebäude mit dem weißen Kuppeldach, wo Vorst sein Hauptquartier regelmäßig aufschlug.

Vorst machte einen erschöpften Eindruck. Kirby hatte den Gründer noch nie so ausgelaugt gesehen. Vorsts Stirnwölbung erinnerte fatal an einen Totenschädel, und die dunklen Augen starrten mit besonders beunruhigender Intensität. Ein unterschwelliges Pumpgeräusch erfüllte den ganzen Raum: die Maschinerie, die Vorst am Leben hielt und Kraft in seinen uralten Körper preßte. Kirby nahm in dem Sessel Platz, den Vorst ihm per Handzeichen zuwies. Kräftige Greiffinger fuhren aus der Polsterung, umschlossen Kirby und begannen, seinen Körper zu massieren, um die Spannungen in ihm zu lösen.

Vorst sagte: „In kurzer Zeit lasse ich den Rat zusammenrufen, um die Schritte ratifizieren zu lassen, die ich soeben unternommen habe. Doch bevor der ganze Rat zusammentritt, möchte ich die ganze Sache mit Ihnen durchsprechen; sie sozusagen vorab durchgehen."

Kirby zeigte keine Anzeichen von Überraschung. Nach Jahrzehnten an Vorsts' Seite stand in seinen Gedanken sofort die Übersetzung der Worte des Gründers offen da: *Ich habe etwas sehr Eigenmächtiges getan*, wollte Vorst eigentlich sagen, *und ich rufe alle zusammen, weil ich sie als Jasager brauche, um alles abzusegnen. Doch zuvor will ich Sie dazu zwingen, Ihr uneingeschränktes Jawort zu geben.* Kirby bereitete sich innerlich darauf vor, in alles einzuwilligen, was Vorst auch immer angestellt hatte. Der Koordinator war im Grunde keine weichliche Natur; aber mit Vorst ließ sich einfach nicht über seine Taten streiten. Der letzte, der das ernsthaft versucht hatte, war Lazarus gewesen; und als Folge davon hatte er sechzig Jahre auf dem Mars, eingesperrt in einen Kasten, schlafen müssen.

In Kirbys vorsichtig abwartendes Schweigen hinein murmelte Vorst: „Ich habe mit Lazarus gesprochen und ein Abkommen mit ihm getroffen. Er ist damit einverstanden, uns Telekineten zur Verfügung zu stellen; und zwar so viele, wie wir brauchen. Damit ist es nicht mehr undenkbar, daß wir bis zum Ende des Jahres eine interstellare Expedition ausschicken können."

„Das betäubt mich nun aber doch ziemlich, Noel."

„Ein entkräftender Schock, nicht wahr? Hundert Jahre lang kriecht man auf das Ziel zu und kommt nur von Zeit zu Zeit einen Zentimeter weiter; und plötzlich steht man unvermittelt vor der Ziellinie. Die Erregung, die es noch bedeutet hat, das Ziel zu verfolgen, verwandelt sich in Langeweile, jetzt, wo alles erreicht ist."

„Noch haben wir diese Expedition nicht in einem anderen Sonnensystem landen lassen", erinnerte Kirby leise den Gründer.

„Das werden wir aber, das werden wir, Kirby. Daran gibt es keinen Zweifel mehr. Capodimonte prüft schon die Personalliste und setzt die passende Mannschaft für die Expedition zusammen. Bald können wir die Raumkapsel ausrüsten. Lazarus' Verein arbeitet mit uns zusammen, und ab geht die Post. So weit steht alles fest."

„Wie haben Sie ihn zur Zusammenarbeit gewonnen, Noel?"

„Indem ich ihm aufzeigte, wie es sein wird, sobald die Expedition gestartet ist. Sagen Sie mir doch, haben Sie schon öfter darüber nachgedacht, welche Ziele die Bruderschaft verfolgen soll, sobald die erste Reise zu den Sternen stattgefunden hat?"

Kirby zögerte zunächst. „Nun – wir schicken weitere Expeditionen aus, denke ich mir. Und wir festigen unsere Position, fahren mit der medizinischen Forschung fort. Wir machen eben mit der Arbeit weiter, die wir im Moment auch tun."

„Genau. Ein langes, gemütliches Gleiten auf Utopia zu und nicht mehr über beschwerliche Steigungen bergauf. Aus diesem Grund bleibe ich auch nicht länger hier, um alles zu lenken."

„Wie bitte?"

„Ich nehme an der Expedition teil", sagte Vorst.

Wenn der Gründer sich jetzt ein Bein ausgerissen und den Koordinator damit auf den Kopf geschlagen hätte – Kirby hätte kaum verwunderter sein können. Die Worte trafen ihn wie ein Schlag, ließen ihn buchstäblich zurückfahren. Kirby krallte die Hände in die Armlehnen, und als Antwort darauf verstärkte der Sessel seinen Griff um ihn. Der Koordinator wurde so lange sanft geschaukelt, bis der Schockzustand vorüber war.

„Sie wollen mitfahren?" platzte es aus Kirby heraus. „Nein und nochmals nein. Das ist nicht mehr nachzuvollziehen, Noel. Das ist der blanke Wahnsinn."

„Ich habe mich aber fest dazu entschlossen. Meine Arbeit auf der Erde ist getan. Ich habe die Bruderschaft jetzt ein Jahrhundert lang angeführt, und das ist lange genug. Ich habe miterlebt, wie sie die Erde erobert hat, und auf gewisse Weise liegt jetzt auch die Venus in meiner Hand; und vom Mars erhalte ich, wenn schon keine direkte Unterstützung, so doch Zusammenarbeit. Ich habe alles erreicht, was ich mir hier vorgenommen hatte. Mit der ersten interstellaren Expedition habe ich das erfüllt, was ich so frei sein möchte, meine eigentliche Mission auf der Erde zu nennen. Es ist an der Zeit, sich weiterzubewegen. Ich fange in einem neuen Sonnensystem wieder an."

„Wir lassen Sie nicht ziehen“, sagte Kirby und war von seinen eigenen Worten verblüfft. „Sie können nicht gehen! In Ihrem Alter noch in ein Sternenschiff steigen zu wollen . . .“

„Wenn ich nicht gehe“, sagte Vorst. „dann gibt es auch kein Sternenschiff.“

„Jetzt kommen Sie mir nicht so, Noel. Sie hören sich an wie ein kleines Kind, das die ganze Party platzen lassen will, wenn nicht alles nach seinem Willen verläuft. Es gibt auch noch andere, die ihr ganzes Leben der Bruderschaft gewidmet haben.“

Zu Kirbys großer Überraschung schien sich Vorst über seine harten Worte schlicht zu amüsieren.

„Ich fürchte, Sie mißinterpretieren mich“, sagte der Gründer. „Ich habe keinesfalls sagen wollen, daß *ich*, wenn ich nicht mitfahren darf, das ganze Projekt platzen lasse. Ich meinte damit vielmehr, daß meine Abreise der Preis für den Einsatz von Lazarus’ Espern war. Wenn ich nicht mit der Kapsel fliege, borgt er uns keine Telekineten aus.“

Zum zweiten Mal innerhalb von zehn Minuten hieb es Kirby fast vom Sessel. Dieses Mal verspürte er wirklich Schmerz, und zwar im Innern. Denn er begriff, daß hier eine schmutzige Sache abgelaufen war.

„Ist das jenes Abkommen, das Sie abgeschlossen haben, Noel?“

„Das ist ein fairer Preis. Ein Machtwechsel ist schon seit langem überfällig. Ich steige aus der hiesigen Geschichte aus. Lazarus wird das Oberhaupt der geeinten Bewegung. Sie können sein Stellvertreter auf der Erde sein. Und wir bekommen dadurch die Esper. Wir öffnen den Himmel. Die Sache bringt eigentlich für alle betroffenen Seiten Vorteile.“

„Nein, Noel.“

„Ich habe es satt, hier zu sein. Ich will fort von hier. Lazarus möchte auch, daß ich gehe. Ich bin zu übermächtig. Gegen mich kommt die gesamte vereinigte Bewegung nicht an. Es wird Zeit, daß gewöhnliche Sterbliche an meine Stelle treten. Sie und Lazarus teilen sich die Macht. Er ist dann zwar das geistige Oberhaupt, aber Sie regieren eigentlich die Erde. Sie beide arbeiten einen Modus vivendi für die Bruderschaft und die Harmonisten aus. Das dürfte nicht allzu schwer sein, die Riten sind sich ja ähnlich genug. Nach zehn Jahren wird wohl auch das letzte bißchen Unwohlsein über die Vereinigung vergangen sein. Und zu diesem Zeitpunkt bin ich etliche Lichtjahre weit weg, störe Ihre Kreise nicht mehr, kann Ihnen nicht mehr ins Handwerk pfuschen und habe mich ins Privatleben zurückgezogen; ich weide dann auf den Wiesen der Welt X im Sternensystem Y. Nun?"

„Ich kann das alles nicht glauben, Noel. Daß Sie nach einem Jahrhundert alles niederlegen, daß Sie mit einem Haufen Pioniere irgendwohin ins Nichts abrauschen, daß Sie auf einem unbekannten Planeten im Alter von nahezu einhundertfünfzig Jahren in einer Blockhütte leben wollen, daß Sie alle Zügel aus der Hand geben wollen ..."

„Dann machen Sie sich mal lieber mit der Vorstellung vertraut", sagte der Gründer. Zum ersten Mal in dieser Unterhaltung kehrte der peitschenartige Befehlston in Vorsts Stimme zurück. „Ich gehe; das ist unumstößlich. In gewisser Weise *bin* ich schon gegangen."

„Was soll das denn heißen?"

„Sie wissen, daß ich ein schwacher Zeitschwimmer bin. Und Sie wissen, daß ich meine Politik festlege, nachdem ich mich von anderen Schwimmern habe mitnehmen lassen."

„Ja."

„Ich habe gesehen, wie alles ausgeht. Ich weiß, wie es war, und ich weiß, wie es sein wird. Deshalb gehe ich. Ich bin dem Plan bis zu diesem Moment gefolgt – ich bin ihm gefolgt und habe ihn ausgeführt; alles zur gleichen Zeit, auch wenn ich manchmal Hals über Kopf vorangekommen bin. Alles, was ich getan habe, war schon irgendwie vorgezeichnet: angefangen von der Gründung der Bruderschaft bis zu eben diesem Augenblick hier. Damit steht fest, daß ich gehe."

Kirby schloß die Augen. Er drohte, aus dem Gleichgewicht zu geraten.

Vorst sagte: „Blicken Sie zurück auf dem Weg, den ich gegangen bin. Hat es irgendwo einen Fehltritt gegeben? Die Bruderschaft hat nie aufgehört zu gedeihen. Ich habe die Erde erobert. Und sobald wir stark genug waren, ein Schisma zu verkraften, habe ich die harmonistische Häresie angeregt."

„Sie haben *was* . . ."

„Ich erkannte in Lazarus den richtigen Mann und gab ihm die richtigen Ideen ein. Damals war er nur ein unbedeutender Altardiener, war Wachs in meinen Händen. Deshalb haben Sie ihn auch damals nie kennengelernt. Aber es gab ihn. Ich habe ihn genommen und geformt. Und ich bewirkte, daß seine Bewegung in Opposition zu unserer ging."

„Warum, Noel?"

„Es hätte uns nichts genützt, monolithisch und ohne Spaltung zu bleiben. Ich konnte meine Vorstellungen kanalisieren. Der Bruderschaft war es vorbestimmt, die Erde zu gewinnen, und das hat sie auch geschafft. Aber der gleiche Kult konnte auf der Venus nicht ankommen – und er ist es ja auch nicht. Daher gründete ich einen zweiten Kult. Ich schneiderte ihn auf die Venus zu und versah ihn mit Lazarus. Später versah ich ihn auch mit Mondschein. Können Sie sich noch an das Jahr 2095 erinnern? Er war damals noch ein gieriger, kleiner Altardiener; und ich habe ihm so lange kleine Rippenstöße versetzt, weil ich die Kraft in ihm erkannte, bis er sich selbst plötzlich als Umgewandelter auf der Venus wiederfand. Ich habe die ganze zweite Bewegung aufgebaut."

„Und wußten Sie denn, daß bei ihnen Telekineten auftreten würden?" fragte Kirby ungläubig.

„Ich wußte es nicht, aber ich hoffte es. Mir war nur klar, daß das Aufziehen der Harmonisten eine gute Idee war, denn ich *sah*, daß es eine gute Idee *gewesen war*. Verstehen Sie? Aus dem gleichen Grund habe ich auch Lazarus von der Bildfläche genommen und ihn sechzig Jahre lang in seiner Krypta versteckt.

Damals wußte ich noch nicht, wozu das gut sein sollte. Aber ich dachte mir, es könnte sich als ganz nützlich erweisen, den Harmonistenmärtyrer noch eine Weile im Ärmel zu behalten, um ihn zu einer späteren Zeit als Trumpf auszuspielen. Vor zwölf Jahren habe ich diese Karte ausgespielt, und seit dieser Zeit sind die Harmonisten in meiner Hand. Heute habe ich den letzten Trumpf gezogen: mich selbst. Ich muß einfach gehen; und meine Arbeit hier ist ja ohnehin getan. Es langweilt mich, noch länger die Fäden zu ziehen. Hundert Jahre lang habe ich mit allem herumjongliert, habe meine eigene Opposition aufgebaut, habe Konflikte geschaffen, die nur dazu bestimmt waren, zur endgültigen Synthese zu führen. Jetzt ist die Synthese da, und ich gehe."

Nach einer langen Schweigepause sagte Kirby: „Sie demütigen mich, Noel. Sie verlangen von mir, eine Entscheidung gutzuheißen, die bereits so unumstößlich ist wie der Ablauf der Gezeiten oder der allmorgendliche Sonnenaufgang."

„Es steht Ihnen frei, sich im Rat gegen meine Entscheidung zu stellen."

„Aber Sie gehen dann trotzdem fort?"

„Natürlich. Aber ich würde mir Ihr Einverständnis wünschen. Am unumstößlichen Ausgang kann Ihr Verhalten sicher nichts ändern, aber ich wüßte Sie trotzdem lieber auf meiner Seite als gegen mich. Ich bilde mir gerne ein, daß Sie von allen anderen am ehesten verstehen können, was ich in all den Jahren angestrebt und getan habe. Glauben Sie denn, es gäbe auch noch einen einzigen Grund, der mich auf der Erde festhalten könnte?"

„Wir brauchen Sie, Noel. Das ist der Hauptgrund."

„Jetzt stellen Sie sich aber kindisch an. Sie brauchen mich nämlich nicht. Der große Plan ist erfüllt. Es ist wirklich an der Zeit, zu verschwinden und anderen den Job zu überlassen. Sie machen sich von mir zu abhängig, Ron. Sie können sich wohl nicht an die Vorstellung gewöhnen, daß ich von nun an nicht mehr an den Fäden ziehe."

„Vielleicht ist das gerade der Punkt", lenkte Kirby ein. „Aber wessen Schuld ist das wohl? Sie haben sich doch nur mit Jasagern umgeben. Sie haben sich unentbehrlich gemacht. Sie sitzen hier im Herzen der Bewegung wie eine heilige Flamme, und niemand von uns kann nahe genug an Sie herankommen, um von ihr erleuchtet zu werden. Und jetzt wollen Sie uns das Feuer wegnehmen."

„Ich transferiere es", sagte Vorst. „Passen Sie auf, ich habe einen Job für Sie. Der Rat tritt in sechs Stunden zusammen. Dann kündige ich meinen Schritt an, und ich kann mir denken, daß jedermann davon genauso schockiert sein wird wie Sie. Gehen Sie in den nächsten sechs Stunden in sich und denken Sie über alles nach, was ich eben gesagt habe. Versöhnen Sie sich mit der Vorstellung. Mehr noch, akzeptieren Sie sie nicht nur, sondern *heißen Sie sie gut*. Und bei der Ratsversammlung stehen Sie auf und erklären nicht bloß, warum es in Ordnung ist, wenn ich gehe, sondern auch, warum es notwendig und das Beste für die Zukunft der Bruderschaft ist."

„Sie meinen ..."

„Sagen Sie jetzt nichts mehr. Sie sperren sich immer noch dagegen. Das wird nicht mehr so sein, wenn Sie die ganze Tragweite des Vorhabens begriffen haben. Und bis dahin öffnen Sie Ihren Mund nicht mehr."

Kirby lächelte. „Sie ziehen immer noch an den Fäden, nicht wahr?"

„Nun, es ist ja doch nur noch eine alte Gewohnheit. Aber dieses Mal soll es das letzte Mal sein. Und ich verspreche Ihnen, daß Ihr Verstand die Sache begreift. In nur ein bis zwei Stunden verstehen Sie meinen Standpunkt ganz und gar. Und sobald die Nacht hereinbricht, wollen Sie mich höchstpersönlich in die Raumkapsel stecken. Ich weiß, daß Sie das tun wollen. Ich kenne Sie."

6

Auf einer belaubten Venuslichtung gingen die Telekineten ihrer Lieblingsbeschäftigung nach.

Eine Allee mit riesigen Bäumen erstreckte sich bis zum perlenweißen Horizont. Deren gezackte Blätter trafen sich über der Lichtung und formten einen dichten Baldachin. Unten, auf dem schmutzigen, pilzübersäten Boden, führten ein Dutzend venusischer Jungen mit blauer Hautfarbe in grünen Roben ihre Fähigkeiten vor. In einiger Entfernung wurden sie von einer Reihe größerer Personen beobachtet. David Lazarus stand im Zentrum dieser Gruppe. Um ihn herum befanden sich die Führer der Harmonisten: Christopher Mondschein, Nicholas Martell und Claude Emory.

Lazarus hatte es in der Vergangenheit mit diesen Männern nicht immer einfach gehabt. Für sie war er zunächst nur ein Name in einer Märtyrerlegende gewesen, eine verehrungswürdige, gleichwohl aber auch metaphysische Gestalt, auf deren abwesender Macht ihr Glaube gegründet war. Sie hatten sich mit seiner Rückkehr abfinden müssen, und das war eben gar nicht so leicht gewesen.

Es hatte dann eine Zeit gegeben, wo Lazarus glaubte, sie wollten ihn töten. Diese Zeit war nun vorbei, und sie kamen gerne seinen Wünschen nach. Aber da er so lange geschlafen hatte, fand er sich nun als Junge unter älteren Stellvertretern wieder; und genau das kam ihm manchmal bei der vollen Entfaltung seiner Autorität in die Quere.

Lazarus sagte: „Es ist soweit: Vorst geht, und das Schisma findet sein Ende. Ich arbeite nun zusammen mit Kirby etwas aus."

„Das ist eine Falle", sagte Emory düster. „Halten Sie sich davon fern, David. Vorst darf man nicht trauen."

„Vorst hat mich ins Leben zurückgerufen."

„Vorst war es auch, der Sie in die Kammer gesperrt hat", beharrte Emory. „Das haben Sie selbst gesagt."

„Wir können uns darin nie völlig sicher sein", antwortete Lazarus, obwohl es der Wahrheit entsprach, daß Vorst selbst diese Tat bei ihrem letzten Gespräch vor ihm zugegeben hatte. „Wir können in dieser Sache nur raten. Und es gibt keinen Beweis, daß . . ."

Mondschein fiel ein: „Wir haben keine Veranlassung, Vorst in irgendeiner Weise zu trauen, Claude. Aber wenn er wirklich und nachprüfbar in diese Raumkapsel steigt – was haben wir da schon zu verlieren, wenn wir ihn telekinetisch zum Beteigeuze oder zum Prokyon schicken? Wir sind ihn dann los und müssen uns nur noch mit Kirby abgeben. Kirby ist ein vernünftiger Mann. Er hat nichts mit diesen verdammten Bescheißereien und Tricks am Hut."

„Das ist mir alles zu glatt", ließ Emory nicht locker. „Warum sollte ein Mann, der soviel Macht hat wie Vorst, freiwillig alles abgeben wollen?"

„Vielleicht langweilt er sich", sagte Lazarus. „Die absolute Macht hat etwas an sich, das nur von dem verstanden werden kann, der sie besitzt. Macht stumpft ab. Es macht einem vielleicht zwanzig oder dreißig Jahre lang Spaß, die Welt zu bewegen und durchzuschütteln, vielleicht auch fünfzig – aber Vorst sitzt seit hundert Jahren an der Spitze. Er möchte wohl mal etwas anderes machen. Ich würde meinen, wir nehmen das Angebot an. Dann sind wir Vorst los, und mit Kirby werden wir schon fertig. Davon abgesehen hat das Abkommen auch seine guten Seiten: Weder sie noch wir können ohne die Hilfe der anderen die Sterne erreichen. Deshalb bin ich dafür; einen Versuch ist es mindestens wert."

Nicholas Martell deutete auf die Telekineten. „Wir verlieren einige von ihnen dadurch; das dürfen wir nicht vergessen. Man kann keine Raumkapsel durch den Kosmos schieben, ohne die Esper zu überanstrengen."

„Vorst hat zugesichert, daß sie in Santa Fé wieder auf die Beine gestellt werden", sagte Lazarus.

„Noch ein anderer Punkt", bemerkte Mondschein. „Nach

dem großen Abkommen hätten wir die Möglichkeit, uns in den Vorster-Krankenhäusern behandeln zu lassen. Zugegeben, ein recht eigennütziger Aspekt, aber mir gefällt er. Meiner Meinung nach ist es jetzt an der Zeit, alle Verbortheit aufzugeben und uns mit den Vorstern zusammenzuraufen. Vorst will ja verschwinden. Na prima, von uns aus kann er gerne gehen; wir kommen mit Kirby schon klar."

Lazarus lächelte. Er hatte nicht zu hoffen gewagt, Mondscheins Zustimmung so schnell und so verhältnismäßig einfach zu gewinnen.

Aber Mondschein war schon alt, hatte die Neunzig bereits überschritten, und er war ganz wild darauf, endlich von den Vorster-Ärzten behandelt zu werden; auf der wilden Venus konnte er auf eine solche Behandlung lange warten. Mondschein hatte die Hospitäler in Santa Fé mit eigenen Augen gesehen, als er noch ein junger Mann gewesen war; und er wußte, welche Wunder dort möglich gemacht werden konnten. Sicher, kein besonders löbliches Motiv für seine Zustimmung, dachte David Lazarus, aber zumindest war es ein zutiefst menschlicher Beweggrund; und unter seinen Kiemen und unter seiner blauen Haut war Mondschein doch nichts anderes als ein Mensch. *Das sind wir ja alle*, durchfuhr es Lazarus. *Nur die dort sind es nicht mehr*.

Er richtete den Blick auf die Telekineten. Sie waren in der fünften und sechsten Generation auf der Venus geboren worden. Der irdische Samen steckte immer noch in ihnen, aber sie waren weit von der ursprünglichen Erbmasse entfernt. Die Genmanipulationen, die erst die Menschen für das Leben auf der Venus vorbereitet hatten, vererbten sich fort: Diese Jungen waren mittlerweile nicht mehr als Menschen zu bezeichnen. Sie waren ganz in ihre Übungen versunken. Es bereitete ihnen nun kaum noch Mühe, Gegenstände über große Entfernungen zu transportieren. Sie konnten einander von einem Augenblick zum anderen um die ganze Venus herum schicken oder einen Felsen in ein bis zwei Stunden zur Erde befördern. Allerdings reichten ihre Kräfte nicht aus, sich selbst zu bewegen; denn sie benötigten einen Drehpunkt, von dem aus sie ihre Fähigkeiten einsetzen konnten. Doch machte das nicht allzuviel aus. Aus eigenen Kräften konnten sie nicht von einem Ort zum anderen gelangen, aber gegenseitig vermochten sie sich ganz schön herumzuschieben.

Lazarus beobachtete sie weiter: sie kamen und verschwanden, sie hoben und warfen. Es sind nur Kinder, dachte er, die ihre Kräfte noch nicht völlig unter Kontrolle haben. Über welche Kräfte mochten sie verfügen, wenn sie vollends erwachsen waren?

Und wie viele von ihnen mußten sterben, um die Menschheit über ihre natürlichen Grenzen hinaus zu befördern?

Ein Vogel mit sägeartigen Flügeln, der im Mittagsdunst leicht leuchtete, schoß diagonal vom Himmel, direkt über dem Wipfelbaldachin. Ein junger Telekinet sah auf, lächelte, bekam den Vogel in den geistigen Griff und schickte ihn herumwirbelnd fast einen Kilometer weit durch die Wolkendecke. Ein wütendes Krächzen ließ sich trotz der Entfernung vernehmen.

Lazarus sagte: „Das Abkommen ist geschlossen. Wir helfen Vorst, und er verzieht sich. Abgemacht?"

„Abgemacht", beeilte sich Mondschein zu sagen.

„Abgemacht", murmelte Martell und trat mit dem Fuß in das gräuliche Gras, das hier überall den Boden bedeckte.

„Claude?" fragte Lazarus.

Emorys Blick verfinsterte sich. Er sah auf einen Jungen mit enormen Gliedmaßen, der gerade von einem Ausflug zu irgendeinem Kontinent zurückkehrte und kaum zwei Meter vor ihnen rematerialisierte. Emorys schmales Gesicht lief vor innerer Spannung dunkel an.

„Abgemacht", sagte er.

7

Die Raumkapsel war ein Obelisk aus Berryllium-Stahl. Ihre Höhe betrug fünfzehn Meter; insgesamt wirkte sie wie eine wenig Vertrauen erweckende Arche, die über das Sternenmeer gesandt werden sollte.

Die Kapsel enthielt elf Passagierkabinen, einen Computer mit Fähigkeiten und einer Kapazität, die einem den Atem verschlugen, und eine subminiaturisierte Truhe, in der all das steckte, was man nach zwei Milliarden Jahren Leben auf der Erde für erhaltungswürdig hielt.

„Bereiten sie die Kapsel vor", hatte Vorst Bruder Capodimonte instruiert, „als ob unsere Sonne nächsten Monat zur Nova würde und wir das retten müßten, was nicht verlorengehen dürfte."

Als ehemaliger Anthropologe hatte Capodimonte seine eigenen Vorstellungen über die rettungswürdigen Gegenstände, die eine solche Arche enthalten sollte; aber er wußte wohl zwischen ihnen und dem, was Vorst verlangte, zu trennen. Insgeheim hatte eine Abteilung von Brüdern schon seit Jahrzehnten die damals noch völlig hypothetischen Pläne für die interstellare Expedition ausgearbeitet; und mehrere Male waren diese Vorarbeiten umgestoßen und neu erarbeitet und ergänzt worden. Damit befand sich Capodimonte in der angenehmen Lage, sich der Arbeit anderer Leute bedienen zu können. Und das verkannte er auch nicht.

Allerdings blieben immer noch einige Rätsel in Zusammenhang mit dem Projekt übrig. Capodimonte hatte zum Beispiel keine Ahnung, wie die Welt beschaffen sein würde, auf der die Pioniere landen und leben sollten. Das wußte niemand. Auf eine solche Entfernung hin war niemand in der Lage zu wissen, ob eine solche Welt irdisches Leben aufnehmen konnte.

Die Astronomen hatten bislang Hunderte von Planeten in den einzelnen Sonnensystemen entdeckt. Manche konnten von Teleskopen sogar undeutlich wahrgenommen werden; andere ließen sich nur rechnerisch auf Grund ihrer Einwirkungen auf die Bewegungen der Zentralgestirne ausmachen. Aber Planeten waren unzweifelhaft vorhanden. Würden sie die Erdmenschen willkommen heißen?

Im irdischen Sonnensystem war nur ein Planet von neun für Menschen bewohnbar – eine nicht eben zum Optimismus gereichende Prognose für die anderen Systeme. Zwei Generationen harter Arbeit hatte es bedurft, den Mars zu terranisieren; und die elf Pioniere würden kaum in der Lage sein, gleiches zu leisten.

Und es hatte der größten genetischen Kenntnisse bedurft, Menschen in Venusier zu verwandeln; auch das würde die Möglichkeiten der Reisenden übersteigen. Sie mußten eben sofort eine bewohnbare Welt finden oder scheitern.

Die Esper in Santa Fé sagten, daß bewohnbare Welten im Kosmos existierten. Sie hatten ihren Geist in den Himmel blicken lassen, waren immer weiter vorgestoßen und hatten fruchtbare und bewohnbare Welten entdeckt. Illusionen? Täuschungen? Capodimonte sah sich nicht in der Lage, diese Frage zu entscheiden.

Reynolds Kirby, dem das ganze Projekt von Anfang an bis zum gegenwärtigen Zeitpunkt nicht behagt hatte, sagte zu Capodimonte: „Ist es wahr, daß sie noch nicht einmal wissen, in welches Sternsystem sie gelangen werden?“

„Das stimmt. Sie haben eine Art Ausstrahlung von irgendwo dort draußen empfangen. Fragen Sie mich nicht, wie. So wie die Sache geplant ist, werden unsere Esper die Lenkung übernehmen, während ihre für den Antrieb sorgen. Wir finden ein System, und sie bringen die Leute dorthin.“

„Eine Fahrt ins Blaue also?“

„Ins Blaue“, stimmte Capodimonte zu.

„Sie reißen ein Loch in den Himmel, und dort schieben sie die Kapsel dann hindurch. Das Schiff reist nicht durch den Normalraum, was immer das auch sein mag. Es landet auf dieser Welt, von der die Esper behaupten, daß sie mit ihr in Verbindung stehen; und sie senden eine Nachricht zurück, die uns darüber aufklärt, wo sie sich befinden. Wir werden diese Nachricht wohl erst in der nächsten Generation erhalten. Aber in der Zwischenzeit schicken wir neue Expeditionen auf die Reise. Jedesmal eine Einweg-Reise. Und Vorst ist der erste, der so etwas mitmacht."

Kirby schüttelte den Kopf. „Man möchte es kaum für möglich halten, nicht wahr? Aber offensichtlich wird es ein Erfolg."

„Oh!"

„Ja, Vorst hat seine Zeitschwimmer sich dort draußen umsehen lassen, müssen Sie wissen. Und die haben ihm gesagt, daß er sicher ankommt. Deshalb will er nun auch den Schritt ins Dunkel tun, weil er schon im voraus weiß, daß er überhaupt kein Risiko eingeht."

„Glauben Sie das wirklich?" fragte Capodimonte, während er in seinen Inventurlisten blätterte.

„Nein."

Das tat Bruder Capodimonte auch nicht. Aber er beschwerte sich auch nicht über die Rolle, die ihm dabei zugewiesen worden war.

Capodimonte hatte an der Ratsversammlung teilgenommen, in der Vorst seinen schockierenden Entschluß bekanntgegeben hatte. Und er hatte miterlebt, wie Kirby sich erhoben und mit eindrucksvoller Redegewandtheit die Abreise Vorsts begründet hatte. Kirbys Argumente hatten sich innerhalb des alptraumhaften Kontextes, den dieses Projekt für sich in Anspruch nahm, sehr stichhaltig angehört. Und daher gab es keine Einwände mehr: Die Raumkapsel würde starten, angetrieben von den vereinten Kräften der blauhäutigen Jungen und gesteuert auf seinem Himmelsweg durch die umherstreifenden PSI-Bewußtseine der Esper der Bruderschaft. Und Noel Vorst würde nie mehr auf der Erde wandeln.

Capodimonte ging die Inventarliste ein letztes Mal durch.

Lebensmittel.

Kleidung.

Bücher.
Werkzeuge.
Medizinische Ausrüstung.
Kommunikationsmittel.
Waffen.
Energiequellen.

Diese Expedition würde hervorragend für ihr bevorstehendes Abenteuer ausgerüstet sein, dachte Capodimonte. Die Sache war entweder der blanke Wahn oder die großartigste Unternehmung, die je von Menschenhand versucht worden war. Bruder Capodimonte wußte nicht, für welche von beiden Möglichkeiten er sich entscheiden sollte. Eins stand hingegen fest: Die Expedition würde hervorragend ausgerüstet sein; dafür hatte er gesorgt.

8

Der Tag der Abreise war angebrochen. Eiskalte Winterwinde peitschten an diesem Spätdezembertag über New Mexico. Die Raumkapsel stand in einer Ebene in der Wüste, etwa zwanzig Kilometer vom Zentrum der Forschungsstätten in Santa Fé entfernt. Von hier bis zum Horizont erstreckten sich völlig wild Wacholderkraut und Pinien; und ein ganzes Stück entfernt erhob sich die Bergkette. Obwohl er gut gegen die Außenluft isoliert war, zitterte Kirby von dem Wind, der über die Ebene fegte. In wenigen Tagen würde das Jahr 2165 anbrechen; aber dann war Noel Vorst nicht mehr hier, um es zu begrüßen. Kirby hatte sich noch immer nicht an die Vorstellung gewöhnen können.

Die Telekineten von der Venus waren vor einer Woche angekommen. Insgesamt waren es zwanzig. Da man ihnen nicht zumuten konnte, während ihres ganzen Aufenthalts auf der Erde in Schutzanzügen herumzulaufen, hatten die Vorster ihnen an einem Ort die venusische Atmosphäre geschaffen. Nicht weit von der Raumkapsel entfernt, bewohnten sie ein kuppelartiges Gebäude. Dies war mit dem giftigen Smog vollgepumpt, den die Venusier für gewöhnlich atmeten. Lazarus und Mondschein waren mit ihnen gekommen; auch sie befanden sich nun in dem Kuppelgebäude, um ihrerseits alles für den Start vorzubereiten.

Mondschein würde nach dem Abflug noch bleiben, um sich in den Labors von Santa Fé das Leben verlängern zu lassen. Lazarus würde nur wenige Tage nach dem Ereignis zur Venus zurückkehren. Doch zuvor wollten er und Kirby in einer bilateralen Konferenz die Grundzüge der neuen Entente cordiale schaffen. Die beiden hatten sich vor zwölf Jahren, allerdings nur kurz, einmal getroffen. Seit Lazarus' Ankunft auf der Erde hatte Kirby ihn erst einmal kurz gesprochen und hatte dabei den Eindruck gewonnen, daß der harmonistische Prophet zwar über einen starken Willen verfügte und genau wußte, was er tat, daß eine Zusammenarbeit mit ihm aber nicht an unüberwindlichen Schwierigkeiten scheitern würde; zumindest hoffte er das.

In diesen Minuten versammelten sich in der winterlichen Ebene die Führungsspitzen der Bruderschaft der Immanenten Strahlung, um dabeizusein, wenn ihr Führer abreiste. Kirby sah sich um und entdeckte Capodimonte, Magnus, Ashton, Langholt und all die anderen; Dutzende Personen waren gekommen, von den höchsten Funktionären bis hinunter zum Mittelbau. Alle sahen ihn, Kirby, an. Auf Vorst konnten sie ihre Blicke nicht mehr richten, denn der Gründer befand sich bereits in der Kapsel bei den anderen Expeditionsteilnehmern; fünf Frauen, fünf Männer und Vorst. Die zehn waren alle unter vierzig, gesund, leistungsfähig und in körperlicher Höchstform. Und bei ihnen war Vorst. Die Kabine des Gründers an Bord der Raumkapsel war äußerst komfortabel eingerichtet; und dennoch konnte sich nur ein Wahnsinniger wirklich vorstellen, wie dieser uralte Mann durch den Kosmos eilen wollte.

Inspektor Magnus, der vorstersche Bevollmächtigte für Europa, trat neben Kirby. Er war ein kleiner Mann mit scharf geschnittenen Gesichtszügen, der wie die meisten anderen hohen Funktionäre der Bruderschaft bereits seit über siebzig Jahren in ihren Diensten stand.

„Er fährt also tatsächlich“, sagte Magnus.

„Ja, bald schon; daran kann es keinen Zweifel mehr geben.“

„Haben Sie heute morgen noch mit ihm gesprochen?“

„Kurz“, sagte Kirby. „Er machte einen sehr gelassenen Eindruck.“

„Er wirkte auch gelassen, als er uns letzte Nacht den Segen gab“, sagte Magnus. „Sogar richtig fröhlich.“

„Er legt eine große Last von seinen Schultern. Sie wären auch guter Dinge, wenn man Sie in den Kosmos schießen würde und Sie alle Verantwortung ablegen könnten.“

Magnus sagte: „Ich wünschte, wir könnten das hier verhindern.“

Kirby drehte sich zu ihm um und sah dem kleinen Mann unverblümt ins Gesicht. „Diese Angelegenheit ist unabdingbar“, sagte er. „Sie muß stattfinden, oder die Bewegung geht an ihrem eigenen Erfolg zugrunde.“

„Ich habe wohl Ihre Rede vor der Ratsversammlung gehört, aber ...“

„Wir haben die erste Phase unserer Entwicklung abgeschlossen“, sagte Kirby. „Nun müssen wir darangehen, unsere Mythologie auszubauen. Symbolisch gesehen, ist Vorsts Abreise von unschätzbarem Wert für uns. Er fährt auf in den Himmel und läßt uns hier zurück, damit wir seine Arbeit fortsetzen und uns neuen Aufgaben zuwenden. Wenn er bliebe, würden wir auf der Stelle treten. Jetzt aber können wir uns sein glorreiches Beispiel vor Augen halten und uns davon inspirieren lassen. Mit Vorst als Führer zu neuen Welten können wir, die wir zurückgeblieben sind, auf den Fundamenten aufbauen, die er uns vermacht hat.“

„Sie hören sich wirklich so an, als glaubten Sie daran.“

„Das tue ich auch“, sagte Kirby, „obwohl ich es anfangs nicht tat. Aber Vorst hatte recht. Er sagte mir, daß ich schließlich seinen Fortgang verstehen würde; und so ist es mir auch widerfahren. Mit dieser Tat ist er für die Bewegung zehnmal wertvoller geworden, als wenn er geblieben wäre."

Magnus murmelte: „Es reicht ihm nicht, Christus und Mohammed zu sein. Er muß auch noch Moses und Elias abgeben."

„Ich hätte nie gedacht, daß Sie so respektlos von ihm reden könnten", sagte Kirby.

„Das habe ich auch vorher nie getan", antwortete Magnus. „Verdammt noch mal, ich will doch nicht, daß er geht!"

Kirby stellte überrascht fest, daß Tränen in Magnus' blassen Augen glänzten.

„Und das ist genau der Grund, warum er uns verläßt", sagte Kirby, woraufhin beide Männer schwiegen.

Capodimonte näherte sich ihnen. „Alles ist bereit", kündigte er an. „Lazarus hat mir Bescheid gegeben, daß seine Telekineten nur noch auf das Startzeichen warten."

„Und wie steht es mit unseren Steuerespern?" fragte Kirby.

„Die sind schon seit einer Stunde bereit."

Kirby sah auf die strahlende Raumkapsel. „Dann können wir genausogut jetzt beginnen."

„Ja", sagte Capodimonte. „Genausogut jetzt."

Kirby wußte, daß Lazarus nur auf sein Signal wartete. Und von jetzt an würden *alle* Signale von ihm, Kirby, kommen; zumindest auf der Erde. Aber diese Vorstellung hatte jetzt ihre Schrecken für ihn verloren. Er hatte sich auf die neue Lage eingestellt. Er war jetzt der Chef.

Symbolische Zeichen waren überall in der Ebene angebracht worden – harmonistische Ikonen und ein großer Kobalt-Reaktor: das religiöse Zubehör beider Kulte, die sich nun vereinigten. Kirby gab einem Altardiener das Zeichen. Die Sperrschienen wurden zurückgezogen, und der Reaktor erwachte summend zum Leben.

Das Blaue Feuer tanzte hoch über dem Reaktor. Sein Glühen verfärbte die Außenhülle der Kapsel. Kaltes Licht – die Zerenkowsche Strahlung, das Symbol der Vorster – funkelte auf dem Startplatz. Und aus der Zuschauermenge erhoben sich die

Klänge der Verehrung, wurden die Litaneien geflüstert, wurden die Stationen des Spektrums gemurmelt. Währenddessen saß der Mann, der diese Worte geschaffen hatte, verborgen hinter den Metallwänden der tränenförmigen Raumkapsel, direkt im Zentrum der Versammlung.

Das Aufglühen des Blauen Feuers war das Signal für die Venusier im nahe gelegenen Kuppelgebäude. Jetzt war der Augenblick gekommen, wo sie ihre Kräfte zusammenfassen und die Kapsel in den Himmel treiben sollten, damit von Menschenhand zwischen den Sternen eine neue Welt errichtet werden konnte.

„Worauf warten die denn noch?" nörgelte Magnus.

„Vielleicht geht es ja gar nicht los", sagte Capodimonte.

Kirby sagte nichts. Und dann ging es los.

9

Kirby hatte eigentlich keine richtige Vorstellung von dem, was ihn nun erwarten sollte. In seiner Phantasie hatte er sich diese Szene ausgemalt: Ein Dutzend hüpfende Venusier hielten sich gegenseitig an den Händen und umtanzten die Raumkapsel; ihre Stirnen liefen dunkel an vor Anstrengung, dieses Gefährt vom Boden zu heben und in den Himmel zu schleudern. Aber jetzt ließen sich die Venusier nirgends sehen; sie befanden sich in ihrer Kuppel, etliche hundert Meter weit weg. Kirby dachte sich, daß sie sich weder an den Händen hielten noch äußerlich Zeichen der Anstrengung erkennen ließen.

In seiner Phantasie hatte er sich auch vorgestellt, wie das Schiff vom Boden abheben würde: Wie eine normale Rakete stieg es ein paar Meter hoch, schwankte ein wenig, stieg noch ein Stückchen höher, und plötzlich schoß es hoch, durchschnitt den Himmel auf einer stabilen Bahn und schwand dahin, bis es schließlich aus dem Sichtfeld entrückt war. Aber auch so sollte es nicht ablaufen.

Kirby dachte an Vorst, wie er auf einer anderen Welt niederkam. Vielleicht war es sogar eine bewohnte Welt. Welche Wirkung würde er auslösen, wenn er diesen jungfräulichen Boden betrat? Vorst war eine unüberwindliche Macht, erschreckend und einmalig. Wo immer er hinkam, veränderte er seine Umgebung.

Der Erfolg verfolgte Vorst auf Schritt und Tritt. Der Gründer schien die Herausforderung eines Neubeginns zu genießen. Kirby wünschte ihm alles Gute.

Die Kapsel stand immer noch, aber jetzt flimmerte die Luft um sie herum; so als würde sie von Hitzewellen aufgerührt, die einem versengten, sandigen Boden entströmten. Dann war die Kapsel verschwunden.

Und das war auch schon alles. Kirby starrte auf die leere Stelle, wo sie zuvor noch gestanden hatte. Vorst war in den Himmel gefahren; ein Tor zum Irgendwo war aufgetan worden.

„Es gibt eine Einheit, der alles Leben entstammt", sagte jemand leise hinter Kirby. „Wir verdanken die unendliche Vielfalt des Universums der ..."

Eine andere Stimme sagte: „Mann und Frau, Stern und Stein, Baum und Vogel ..."

Wieder ein anderer sagte: „In der Kraft des Spektrums, der Quanten und des heiligen Angström ..."

Es war geschafft. Vorst war gegangen. Seine Pläne, sein Fädenziehen, sein Ränkeschmieden waren vorüber – zumindest, was die Erde anging. Jetzt waren geringere Männer an der Reihe. Und der Himmel war geöffnet worden. Die Menschheit konnte sich von nun an vielleicht im Kosmos ausbreiten. Vielleicht.

Allein gelassen in dieser beeindruckenden Versammlung der Gläubigen, wandte Kirby der von nun an geheiligten Stelle, von wo aus Vorst in den Himmel aufgefahren war, den Rücken zu. Ganz langsam, eine große Gestalt, deren Schatten in der Sonne des Spätnachmittags über mehrere Meter hinwegreichte, verließ Kirby den Ort, wo Noel Vorst zuletzt gewesen war, und ging zu jenem Ort, wo David Lazarus ihn zu einem Gespräch erwartete.

Nachwort

Robert Silverberg wurde 1934 in New York geboren, studierte Englisch an der Columbia University und erwarb dort den akademischen Grad des Bachelor of Arts. Nachdem er sich als Jugendlicher schon für Science Fiction begeistert hatte, begann er mit dem Schreiben von SF-Stories in den frühen fünfziger Jahren. 1954 gelang es ihm, die erste Kurzgeschichte zu verkaufen, und schon 1955 begann er eine Karriere als Fließbandschreiber für billige amerikanische SF-Magazine. Später gelang ihm der Absprung zum Genre der populärwissenschaftlichen Sachbücher.

Zehn Jahre lang blieb er den Sachbüchern treu, erwarb sich Reputation damit und erlangte zudem wirtschaftliche Unabhängigkeit. Es war ein neuer Silverberg, der nach dieser Zeitspanne zur Science Fiction zurückkehrte. Mit *Thorns* (1967, *Der Gesang der Neuronen*) gelang ihm auf Anhieb ein vielbeachteter neuer Start. Noch im selben Jahr erschienen mit *Hawksbill Station* (1967, *Verbannte der Ewigkeit*) und *To Open the Sky* (1967, *Öffnet den Himmel!*) zwei weitere bemerkenswerte Romane. In der Folge waren es Werke wie *Up the Line* (1969, *Zeitpatrouille*), *The Man in the Maze* (1969, *Exil im Kosmos*, Neuauflage bei Moewig in Vorbereitung), *To Live Again* (1969, *Noch einmal leben*), *Tower of Glass* (1970, *Kinder der Retorte*), *A Time of Changes* (1971, *Zeit der Wandlungen*), *Dying Inside* (1972, *Es stirbt in mir*, Neuauflage bei Moewig in Vorbereitung) und *The Book of Skulls* (1972, *Bruderschaft der Unsterblichen*, Moewig-SF 3500), die ihn in die Gruppe der besten und beliebtesten Autoren beförderten. Nach mehrjähriger Pause legte er 1979 mit *Lord Valentine's Castle* (Buchausgabe 1980, *Krieg der*

Träume, als Moewig-Hardcover erschienen) einen mit Spannung erwarteten voluminösen neuen Roman vor. Robert Silverberg erhielt zweimal den *Hugo-Gernsback-Award*, einmal den *Jupiter*, einmal den *Locus-Award* und viermal den *Nebula-Award*; seine wichtigsten Werke wurden zudem fast immer zumindest für einen Preis nominiert. Ferner erwarb er sich Meriten als Verfasser von SF-Jugendbüchern.

Hans Joachim Alpers